SHE ONCE WAS AN ANGEL

她曾是天使

乔叶 著

河南文艺出版社
· 郑州 ·

图书在版编目(CIP)数据

她曾是天使/乔叶著. --郑州:河南文艺出版社,
2024.2

ISBN 978-7-5559-1617-8

Ⅰ.①她… Ⅱ.①乔… Ⅲ.①中篇小说-小说集-中国
-当代 Ⅳ.①I247.5

中国国家版本馆 CIP 数据核字(2023)第 236021 号

选题策划	杨 莉 熊 丰
责任编辑	熊 丰
责任校对	赵红宙
装帧设计	张 萌

出版发行	河南文艺出版社	印　张	10.125
社　　址	郑州市郑东新区祥盛街 27 号 C 座 5 楼	字　数	197 000
承印单位	郑州印之星印务有限公司	版　次	2024 年 2 月第 1 版
经销单位	新华书店	印　次	2024 年 2 月第 1 次印刷
开　本	890 毫米 × 1240 毫米　1/32	定　价	68.00 元

目　录

* 遍地棉花 *

那天下午放学后，小树照旧来到棉田里。

小树虚岁十四，刚上初中一年级，干得最好的活儿就是摘棉花。后来种棉的人家越来越少了，那时节，棉花可是村里每户人家都必种的。开门七件事儿，柴米油盐酱醋茶，雪白的棉花就是这七件事儿的妈。现在的小树，个子长得恰好和最高的棉枝一般，摘棉花时顺手就来，十分得劲。于是，每天下午放学之后，小树就会到地里去摘一会儿。

小小的小树站在棉田里，腰里束上一个粉色的棉包，一双手忽左忽右，忽上忽下，忽里忽外，忽高忽低，见着大朵开的棉花就抓，见着小朵开的棉花就捏，三抓两抓一大把，三捏两捏一小把，将两只手使得像一对轻盈灵巧的蝴蝶。地界相邻的菊婶看见小树摘棉花的样子，忍不住就要羡慕两句："哪家养这么个女儿，真是有用。"小树说："我给婶子当干女儿吧。"婶子就说："好，正得不着呢。你要给我当了女儿，我种十亩花，把你的嫁被絮得厚过天。"

小树的脸就红了，蹲在棉垄里假装歇息。在棉叶的笼罩中，不由得就笑了。

没有摘过的棉垄是蓬蓬松松的，枝枝杈杈都聚在一起，不分眉眼，只要被小树的手一一打理过去，就露出一条清晰的小路，像小树头发上劈出的中缝。棉棵们则像头发一样，朝两边温顺地散开。这些头发是褐色的，一片片棉叶和一朵朵棉花是头发上盛开着的头花。土地温厚地伏在它们下面，是广袤的头皮。

每摘过一段，小树就会往后看看。小路延伸得越来越长，棉包像气球一样鼓胀起来。这两样让小树获得了双重的成就感。小树还喜欢对着玫瑰红的花苞和碧青的棉蕾深深地吸上几口气，让肺腑里都充满它们的芳香。

小树走到田里，远远地就看见了母亲，旁边的田里是菊婶。田里零零星星还有几个人，都在自家的田里忙碌着。她没多话，束好棉包，接着昨天摘的那道棉垄往前摘，那道棉垄已经快被小树摘到尽头了。

　　夕阳一点一点地隐身到群岚背后，母亲唤着小树，说先回家做饭去了，让小树随后就来。小树答应着，心想一定要把这道棉垄摘完。天还早着呢。过了一会儿，菊婶也唤着小树，让小树和她一起走。"田里已经没人了。"她说。小树看看田里，真的已经只剩下她们两个了。可小树还是想要把这道棉垄摘完。这块田里的棉垄是很长的，至少有一里路的样子。如果摘不完，明天还得走这么远，小树觉得这么浪费体力实在有些冤枉。再说，她也喜欢一个人待会儿。

　　菊婶走了，偌大的棉田里只有小树。浅蓝色的雾霭已经开始深罩在田野周围，蝈蝈的鸣叫声显得愈加清脆。在郁郁葱葱的棉叶里，小树更加轻捷地揽着那些开着雪桃的枝条。棉叶的色泽渐渐地也融进了浅蓝里，浅蓝又成了深蓝，而深蓝又逐渐转向了墨蓝。

　　小树长吁了一口气。终于摘完了。

　　摘完了，小树并没有立即走。小树真是喜欢在棉田里待着的。棉田好。它不像麦田一样扎人，不像玉米田一样闷人，也不像豆田一样晾人。棉棵不高不矮，坐下来可以遮住身体，解个手睡一会儿觉什么的都很方便，站起来也挡不住视线，可以看到周围所有的景色。而暮色垂帘的棉田更是别有一番风情。它神秘却不恐怖，沉静而又鲜活。有几次，也是这样的时分，也是小树一个人，小树在棉田里摘着摘着便放声高歌，感到满田的棉叶上都闪烁着温暖的笑容。

站了一会儿，小树沿着摘过的这条棉垄往回走，腰间的棉包如小小的帆。小树忽然想自己是不是很像一个孕妇？怀孕的样子是这样的吗？她连忙把棉包取下来，背在肩上。她可不想让别人看起来像个孕妇。她才十四岁呢。

可女人总是要怀孕的。自己总有一天是要怀孕的。小树知道。因为自己是个女人。女人总得用这种麻烦的事情来证明自己是个女人。

就像来例假一样。

回想起来，小树对身体有感觉还是从来例假开始的。例假是很文雅的称呼了，普遍的叫法是月经。然而月经也还是文化人的用词，奶奶就叫"那脏东西"。四个字里满是厌烦和不齿。小树来例假时已经是十二岁，班里很多女生都已经来过了。小树眼看着她们神神秘秘，窃窃私语，趁人少的时候慌慌张张地上厕所，就很清楚地感觉到她们身上发生了一件共同的神秘的事情。小树很好奇，但好奇也没有人告诉小树这是怎么回事。她们不告诉，母亲和奶奶也不告诉。小树问过奶奶，被奶奶很不屑也很严厉地呵斥住了。母亲的态度也很冷淡，说："问什么问，到时候自然就知道了。"后来，小树费了很大功夫，又豁上了最心爱的两条红绸子，才从小敏那里换来了答案。

小敏也是刚刚来过，一来过就马上被那群来过的女孩子接纳成了"同谋"，小树眼睁睁地看着她们喳喳来喳喳去，自己这边的团队却越来越小，心里真是又闷又急。她知道小敏脾气善，最在意的事情便是想着法子往她的辫子上系不同颜色的红绸子，便瞅准了，用那两条红绸子把她贿赂了过来。那两条红绸子可不是一般的红绸子，是城里的姨妈特地给她买的。不是村里女孩子们常见的粉红和大红，而是玫瑰红，还镶着两条闪闪的银边。那个艳，那个宽，那个厚，那个神气，任谁的绸子都比不上，绝对是村里的"绸子王"。可小树硬生生地就把"绸子王"塞给了小敏，和小敏交成了好朋友。

成了朋友，小敏就说了。

小敏说："女人都是要来这个的，只有有了这个才会长成大人，才能结婚生孩子。"

小敏说："你们这些还没来的，有的是晚来，有的只怕是一辈子都不会来了。那就是有病了。"

小敏说："这病可不容易看好了。"

小敏说："流血一点儿也不疼。这些血现在没什么用，到养孩子的时候就会积攒起来，孩子就是用这些血生出来的。"

小树听得瞠目结舌。小树听得胆战心惊。小树开始隐隐为自己焦虑。倒不是怕将来生不出孩子，而是怕不能结婚，不能长大，更怕因此被人笑话。——现在小树已经觉得自己被排斥是有些没面子的事了。在小树这时候的意识里，生孩子不生孩子倒是极次要的事情。自己本身就是孩子，不觉得孩子有什么好。生孩子就像生个自己，关于生孩子的想象和话题只会让小树觉得茫然而无趣，但结婚和长大就是一个美梦了。看着那些长大的女人不用上学，整天自由自在的样子，小树就眼红。小小的心眼里，不用上学就是最广阔的权利。而在这最广阔的权利之后，就是结婚的盛典，这是女人最美丽的一刻，最不能错过的一刻。

但急又有什么用呢？看着那些女生动不动就在上体育课时请假，老师也心照不宣地回护着她们。或者把裤子弄红了就坐在凳子上不起来；或者把书包吊在屁股后面，小心翼翼地遮着，一步步挪向家。小树就只有羡慕。幸好除了这件事情，好玩的事情还有很多，小树羡慕着羡慕着，就会把这件事情忘掉。

一个夏日的黄昏，小树在院子里收着衣服，突然感觉像尿尿一样，双腿间唰地淌下一股热流。小树伸手摸了一下，居然是黏的，血。再看，血如一条红蛇，顺着她的短裤钻出来。小树控制不住地大叫起来，脑子里满是可怕的联想：自己无缘无故就开始流血，一定是患了某种了不得的病。

小树放下衣服去找母亲，母亲正在鸡棚里一边收鸡蛋，一边和菊婶聊天。见小树冲过来，吓得把鸡蛋也打了一个，说："咋？咋？"

小树把血手给母亲看，咻咻的。母亲说："哪里破了？"小树说着不知道，就哭出来。菊婶却在一边指着小树的血腿笑起来，说："那里。没事。"母亲也笑了，不好意思的，仿佛给人看到了最难堪的丑处，说："我给她拾掇拾掇。"

母亲把小树领到屋里，说："女人都这样。"小树顿时明白，曾经那么盼望的东西，来了。

小树稳稳地放了心。她知道那些来了例假的女生很快就会把自己接纳过去。可想起那些还没来的女生，那个又小了一些的团队，那些怯弱而又纯净的神情，又觉得莫名其妙地难过。有些怅然若失。

母亲拿过一沓卫生纸，对折了一下，让小树垫上，说："记清楚日子，往后就是这天。别把床单弄脏了。裤头自己洗。"

又骂小树："没有一点章法，可惜了一个鸡蛋。"

小树慢慢地走着。一里长的棉垄，不近，也不远。她愿意慢慢地走着。她愿意让肩上的粉色棉包像一朵有腿的巨大的花，行进在暮色渐深的棉田中。这时候，她可以想一些事情。比如，将来会不会结婚。比如，过年添置个什么衣服。比如——女人到底怎么怀的孕。

真的，女人是怎么怀孕的呢？小树一直弄不明白。事实上，她真的很想知道。可她没机会知道。她知道的只是不能问、不敢问、问了也白问。甚至有关这一类问题的周边问题都是要受到大人最严厉的训斥的。小树和好朋友们也曾经偷偷地探讨过这些问题，最被认可的答案是：孩子是从肚脐眼里种进去，然后从腋窝里生出来的。

这个答案，小树不信。她曾经偷听过奶奶和母亲聊天，说村里一个姑娘嫁到了别村，两年了还没孩子。

"她那块地不吃种。"奶奶这么说。地是女人，种肯定就是孩子了。那么种子又是从哪里来呢？这个问题又超出了小树的想象。但是有一点是小树从不怀疑的，那就是，只有和男人在一起才会发生这些奇怪的事情。然而，怎么在一起，也就是说种子又是怎么进的地，似乎也是一个研究不透的问题。从她耳闻的事情推断，大约是和男人睡觉有关。因为她会不时地听到村里的女人们骂街，说谁谁是个破鞋，整天和野男人睡觉不要脸。小树就想，那自己和男生坐同桌，挨得那么近，同睡觉相比是不是也有一点点类似的危险呢？如此琢磨过一番，小树开始拒绝和男生同桌，为此还在老师面前掉了不少眼泪。

恐惧是恐惧，拒绝是拒绝，心里的好奇是一丝也没有减少的。就像来例假这件事，没来时好奇，来了之后又引发了别的好奇。每当看到男生们得意扬扬地从她身边走过，小树就会抑制不住地想：他们有没有例假？看样子是没有。那么他们的身体究竟与自己有什么不同，会使得他们没有？究竟是为了什么，他们会产生出给女人种孩子的种子？炎热的夏天，小树不敢看成年的男子穿着短裤在自己面前摇晃，小树怕自己的眼睛泄露了自己的秘密：小树是那么惊惶地思索着他们短裤里的事物，思索着那种隐蔽的沉重和暧昧的摇晃。

　　小树也对自己的身体好奇。小树就是那时开始悄悄观察自己的身体的。小小的乳头嫩嫩地长出来了。肩膀一天比一天丰满了。两腿之间也开始痒痒地长出了淡黄的绒毛。小树很怕这些绒毛越长越长，要是像头发一样，总不能编成辫子扎上蝴蝶结吧，也不能去理发店理吧。这么想着，有一次，趁家里没人，小树就偷偷把它们剪了。但不久，它们就又旺旺地长了出来。刚出的鲜茬儿扎得小树好几天不敢大步走路，就再也不敢乱剪了。不过不剪了它们居然也没有疯长，只是打着旋儿窝了起来，让小树十分安慰。

　　一个阳光很好的下午，家里只有小树一个人。小树上好门，来到窗户边，就着灿烂的光线，把镜子放在两腿间，想去找那个每月出血的地方。想着每月都出血，总该有个洞洞才说得过去，但看来看去，全是一团粉色的肉，连在一起，没有眉眼。找了很久，找得小树脖酸肩痛，很沮丧。又想找自己尿尿的地方，也没找到。忽发奇想：如果照着镜子尿一下，大约就知道了。但再一想，如果对着镜子尿尿，还怎么能看得清呢？十三岁的小树没有办法解决这个问题，放下镜子，一片惘然。不过就此也知道了自己下面是什么模样。说实话，小树觉得很不好看。

　　一月一月的血流过来，小树坐过几次红板凳，渐渐就弄得很利落了。小树日子记得很清，看年历时第一眼跳出的就是十五号。约莫快来的时候就用一个塑料袋把叠好的卫生纸装在里面，还偷偷用零花钱买了个有卫生带的裤头，那个裤头是红底黑花的，花了两块半。小树攒了两个月才攒够。它的底部是软塑胶的，前后各有两个绷筋儿，把卫生纸的两端绷在里面，纸就不会出位，血浸透了也不会渗漏。这可能是当时最先进的方法，原理相当于后来的卫生巾。每次例假过后，小树就悄悄地把这个裤头搭在床底的横梁上，等它自己慢慢阴干。

多年之后，小树用着质地优良的卫生巾，想起那个总是在黑暗中沉默不语的红底黑花的裤头，仿佛还能嗅到它春雨一样潮甜的气息。

有一次，跟奶奶和母亲聊天的时候，小树问她们那时怎么过，有没有卫生纸？

哪有这么好的东西，用草纸。母亲说。奶奶说连草纸都买不起，就用破棉絮。知道小树来过了例假，她们这时已经常常把她当大人，心情好的时候，倒是很愿意对她讲这些闲话了，问一些问题也不会被呵斥。小树觉得，母亲和奶奶同学校里那些早来例假的女生一样，都有那么点儿势利眼。

破棉絮也是很珍贵的啊。要是没有了破棉絮呢？小树说。奶奶说就坐在一个中间挖空的凳子上，凳子下面弄些土或是煤灰，滴啊，滴啊，滴那么几天。小树说那就不干活了？奶奶说就干那些坐着不动的活呗。补个衣裳、掰个玉米什么的。小树说那要是非出去不可呢？还有，要是冬天，不就冻着屁股了吗？奶奶就顺手把蝇拍子拿过来，骂："我敲你这个打破砂锅问到底的丫头！"

小树慢慢地走着。她喜欢这样的时刻。在家里她没有条件一个人待着。只一幢屋子，白天哪里都是人，晚上还和奶奶一个床。

她要多享受一下这个时候。

忽然间，小树停住了脚步。她看见一个骑车的男人在自家的田头下了车，向地里走来。他一定是向小树走来的，小树确定自己并不认识他。田头前的那条路是一条南北向的支道，向南延伸三四百米才能接到一条东西向的主道上。这条支道的北段有一个化肥厂，经常有工人在这条路上上下班。从来人的衣着打扮看，小树猜想他是化肥厂的工人。他找自己有什么事呢？他不会是想解个手吧？小树被自己的想法弄得不好意思起来。她走得更慢了些。

男人和她走上了同一道棉垄。他们越走越近。微风吹来，棉田里荡起一层层簌簌的波澜。小树看着这个陌生的男人，他一边走一边东张西望。他在看什么呢？小树很纳闷。多年之后，小树发现许多类似的情形：如果一条路上只有两个人相对行走的时候，他们一般都是不会一直直视对方的。视线的转移会让他们感到松弛和从容。陌生人是这样，熟人是这样，亲密的人也是这样。或许只有一个例外，就是面对未成年的孩子。

在相距十几米的时候，小树先站住了。他在小树的盯视中又向前走了几步，也站住了。

天又暗了一些，棉田里的花苞都已经看不清楚颜色了。

"这是你家的田吗?"男人问。

小树点点头。

"你一个人在这儿摘棉花?"

"她们都先走了。"

"你很勤快。"

小树笑笑。她不知道该怎么应答这直接的表扬。

"很能干。"

小树又笑笑。

"多大了?"

"十四。"

他开始向小树靠近。

"我是路过这里的，想去秦屯，你知道去秦屯的路怎么走吗?"

"沿着这条路走到大路上，顺着大路一直向西，走到第二个十字路口再向北就到了。"小树一边说一边给他指。他一边唔唔着一边走到了小树身旁。

"你确定吗?"他问。

小树点点头："我去过。"

"谢谢你。"他说，指了指小树腰间的棉包，"我替你背着吧。"

小树摇摇头。心想他不会是来抢棉花的吧。一斤带籽儿的棉花都能卖两三块钱。小树棉包里的棉花，至少也有四五斤呢。

他就那么站着，也不走。就在大约一米远的地方挡着小树的路。小树听见了他粗重的呼吸，如一个小小的正在抽动的风箱。小树忽然觉得他离自己是太近了，近得让自己讨厌。几乎是在同时，小树又开始为自己的这种感觉惊讶：赶集时那么多人，手碰手，脚跟脚，自己怎么不觉得别人离自己近呢？去城里玩，坐公共汽车，人挤得要死，怎么也不觉得别人离自己近呢？眼前这个人，好歹离自己还有这么远呢。

小树拨开棉枝，走上了另一道棉垄。也许是没有想到小树会不等他让路，小树听见他在自己走了几步之后还没有什么响动。之后，他的脚步也跟了上来。海一样的棉田里，小树和他像两只划行的船。小树的腿不时碰到一些棉枝的小杈，它们在小树的腿上拂来拂去的声音如小河的轻浪。这是多么柔和幽美的亲吻啊。可小树已经无心去体会了。身后的这个男人让小树感到了一种从来没有过的紧张。

他的步子是那样大，很快便和小树并排了。然后他超过了小树，跨到了小树走的那道棉垄上。他的步子慢下来，越来越慢，似乎有什么东西挡住了船，划不动了。或者没有什么东西挡住船，只是海水自己正在渐渐干涸。

小树也跟着他慢下来。在慢的过程中，小树突然涌起一种强烈的预感：他要的并不是棉花，而是小树。他随时都有可能转过身，扑向小树。

他要做的事，和那些布告上的男人一样。

那时候，法院张贴的布告算是村里最有趣也最长久的新闻了。这些布告常常贴在村委会门口的墙上，一张布告要登上好多人的事，在最下角盖着好几个大红印章。罪行是各种各样的，有盗窃，有抢劫，有杀人，有伤害，其中频率最高的一个词，是"强奸"。

"强奸!"

"强奸!"

男孩子们嬉笑着，重复着，像过节一样兴高采烈。女孩子们只是默默地看过，然后红着脸迅速离去，像挨训一样羞辱。小树也是那些默默的女孩子中的一个。其实小树根本不明白强奸具体指的是什么，但是小树的直觉清晰地告诉她，这是男人对女人做的最不好最可耻的事情之一。男孩子的重复和嬉笑让小树有一种卑微，是天然的处于弱势的卑微，而在这卑微中，又有一丝丝青烟般轻淡的兴奋和激动。小树知道这兴奋和激动是不好的，是不能有丝毫表示的，所以小树小小的脸上平静如水。水面下有细碎的沉渣，是那些强奸犯的脸。

小树自己也不知道为什么，她会不止一次地做梦，梦到过他们朝自己走来。他们抱住小树。他们霸道而蛮横。小树惊惧，战栗，而后醒来，醒来后却又有些意犹未尽，而这意犹未尽又让小树对自己鄙夷和痛恨。小树是排斥的，但小树似乎又是渴望的。小树是羞怯的，但小树似乎又是无耻的。小树是清洁的，但小树似乎又是污浊的。小树是逃离的，但小树似乎又是切近的。小树是罪恶的，但小树似乎又是无辜的。小树是一张真实的白纸，上面画满了虚无的图画。但小树又觉得，似乎白纸才是虚无，图画才是真实。

在"男人"这个词面前，小树不知道自己是什么。小树想知道，又怕自己的想知道，更怕自己会知道。小树曾很多次在黑夜里想象如果一个男人来侵犯自己时的情形，那个男人是没有面目的。或者说，他没有具体的面目，却有很多不确定的模糊的面目。小树也不知道该让他在想象中做些什么，但是就是控制不住地要去想。想来想去，那个没有面目又有太多面目的男人居然就变成了一个很亲切的人，仿佛他就是小树生命里的一个熟人一样。

小树为自己荒诞的大脑感到羞愧。但这又是她无法根除的一个恶习。大脑里不能垒墙，不能扎篱笆。要是有什么东西能挡挡该多好啊。小树想。但是没有。幸亏没有人可以透析大脑里的想象，不然小树肯定无法活下去。好朋友们纯净的眼神常常让小树坚信自己是她们中的异类，小树勉强让自己的外在也融入她们的灿烂和天真，但内心不能。

小树对自己无能为力。小树只有忍受。这种深匿的孤独和自伤几乎每天都无声无息地沁染着小树，像白蚁一样侵蚀着她柔弱的矮堤。

多年之后，小树偶尔读到了几句诗：

> 你是宝石
> 黯淡是因为蒙了薄灰
> 这是每一颗宝石都有的命运
> 会有风为你吹来
> 你不必因为卑怯把自己摔碎

小树微笑了，然而落了泪。

在黄昏的棉田里，看着面前男人的背影，一瞬间，小树有些恍惚。男人的气息混在棉花的气息中，一阵一阵向她袭来。

男人停下了脚步，转过身，朝向小树。

那件事，要来了。经常想的那件事，要来了。不，已经来了。本来是经常想的，来了却又这么突然。突然，却又不那么突然。可，毕竟，还是突然。在经常的突然和突然的经常中，单纯的想象在事实的逼近中失去了朦胧的色泽，被犀利的秋寒击打到了面前。

小树的心骤跳着，大脑里搅成混乱的一团。她必须逃离。必须。没有什么时间了。天马上就要全黑了。小树知道，天黑和天亮一样，关键的转变其实都在一瞬间。这个瞬间就要来了。小树必须得在这个瞬间里摆脱这个男人。

小树想让自己从容起来，但是没有成功。她不知道该怎么才能让自己从容。她只知道，自己的心脏就要跳出来了。就，要，跳，跳，跳跳跳，出来了。

男人一步步地向她走着。天一步步地黑着。

忽然间，小树像风一样飘到另一条棉垄上。她几乎是飞跑起来，终于超过了男人。脚下的棉垄真长，肩上的棉花真重。这讨厌的棉垄真长啊。这讨厌的棉花真重啊。

男人很快跟了上来。和小树的节奏一样快。他的快逼迫着小树的快。小树的快也逼迫着他的快。他们仿佛在进行着一场奇怪的比赛。

但男人居然还在说话。

他说："你怎么走这么快？"

小树说："我想回家。"

他说："是不是饿了？我有东西，你吃不吃？"

小树说："不吃。"

他说："看绊住脚。"

小树还想说什么。没说，只是咳嗽了一声。

他说："你冷吧？我的衣服给你。"

风吹着他的话音，漾起了颤动的波纹。他的手，就着这波纹伸了过来，没有一点儿声响。但小树知道。小树的背上长了眼睛。小树一躲，觉得自己的头发都要直起来。她想要叫，可嘴巴发不出一点声音。

小树绝望地向远处看去。

借着天空的最后一丝余光，小树看见田头的路上，从南端，遥遥地，走过来一个女人。

"菊婶！"小树说，惊喜和激动从小树的语调中毫不掩饰地喷发出来。

男人的手一下子缩了回去，仿佛被什么烫着了。

"是菊婶。"小树肯定地说，"你不是去秦屯吗？可以再向她问问路。她娘家就是那村的。"

"这会儿她怎么还来地里？"男人的口气似乎很犹疑。

"她还留这儿一包花呢。刚才一趟拿不走，她说待会儿再来的。"小树说。

"在地里放一夜也不要紧吧？"

"会吃上露水的，对棉花不好。"

"那上秤的时候不就重了？"他似乎已经是在聊天了。

"重是重了，可花一潮，到棉站验的时候就会降级，还得短钱。"

"你知道的还挺多。"

"该知道的总要知道些。"

……

在对答中，小树和他走出了棉田，来到了路上。小树卸下花包，松了松肩。然后小树蹲下身去系鞋带，系得很慢很慢。

捋着自己的呼吸，小树的眼睛一阵酸涩。

后面有自行车铃声传来，男人骑上车走了。

那个女人越走越近，和他擦肩而过，小树没有听见他向她问路。

小树也没有叫那个陌生的女人菊婶。

小树坐在地上，悄悄地哭了。

*
语
文
课
*

1

刘小水是从前门进去的。一进去，
她就知道自己走错了。不该走前门的。
不过都快二十年没进过教室了，也难
怪。校园里刚刚响过标志着上课的音乐
钟。钟声消逝的瞬间，世界总是格外安
静。全屋子的人都顺着开门声齐刷刷地
看着她，那么多粉扑扑的小脸蛋哪，头
发都一般般地黑，眼睛都一般般地亮，
都明铮铮地照着她，仿佛每个人的眉毛
下都点着两盏小灯，把她照得都有些恍
惚了。

她的富丫头，在哪里呢？

"您是谁的家长？"传来一个仿佛被熨斗熨过似的平展的声音。刘小水闻声转向讲台，一个年轻的女老师正微笑着看着她，一脸的礼貌和知识。

刘小水有些慌了，她道："哦，富丫头……余富。"

老师笑了，孩子们也都笑了，叽叽喳喳地一起朝一个角落看去，一屋子的小脑袋在转向的瞬间形成了一个漆黑黑的目光通道，刘小水的眼睛顺着通道溜过去，就在通道的终点看见了富丫头。富丫头有些不好意思地趴在了课桌上，一边小声道："去，去！看啥呢看？!"

"请在后面就座。我们马上要开始上课了。"老师伸出右手，做了个请的姿势，然后把脸转向孩子们，"同学们，请打开课本，翻到第 121 页，今天我们学习第 21 课《真想变成大大的荷叶》……"

窸窸窣窣的翻书声波浪一般响起，总算没有人看自己了。刘小水松了一口气，连忙朝教室后面走去。孩子们坐得可真挤呀，过道可真窄呀。刘小水侧着身子，将手里的袋子高高地拎起来，走到最后，左右瞅瞅，没位子。她转脸又去看她的富丫头，富丫头冲她努努嘴儿，哦，在富丫头的身后，最靠南的窗户边儿，有一个小小的凳子，那是富丫头给她留的呢。她连忙挤过去，坐下来。

富丫头扭头看了看她手里的袋子，用眼睛狠狠地剜了她一眼，才又转过身去。老师已经开始朗读课文了：

夏天来了，

夏天是位小姐姐。

她热情地问我：

想变点儿什么？

……

刘小水笑了。这写书的人可真会写。女老师很年轻，齐刘
海，马尾辫，一对小酒窝时隐时现，皮肤很白，阳光似的那种
白。上身一件黑毛衫，下身是条黑裙子，颈上绕搭着一条白丝
巾，看起来素净俏丽，还有几分说不清道不明的神仙气儿。声
音也好听，清清爽爽，甜甜脆脆。那个味道，让刘小水不由得
想起一道自己调拌的拿手小菜：凉拌萝卜皮儿。

2

窗户台子不高。刘小水把右胳膊支在窗台上，又把脸支在
手上。阳光透过窗户，罩住她的半边身子和半边脸。阳光很
好。她不由得把整个脸都转了过去，凑向这阳光。这阳光像什
么呢？阳光就是阳光。她知道。可坐在教室里，她就不由得想
起上学时候老师叫自己造句的情形来。比喻句，拟人句，排比
句……这阳光，到底像什么呢？像温热的酒吗？像薄薄的丝绵

吗？她的眼睛眯起来，感到自己的眼皮儿先是一阵炫亮，然后慢慢被点燃了，一点点地热起来，红起来，热得越来越深，红得也越来越深……

她打了个盹儿，从袋子里取出一个"甜蜜蜜"，放进嘴巴里。平日里劲儿不足的时候她就往嘴里放块"甜蜜蜜"。甜物能领精神。"甜蜜蜜"的老名字叫"梅豆角"。今儿一早起来，买了菜，将小菜的料都备齐了，她就开始揉面、熬糖、擀角、灌浆，一直炸到这会儿……七斤面能炸出十斤梅豆角。在县糕点厂当工人的时候，这是刘小水最会做的甜点，她炸得真是好呢，一个个饱嘟嘟的，真像熟透了的梅豆。最开始在燕庄卖这个东西时，她还沿袭着老规矩，叫它梅豆角，卖得不怎么好，每天只有四五斤的量。后来还是富丫头说她学校附近有个摊子卖的也是这，人家却不叫梅豆角，而叫"甜蜜蜜"，人家就卖得好。"洋气得很呢。有个电影，有个电视剧，还有个歌儿，都叫《甜蜜蜜》!"富丫头说。她想了想，也就改叫了"甜蜜蜜"，一下子就卖到了每天七八斤。

当然，今天手里这一大袋可不是给自己当零嘴儿的，是给老师带的。家离学校不远，两站路，富丫头已经在这儿读两年书了，每学期都有请家长来听的公开课，她是第一次来。她这次要不来，富丫头说她就真生气了。"不跟你玩儿了。"富丫头说。富丫头现在是班长了，家长不来，就格外没面子。"班长要给同学们做榜样，你是班长的家长，也该给同学们的家长做榜样。"她吧嗒着小嘴说。

于是，她就做榜样来了。榜样没做成，先用迟到给富丫头的面子打了个巴掌。这事儿弄的。

3

教室是三间。有暖气，有空调，讲台右边是台饮水机，饮水机上方是台大电视。刘小水抬头看了看天花板，不由得笑了：当然没有水印子。怎么可能有水印子呢？这省城的学校，怎么会跟她当年读书的村小一样，滴答滴答地漏雨呢？倒是密密麻麻的一堆灯管，她数了数，十八根。富丫头说天阴的时候老师就会全部打开，整个教室就雪亮雪亮的。

课文也不一样了。二年级，自己那时候学的是什么课文来着？《你办事，我放心》？《好好学习，天天向上》？《我爱北京天安门》？《董存瑞炸碉堡》？《小英雄雨来》？《小萝卜头》？《八角楼上》？《鸡毛信》？《我的战友邱少云》？《草原英雄小姐妹》？《一件珍贵的衬衣》？《飞夺泸定桥》？《十里长街送总理》？……似乎除了英雄就是领袖，都是些响当当的人物。对了，还有动物，《乌鸦喝水》《小猫钓鱼》《小马过河》《小猴子下山》《小白兔与小灰兔》……富丫头一年级的课文她也看过，第一篇就把她镇住了，叫《人有两个宝》，只一遍她就背了下来："人有两个宝，双手和大脑。双手会做工，大脑会思考。用手又用脑，才能有创造。"没事的时候，她就喜欢在心里默背这篇课文。越背越觉得人家怎么说得那么好哇，怎么就好像把所有人一辈子的事都说清楚了似的呢？

忽然，她觉得肩背有些酸痛，牵扯得心里也有一块地方软软地酸痛起来。就是这样。一闲下来，那些平日里躲着的毛病就来了，所以除非睡觉，她一般不让自己闲下来。干活的时候不过是身子累，闲下来的时候却是心累。

……
我想变透明的雨滴，
睡在一片绿叶上；
我想变一条小鱼，
游入清凌凌的小河。
……

刘小水又笑了。变成雨滴？这倒是自家男人说的话呢。是他跟她说的第一句话。机械厂紧挨着糕点厂，他就在机械厂上班。上班的时候是厂挨厂，下班的时候是村挨村，前后脚在一条路上走，每天都挂个面儿，就是没说过话。那天她下了班，走到半路上下了小雨，春末梢的雨，不冷。她正骑着车，忽然他就赶了上来，和她并排骑着车，还是不说话。一直不说。雨下得真是静啊，路边的田野绿得也静，她的心都跳到脸上了，也快到分手的路口了，他才说："我想变成雨。"然后，他便贼一般慌慌张张地走了。刘小水愣在雨里。他想变成雨？变成雨干什么呢？去浇地？到底什么意思呢？莫不是神经了？脑子有毛病？她反复思忖着，最后都疑心自己听错了。回到家里，娘在门口迎她，接过车子就埋怨："也不快点儿骑，小雨怕慢路，你看你，一身雨！"一瞬间，刘小水忽然明白了他的话，她湿淋淋地扑倒在床上，笑了起来。

然后呢，然后两人就成了家，他可不就是一条鱼了吗？只是他这鱼可不是小鱼，怎么说呢？该是电视上看过的鲨鱼吧？猛着呢。多少个夜晚，他凶巴巴的，像要撕吃了她一样……在他身下，她可不就成了一条河吗？

再然后，他们在县城安了家，生了儿子余钱，两人的厂子却先后关了门。都不甘心回去，又想再要个孩子，就一窝子来到了省城，扎根在了这名叫燕庄的城中村。燕庄多的是他们这样的人家。"为的就是两个字：计和生。"房东大姐说，"是躲计生，也是讨生计。"

如今，一晃都八年了。

4

......

我想变眨眼的星星，

我想变弯弯的新月。

最后，

我看见小小的荷塘，

真想变成大大的荷叶。

……

老师还在念。不，这一句她不喜欢。她隔着富丫头的脑袋，远远地看着她的课本。课本上还画着几片绿绿的荷叶。这荷叶她也不喜欢。也说不出为什么，就是不喜欢。她看了一眼手里的"甜蜜蜜"，两斤的分量是有的，一斤卖三块半，这一袋子"甜蜜蜜"值七块钱。昨儿她跟富丫头商量了，富丫头立马就说："你可别丢我的人！"她气噎了半天，才想起来问："怎么就丢你的人了？你是嫌这东西土气，不值钱？"富丫头说："我不喜欢你送礼！太低塌！"——"低塌"是老家的方言，刘小水估摸放到书面上，应该约等于卑微，或者是贱。

她又看了一眼这一袋子的"甜蜜蜜"。七块钱的东西，说到净本儿也就是五块。做生意时间长了，她见一样东西就爱算算本儿算算利，成了习性。没法子，活一天就得跟钱打一天交道。柴米油盐，房租水电，进货卖货……每天一睁开眼，就得想着今天得挣够多少才算有了自家的本儿。自家的倒也罢了，好歹心里有个谱儿，最怕的是额外伸来的那些个手——娘家的，婆家的，亲戚的。"在省城都开着买卖呢，手头活便……"

是呀，手头是活便，可锅再大也搁不住窟窿多呀。都以为她有钱，她哪有那么多？暑假里，儿子余钱帮她做生意，在夜市上算账算得飞快，边算边对她说："妈，你给我起的名字可真好，人人都离不开。你仔细听听，谁说哪句话不带个钱？"

她就留出一只耳朵，一听还真是。

"烩面多少钱？"

"三块。"

——这是烩面摊儿上的。

"老板，多搁点儿醋！"

"不是我心疼醋钱，再搁就不是那个味儿了……"

——这是酸辣粉摊儿上的。

"老板，来，帮我们照张相！"

"中啊。再挤一挤，再挤挤，好咧，说：茄——子——"

——这是麻辣串摊儿上的。刘小水暗暗寻思：这几位可没说钱。可好像就是为了驳她，一个女孩子顿时叫了起来："说什么茄子啊，早就 OUT（过时）了！现在流行说的是：抢钱！我们一起来说：抢——钱——"

有一段时间，她总是收到假票。一张假票到手，一天就白忙活了。小本生意，这个亏他们真是吃不起。于是每天晚上忙完了，她就开始练功夫：摸钱。她闭上眼睛，像瞎子一样摸。五毛也就算了，一块的就不能放过。练到最后，她的眼前开始飘着一张张的钞票：绿色的，紫色的，月蓝色的，土黄色的，绿色的，红色的……钞票上的头像她可是太熟悉了：穿着中山装，看着右前方，微微笑着。他笑得可真和气呀。刘小水忽然发现，钞票上的人不仅笑得和气，还笑得活泛泛的，嘴角还会动呢。票子就在她眼前飘着，本来有心想抓，可她看着伟人的笑，就不敢了。她心里真痒痒。又没有人看见——这可是她的梦啊，她的梦可没有旁人进来呀。她刘小水就有这个本事，在梦里还知道自己是做梦。既然是梦，反正是梦，那抓一把应该没关系吧？她看看左右又看看前后，都是一团团浑浑噩噩的雾，像在掩护她似的。她就壮了壮胆子，冲着钞票伸出了手……

胳膊被狠狠地捅了一下，刘小水一激灵，睁开了眼睛。

"妈！"在一片喧闹的读书声中，富丫头小声呵斥。刘小水笑了笑。她捏出一个"甜蜜蜜"，又放进了嘴里。旁边一个穿裙子的女家长斜了她一眼，轻轻道："上课不准吃东西。"

刘小水停止了咀嚼。她紧紧地绷住嘴巴，将"甜蜜蜜"默默地含住，含到后来，腮帮子都有些疼了。

5

"请注意，坐正了！挺直了！安静了！"老师绷紧了嘴角，带着一点点微笑，静静地看着教室。教室马上跟着老师静下来，仿佛老师的静是一个神秘的旋涡，能吸进去全班的静。突然间，老师说话了："下面我们开始开火车！哪一组先当火车头？"

"我们！"

"我们！"

"我们！我们！我们！"

孩子们举起的手臂如一片突然生长出来的小树林。孩子们的叫声如树林里叽叽喳喳的小鸟。老师把右手的食指竖在唇边，用口型做出一个"嘘"，然后笑道："第一组！"

一小撮孩子们发出一阵胜利的欢呼。

老师又环视了一遍教室，郑重其事地张开了嘴巴："热——"

"热乎乎！"——"热门！"——"热天！"——"热水！"——"热菜！"——"热汤！"——"热烈！"——"热心！"——"热心肠！"……

听着听着，刘小水就明白了，原来是接力组词比赛。竖着为一组。孩子们一个个站起，又一个个坐下，小椅子随着孩子们的动作吱吱嘎嘎地响着。有性急的孩子早早就站了起来，紧张地等待着属于自己的庄严时刻，仿佛自己嘴里含着的词是一颗烫烫的炭，早一点吐出就早一点不烧自己的舌头。而一旦听到自己琢磨的词被别人说着了，他们马上就会发出响亮的叹息声。

开着开着，孩子们就把火车开远了："热狗！"——"热人!"——"热钱!"——"热牌!"——"热辣!"——"热舞!"——"萨拉热窝!"

孩子们还没什么，家长们倒哄地笑了。老师笑着做了个停止的手势，道："都很好，下面这个词从第二组开始，透——"

"透气!"——"透明!"——"透明装!"——"透光!"——"透透的!"——"透漏!"——"看透!"——"说透!"——"想透!"——"湿透!"——"透湿!"——"透视!"——"湿透透!"——"透透湿!"

最后几个像是绕口令，说着说着孩子们就又笑了。

老师竖起了右手的食指，仿佛有一个字已经站在了指尖上："游——"

"旅游!"——"游览!"——"游人!"——"游客!"——"上游!"——"中游!"——"下游!"——"游伴!"——"游牧!"——"游船!"——"游湖!"——"游园!"——"游荡!"——"游击!"——"游击队!"——"游击战!"……孩子们的声音如一朵朵无形的花，肆无忌惮地开放在空气中，这个字他们似乎格外有感觉，老师似乎也格外想试试孩子们的本事，任由他们说开去。不知道说了多少，也不知道说了多长时间，仿佛全班的孩子们都说了一遍，火车却还在往前开着。直到刘小水又打了个盹儿醒过来，孩子们还在争斗着，不过争斗的节奏明显慢了下来，如大年夜的鞭炮放到了最后几声，零零星星地炸着："游戏机!"……"游戏规则!"……"游刃有余!"……"游手好闲!"……"游山玩水!"……"游方和尚!"

连"游方和尚"都冒出来了。老师笑起来，正要做出停止的手势，一个孩子突然叫道："游泳！还有游泳没有说！"

接着，鞭炮的鸣响骤然又热烈起来："蛙泳！""蝶泳！""仰泳！""自由泳！"……

"等等！"老师终于忍不住了，"我们说的是'游'，怎么跑到'泳'上了？"

教室里又爆炸一般笑起来，或许是因为后面坐着家长，一些小家伙故意笑出几分夸张的兴奋，要不是老师用目光压着他们，他们肯定就蹿到桌子上去了。

"不过，也难怪同学们会对这个字特有感觉。这个字是我们的新朋友，还是新朋友里长得最复杂最难写的一个。大家可以仔细认识认识它。"老师说着，转身在黑板上一笔一画地写出了一个大大的"游"字，边写边道："请注意我的笔顺哦。按笔顺写出来的字才会好看哦。我们古人写信的时候常说：见字如面。字，就是我们的另一张脸，我们可要让我们的这张脸又帅又靓哦……"

6

安静的教室越发显得暖和了。教室里的气味品种很齐全：

女孩子们青青的汗腥味儿，男孩子们酸酸的汗臭味儿，妈妈们的香水味儿、面霜味儿、油烟味儿，爸爸们的皮革味儿、烟味儿、酒味儿，爷爷们和奶奶们散出来的老年人特有的陈腐味儿……

隔过富丫头的肩膀头儿，刘小水看见她已经写到了"穿"字。富丫头的字敦实大方，周周正正，耐看得很。随着富丫头的笔，刘小水也用手指在膝盖上一笔一笔地写着。已经很久没有这么写过字了，写这无用的字。——可不是吗？平日里写字都是有用的。银行存取款签名，给富丫头的卷子签名，租房协议签名，给进货的老板留联系方式签名……已经多少年没有单单为写字而写字了，像现在这样。

远远地看着富丫头课本上的那些字，她忽然觉得那些字都有些不像那些字了，似乎不是少了一个点儿，就是多了一个钩，一派奇奇怪怪的模样。这是怎么了？怎么这些字都跟自己这么生分了？好歹自己也是上过高中的人呢。燕庄这么多小摊主里，平日就数她买报买得多呢。她忽然又想起富丫头给她讲字的事情来。那天晚上的饭桌上，说起了写字，富丫头问她："妈，你知道咱们的字都是怎么来的吗？"

"仓颉造的呗。"她说，很有些得意。那些个小摊主，有几个知道仓颉呢？

"那是传说。仓颉一个人不可能造那么多字。"仿佛背书一般，富丫头一板一眼地说，"我们的汉字是几千年来人民群众集体智慧的结晶。"

"那你说说，人民群众到底又是怎么结晶的？"刘小水忍住笑问。

"是画来的。"富丫头说，"你想想，山不是山样？水不是水样？火不是火样？"

"可不是吗？一是一样，二是二样，三是三样，万还是万样呢。"她抢白她。常常地，抢白富丫头是她的一种享受。

富丫头没回嘴，只是用食指蘸上水杯里的水，在饭桌上写了三个并排的"木"字。

"我看出来了，一个木是木样，两个木是林样，要是把这个木放到这俩木上头，那就是一个森样了。"刘小水依然打趣。

富丫头依然没还嘴，她默默地在左边"木"的竖的最上头画了一个长横，在右边"木"的竖的最下方画了一个短横，方才一字一句地对刘小水说道："木字上头加一横，就表示树梢，这就成了末字。木字下头加一横，就表示树根，这就成了本字。本末倒置这个词听说过没有？就是头尾颠倒的意思。这就是木、末、本这三个字的关系，你懂了没有？"看着刘小水吃惊的样子，她这才得意地晃了晃大大的脑袋，"老师说，专门有一种学问是研究咱们汉语历史的，叫古代汉语。上大学我们就能学这个了。"

"那，未呢？"刘小水忽然问，"未这个字，是不是也和木有关系？"

"不知道。"富丫头有些瘪了，"老师没讲。明儿我替你问问老师。"

7

老师走得很慢。就该这样地慢，不慢就不对了。——她得时不时停一停，给孩子们指拨指拨毛病呢。刘小水忽然觉得老师很像一个庄稼把式，一边察看田里的苗儿，一边给苗儿锄杂草。——她不由得笑起来，知道老师和庄稼把式这个词很不搭。富丫头的日记里，就说老师是"人类灵魂的工程师"。可她忍不住就要这么想。

"别讲速度，写得快并不重要。"老师以和脚步一样的速度慢慢地说，"重要的是写得对，写得好……"

"报告老师。"有个小男孩举手道，"要是写得又快又对又好呢？"

这是个爱吃劲儿的别扭孩子。家长们都无声地笑了，老师走到小男孩跟前，摸了摸他的头："那当然就太完美啦。"

刘小水的眼睛追随着老师。富丫头的嘴巴上整天黏着的，就是这个老师吧？有的孩子已经写完了，看看周围，互相比较着，发出蜜蜂一样轻微的嗡嗡声。

"写完的同学不要打扰别的同学，可以默默地读课文，也可以趴在桌上静息。"老师说。

刘小水无声地笑了。这老师是好，怎么看都好。课堂刚才虽然乱得有些不成体统，可在她的娇纵下孩子们也真是学得有趣，有兴致。所以乱得也真是好。就"静息"这两个字说得也好。听听，不是歇歇，不是休息，是静息。有多少意思在里边！这个姑娘，不简单呢。不过，她的调调可是有些……怎么说呢？有些像电视里的台湾腔，有些嗲。——不对，也不是电视里的，现在很多人都这么说了，那调调打的，比这老师可花哨得多、新鲜得多。每天在夜市上，她满耳朵都是这样的声音——"他们真能搞哇。"……"要不要挺他?"……"我顶。"……"赞!"……"很潮。"……"衰人!"……"我有去看她!"……"好拉风哦。"……"I（我）服了You（你)!"……"我晕!"

这些话倒常常让她觉得有些晕。都快四十的人了，突然连话都听不怎么明白了，好像白活了似的。又不好意思问别人，只有回家请教孩子们。余钱住校，不常回来，那就只有富丫头。那天，她听到一个女孩骂另一个女孩"四十"。

"这个，你懂不懂?"富丫头正做着数学作业，顺手在演草纸上写下一个"三八"，道，"香港电影里常有的。"

"知道。"刘小水说，"就是骂女人的呗。"

富丫头又写下一个"二"，"这个呢? 懂吗?"她抬起头，强调道，"北京话。"

"你说呢?"刘小水有些怯了。

"就是二百五的简称。意思就是不照脸儿，不靠谱儿，胡来。"

"我懂，懂。"刘小水忙不迭地点头。二百五在乡下有好几个叫法呢：一锭砖，半封银……

富丫头在"三八"和"二"之间画了一个大大的加号，又在"二"后面画了一个等号，看了刘小水一眼，才重重地在等号后面画了一个大大的问号，道："三八加二，你说等于几？"

若论说话，刘小水还是愿意回乡下。偶尔回乡下一趟，听听乡下那些话，她才会踏实一点儿。那些话多亲哪。"野的，咱来野的！"……"收成不赖！"……"将将就就吧。"……"又去哪儿日哄人了？"……"明年扎根基，起房！"……"老婆子纺花，慢慢儿上劲。"……

再返回城里的时候，她就会有些恍惚：这是一个世界上的声音吗？

是的，这是一个世界上的声音。她知道。外国话，中国话，城里话，乡下话，电视上的话，书里的话，家常话，正话，歪话，新话，老话……都是这个世界的声音。都是。这杂七杂八的声音如无边无际的海，刘小水常常会觉得有些害怕，仿佛这个声音的海会把她淹没。她不会游泳，蛙泳、蝶泳、仰泳、自由泳，她一样也不会。这些声音让她莫名其妙地觉得孤单，好像这海里就她一个。活在这世上，就是为了被这些声音淹没吗？——听啊，听啊，来了，来了，那些声音又来了……

她又一激灵。是富丫头又在捅她。方才，她又睡着了。

8

捅完她，富丫头就站起来，朝讲台上走去。刘小水揉揉眼睛，心提了起来。这个丫头，她上讲台上干什么呢？哦，还有好几个孩子都正往讲台上走去，不止富丫头一个呢。

她看看手表，再有八九分钟就下课了。

孩子们围到老师跟前，伸出小手。老师笑嘻嘻地给他们每人发了一个纸牌子，道："老师发哪个是哪个，不准换哦。"

等孩子们将牌子拿在手里，刘小水才明白过来，原来是演戏呢。是要把课文里的东西再演一遍呢。富丫头也算一个争取到了角色的演员呢。刘小水数了数，一共七个。

"老师，谁演夏天呢？"一个手拿小雨滴的男孩子问。

"我呀。"老师有些调皮地歪歪头，说。台上台下的孩子们都哈哈大笑。

"同学们，我们的电影马上就要开拍了。"老师紧并着双腿，笑盈盈地面对着台下那些不是演员的孩子，"谁是导演哪？"

"我——们——"孩子们齐刷刷地说。看来他们对当导演都很有经验了。

刘小水的心里一热。多可人的老师！

演出开始了。老师的手势很雅气地舞动着，念完了第一段。然后是小雨滴男孩，他比画着让自己从空中落下，在讲桌上摆出睡着的模样。接着小鱼女孩上场，她摇头摆尾地在讲台上走了一遍。刚走完就有同学举手，批评道："小鱼应该吐泡儿，她没吐。"

然后依次是蝴蝶女孩翩翩地飞，蝈蝈男孩蹦蹦跶跶地跳，轮到星星和月亮上场时，两个男孩合作了起来，星星像猪似的推搡着月亮，月亮则慢悠悠地不慌不忙地任他推搡着，等他们表演完了，老师要求他们解释，星星言简意赅地说："众星拱月嘛。"

一屋子人都笑翻了。

富丫头在喧闹中出场了，她演的是荷叶。富丫头脸圆，身材壮，还别说，台子上的孩子们还就她适合演荷叶呢。她高高地举着画有荷叶的小纸牌，仿佛真就举着一片荷叶。

……
小鱼来了，
在荷叶下嬉戏，
雨点来了，
在荷叶上唱歌……

"荷叶"在富丫头的手里，一会儿晃到左边，一会儿晃到右边，仿佛在感受风的吹拂，又仿佛在感受雨的重量。小鱼和雨点也都用稀奇古怪的自创动作配合着富丫头，讲台上顿时热闹到了高潮。在近乎聒噪的喧哗中，刘小水默默地看着富丫头。这是她的富丫头，在省城生，在省城长，好运气的富丫头，出生的时候是在省人民医院，这可是省里最好的医院哪。幼儿园上的是燕庄村自己的幼儿园，别看是城中村的幼儿园，水平还真不错呢，还是双语呢。到了上小学的年龄，本来以为没有省城户口，上不了好学校，没想到凑巧碰到了上面的政策，说是给民工子弟寄读提供条件，一丝一毫力气没费，她就上了这个区里的重点。这个富丫头，这个和城里孩子一样连米和面从哪儿来都不知道的富丫头，这个从来没见过庄稼怎么长大的富丫头，刘小水知道，她这一辈子是不会再回乡下了。她赶上了好日子。

——好日子。什么是好日子呢？昨晚男人和她在枕头上聊到以前的一个邻居，开出租车的那家，在燕庄住了十来年，去年终于攒够了钱，付了首付置了新房，欢欢喜喜地搬了出去。男人说进货的时候在街上看见那家的出租车了，男当家的载了个描眉画眼的小女人，两人有说有笑，一看就是腻得过了头儿。

"人家可熬出头了。"男人说，毫不掩饰自己的羡慕。

"等咱有钱了，我不拦你。"她说。男人也曾是荒唐过的，小小的。

男人扑哧一声乐了："那你也找一个，我也不拦你，啊？"

两人都孩子般笑起来，仿佛在说着一件最好玩的事情。要说，男人还算是好男人呢，还对她说这种疯话。要是还在乡下，别说叫他说这种疯话，就是她自己去说一句半句的，他也得把她打个半死……可是，真的也是疯话呢。有钱买新房了就是好日子吗？有钱了再找一个就是好日子了吗？有钱了……刘小水想起富丫头给她讲的那个"未"字："老师说，未字就是没有的意思。"

"跟木没关系吗？"

"老师没说。我猜可能有关系，只是可能啊。"富丫头说话越来越讲究了，"我猜呀，未指的可能是树梢没长出来的那部分。"

"未就是没有……"刘小水不甘心，"那未来呢？不都喜欢说未来怎么怎么的吗？"

"就是因为还没有，大家才爱说。要是有了，那还有啥可说的？"富丫头说得很圆。

刘小水不吱声了。未就是没有。她没有想到这个。怎么会是这样呢？未怎么会是没有呢？

9

孩子们还在台上,又开始了新一轮的表演。这次表演的核心是几个重点词。老师的词是"热情",笑得跟什么似的。小雨滴的词是"透明",这个词把他难为得不得了,小鱼的词是"游",蝴蝶的词是"穿梭"……台上和台下都笑声连连。刘小水忽然觉得这种表演有点儿荒唐。把句子从文章里单剥出来,又把词从句子里单剥出来,这不就跟把庄稼从地里单剥出来一样吗?这不就跟把一天从长长的日子里单剥出来一样吗?——这不就跟把这一刻从这一天里单剥出来一样吗?这可不就是有点儿荒唐吗?

刘小水不能想象。她不能想象这种单剥。她忽然觉得自己就是那个被单剥出来的字——木。自己就是那个木,是被从林里单剥出来的那个木,是被从森里单剥出来的那个木。余钱和富丫头就是她的末。终归有一天,她这棵木会把"末"留在城里,然后和同样是单剥木的男人回到他们乡下的"本"里去。

而未呢?

——未就是没有。

看着台上的富丫头,刘小水的心里一绊一绊地疼痛起来,仿佛富丫头远得像电视里的人,电视一关就不见了。

……

荷叶像一柄大伞，

静静地在荷塘举着。

……

老师让富丫头表现的重点词是"静静"。讲台上的她果然一动不动地举着那片荷叶，像一尊小小的雕像，很庄重。当然她的庄重引来的仍然是一阵欢笑。刘小水忽然明白自己为什么不喜欢荷叶了。自己这一辈子，可不尽当荷叶了吗？顶风冒雨，下面还养鱼养虾养藕……一瞬间，一种莫名的委屈感汹涌上了刘小水的胸口。她突然觉得自己怎么就过得那么可怜呢？日子是越过越好了，她知道。——她都能坐在省城的学校里看富丫头表演荷叶了，这还不好吗？可为什么她还是觉得自己过得可怜呢？是因为一天赚不到一百块钱吗？是因为从早到晚的辛苦吗？好像都有那么一点点儿。可是要是一天能挣够一百呢？如果一天能挣两百甚至三百呢？就不可怜了吗？要是自己什么都不干，清清闲闲的，把胳膊揣在袖子里，整天坐在马路牙子上看野景，要是这样都有人论天儿给自己送两三百块钱呢？——当然这是说胡话——可真要那样的话，那自己就不可怜了吗？可怜。刘小水还是觉得自己可怜。她有些糊涂了。她不知道为什么她就觉得城里的自己和乡下的自己，忙着的自己和闲着的自己，赚钱的自己和不赚钱的自己，赚小钱的自己和赚大钱的自己，一切一切的自己，都是那么地可怜呢？

刘小水难过起来。她的难过越来越深，越来越深。下午最后一缕阳光很温柔地照在她的身上，这更让她难过了。她不知道自己是怎么了。自己这是怎么了呢？都不像平日里的自己了。自己怎么就不像平日里的自己了呢？可她就是难过。就是控制不住自己的难过。

富丫头已经表演完了。她的完成意味着全剧的完成。台上的富丫头规规矩矩地、有模有样地朝台下鞠了一个躬。其他的孩子也赶紧跟着富丫头鞠了一个躬。哗哗的掌声里，刘小水深深地低着头，一手拎着"甜蜜蜜"，一手去捂嘴巴。她的内心充满了羞愧和恐惧。她知道掌声一停下来，全屋子的人都会听到她乱七八糟的哭泣声。

* 良宵 *

1

在这个地方，穿衣服总是显得怪异的，无论穿得多么少。她穿着统发的胸罩和裤头——洗浴中心大约是世界上唯一给员工们统发胸罩和裤头的地方了。这两样就是她们的工作服。

胸罩是艳足足的大红，裤头则是两侧带透明网纱的黑，这两种颜色的搭配按说应当既性感又精神。但在一群白花花赤裸裸的女人堆里，是谁都不在意的。这性感和精神没了用处，就变得有些灰不塌塌了。

她在第二个床位边，慢慢地搓着手

下的身体。慢，因为速度的错觉，也可以看成是细腻和精致。这是一个老人的身体，她们行话里叫"皴"。"皴"是最难搓的。"皴"又分"胖皴"和"瘦皴"。她床上躺着的，是个"胖皴"。相对来说，"胖皴"比"瘦皴"还要好搓些，多少有些肉，能把皴撑得展些。那些"瘦皴"，层层叠叠的，只有皮。不下力，搓不净；下了力，她们又不经搓，会哎呀哎呀喊疼。难伺候呢。

西北风一起，来这里洗澡的人就多起来了。都说是一层秋雨一层寒，对洗浴中心来说，却是一层秋雨一层钱。今天是星期日，是一周里客人最多的时候。这是有缘故的。如果把双休日比作一道玩乐大餐，那一般都是周五订菜谱，周六做菜吃菜，疯欢一日，周日呢就得整理残局。该洗的洗，该睡的睡，总之是收拾锅碗瓢盆的日子。——人的身子可不就是最麻烦的锅碗瓢盆嘛。

这两年，洗浴中心的生意越来越好。以前洗的男人多，把这洗浴中心当成了一个上档次的地方，每人三十八元，二十四个小时，洗完了可以免费看电视、看电影、打麻将、下棋、健身、上网，还可以免费开个房间休息一晚上，连带免费第二天的早餐，又新鲜好玩又经济实惠。后来开洗浴中心的越来越多，生意抢得越来越厉害，就把女人的钱包也瞄上了。女人们账算得细，商家的账也跟着算得细：现在什么都涨价，外面最一般的大澡堂子也得四块钱一张票，全身搓澡另加四块，好歹得八块钱呢。在这里洗环境又好，又不挤匝，即便价钱高些，也高得眉清目秀，不是一笔糊涂账：带按摩每位二十八元，不带按摩每位十八元，十八元里有什么呢？一条毛巾，一条内裤，一双袜子，质量都不怎么好，可总归都是崭崭新的。再加上无限量免费提供的洗发水护发素沐浴液以及搽脸的大宝，还有全身搓澡，蛮划算的。她有几次看到那些洗完澡的女人往脸上搽完大宝又往手上和身上搽，有的还往脚上搽。一瓶大宝六块五，她一个身子搽完，用了半瓶。单这一项，就从十八块里捞回了三块。嗤！

"你儿子这个月的生活费得了吗？"三号床的搓澡工问她。

"唔。"

"什么时候得的？"

"我们是半年一给，早得了。"她有些不情愿地含糊道。其实还没给，她不想说那么多。她也知道对方问也只是为了自己说。

"我那死鬼还没给呢。两个闺女，一个月才给五百。还不按日子给。你说缺德不缺德？五百，够什么吃的？莫不成叫我们娘仁喝洗澡水？"三床的唠叨声有些远去，是绕到了床的那一边，"你还好，一个儿子，给五百，虽说儿子吃得多，可总比我这两个闺女吃五百宽裕。五百，两个五百，一个才二百五，啧啧，说出来好听？"说着三床忍不住笑了，她也笑了。她们手下的两个身体也都笑起来。

"你不会告?"三床的客人说。这是个年轻的姑娘,她闭着眼睛,仰躺在那里,胳膊朝着头的方向全力押着,有些像仰泳。

"说着容易做着难。丢不起那个人哪。"三床叹道,"就是我丢得起那个人,两个闺女还不依呢。一边恨着,一边护着,也不知道她们是什么主意。"

"亲便亲,打断骨头连着筋。"她手下的"胖坯"说。

她一边听着一边将"胖坯"的胳膊折起,露出肘,在肘上圆圆地揉着。是啊,自己那儿子,还不是一样?一边恨着爹,一边护着,不让她说半句不是。但凡他来看他,他就绷着脸,也不和他多说半句闲话。她在一旁看着一根血管出来的爷俩,又解气又堵心。

造孽啊。

"什么时候轮到我们?"一个欢眉溜眼的小姑娘呱嗒呱嗒地跑到她的身边,"我们等得花儿都谢了!"

一群人哗地都笑了。总是有性子急的人,可再急也没有用,这里有这里的规矩。进门时发的那个带着更衣柜钥匙的电子手牌就是规矩,搓澡就是按手牌号的先后顺序来的。

"一会儿就会有人叫手牌号。"她道,"你仔细听着,叫到你,你就可以来了。"

"还得多久啊?"

"很快。"

2

丈夫姓花，是她一个厂里的推销员——已经是前夫了，她还习惯把他当成丈夫。当初找他的时候，母亲不太愿意，先挑剔工作，说推销员没几个本分的，完了又挑剔姓，说："姓什么不好偏姓花？花不棱登的。将来有了孩子，取个什么名儿好？花灯？花边？花粉？花卷？花砖？花菜？花椒？花柳病？怎么叫都难听。"瞧瞧，连花柳病都诌出来了。她的心已经对花开了花，就不乐意了，顶撞母亲道："不是还有花云吗？还有花木兰呢。还有花木莲。"她就是要欺负母亲不识字。

"花云、花木兰我知道，那花木莲是哪个？"母亲果然糊涂了。

"花木莲嘛，是花木兰的姐姐。"她笑了。

要死要活地跟了姓花的，心甘情愿地被他花了，没承想他最终还是应了他的姓，花了心，花花肠子连带着花腔花调，给她弄出了一场又一场的花花事儿。真个是花红柳绿，花拳绣腿，花团锦簇，花枝招展，把她的心裂成了五花八门。起初都是她闹着要离婚，他不肯。到最后一次，他先提了离婚。他一提她就傻了。雷打千遍，要下真雨，她这才知道自己没有雨伞，没有雨衣，连屋顶也是漏的。但她硬生生地赌着一口气，在协议书上签了字。儿子房子都归她，另加三万块钱的存款。

他说他净身出户。——连厂里的工作都辞了，说去开店做生意。可他们离婚刚刚一个月就听说他又买了房子结了婚，那女人比她小十岁。后来她才拐弯抹角地知道那个女人早就跟上他了，他们结婚的时候，他们的女儿都上幼儿园了。

儿子叫花岩，那个女孩儿该叫什么名字呢？花朵？花瓣？花篮？花蕾？花鼓？没事的时候，她会瞎想。想着想着便会笑自己，能过好自己的日子就不错了，还寻思人家。真是咸吃萝卜淡操心。

"喂，你知道吗？老八的男人也有人了。"三床说。

"知道。"她昨天就听说了。老八是八床。丈夫是个出租车司机，搭上了个开卫生用品店的女人。

"一个卖卫生纸的，他一个男人家，怎么就和她混到一起了！我说老八：我要是你，就一把火把她的店给点了。都是纸，好烧着呢。把那个小婊子的毛都趁势烧干净！对这些人，不能手软。你就是太软。离什么离？揪住他，别丢，拖也拖死他！"

"那不也拖死了我？"

"傻呀。他找，你不会也找？你就是不找，也得和那个女人当面锣对面鼓地闹一场出出气才是！就这么鸦没雀静地离了，我啥时候想想都替你窝囊！"

她笑。是啊，她也觉得自己窝囊。知道丈夫给自己藏了这么多猫腻，她也没有去闹。她对自己说：你就是去闹了又能怎么样呢？能把丈夫铁了的心回回炉熔回来吗？当然，也是不会闹，不敢闹。这场拔河比赛，那母女两个赢了他们母子两个。她没分量是自然的，可儿子终归是个儿子呢。能让丈夫狠下心撒开手，可见那女人有多么厉害。

就这么着，她就轻轻易易地放过了丈夫和那个女人，直到现在，也没有见过那个女人一面。好事成双，祸不单行，离婚不久，她就下了岗，五万块的包赔费拿到手，她赶紧存到了银行，三年期。儿子今年才上的高一，三年过去考上大学，这笔钱正好派上用场，还能多出万把块钱的利息。没了远虑，还有近忧。五百块的生活费就是吃馒头配萝卜条也不够，亏得她还能打能跳，就使出了浑身解数去挣。儿子一天三顿饭少不了，这三顿饭也把她的时间切成了三截。于是她上午去做钟点工，下午去超市卖菜，晚上来这里搓澡。

放过了别人，她没有放过自己。有一段时间，儿子迷上了网吧，三天两头偷她的钱逃学去上网，她怎么苦口婆心地劝都没有用。实在不知道该怎么办，她又恨儿子又恨自己，留了遗书，晕着胆子用水果刀割了腕。刚好母亲去给她送饺子馅，把她抢救到了医院。来看她的人说得最多的就是三个字："想开些。"母亲也是这三个字。她耳朵都听出茧来了。那天她对母亲嚷："想开些，想开些，谁不知道想开些?! 你们告诉我怎么想开些!"母亲不说话了，呜呜地哭。她也呜呜地哭。天知道她是多么想想开些啊。可挨个儿去找碰到这种事的女人们问问，哪个是想想开就能想开的？谁有这个本事？

3

现在，她的手下换成了个中年女人，她们行话里叫"棉"。这样的女人偏胖，肉又松，面积大，质量差，一搓起来就全身晃，可不跟棉花似的？这是小小的肉的海，这儿凹，那儿凸。搓凹的时候，凹的会更凹。搓凸的时候，凸的会四处流淌。因为肉不定型，"棉"的犄角旮旯儿还特别多。不过这样的女人也有她的好处，身体既是走了样，就很在意皮肤。就给了她机会。

"哟，你这皮肤多好啊。"她郑重地称赞，她的称赞因她的郑重而显得越加诚恳，"这好皮肤，可是不多见呢。"

"干。""棉"说。

"冬天哪有不干的？皮肤都缺水。"

"洗澡不就补水了？"

"那不一样。洗澡补的水太浅，就像渴的时候喝了口水，却只在嘴里漱了漱，又吐了出去。要补，得深补。蜂蜜，牛奶，都行。我仔细地给你按摩一下，肯定吸收得可好。"她的口气清淡又随意，"咱这里有纯天然无污染的蜂蜜，要不，一会儿推一个？"

"那就推一个吧。"

她表面不动声色，手更加体贴地游走着，心底却暗暗地舒了一口气。

起先，她是不爱说话的，后来渐渐地就说开了。不说不行。一是整天闷闷的，别人看着别扭，自己也觉得和别人格格不入。合不了群，就孤单生分。二是不说话就只能搓平常的澡，她们行话叫"普搓"，一个普搓她们只能抽三块钱。平日里一晚上也就普搓十来个，周六周日再多出十来个，一个月就千把块。可要是能说动客人推个牛奶蜂蜜海藻泥，把这个收入和洗浴中心五五开，那就能多挣个一二十块，值多了。有那么几次，她还推销出了她们能力之内最贵的美容保健套装，提了三十块钱呢。老话道：会说能当银钱花。挣这个钱自然有运气的成分，更多的却是话里绕的功夫。认清了这个理，她就开始下这个功夫。还特意买了几本书研究。想向别人传道，自己先得懂经嘛。

当然，这事也得看菜下碟。来这里洗澡的女人要说日子都过得宽松，可人和人还是不一样。有的人躺在床上，浑身上下紧紧巴巴，打眼一瞧就知道是头一次来。给她们搓澡的时候，她们的神经也是紧巴的，总是赶趁着她的手。她的手还没搓到胳膊呢，她们的胳膊已经抬起来了。还没搓到膝盖呢，膝盖也已经弯出来了。这样的人，她的手劲儿轻些重些，她们都不说什么。她也不问。而有些人呢，就舒舒展展软软和和地躺着，一望而知是常客，等着她的手来调停。随她搓哪儿，随她怎么搓，都是一副自在的架势，就是手劲儿上有讲究，她要时刻地问轻不轻？重不重？背上要不要多按几巡？小腹要不要多按几圈？特色补养的那个钱，多半都是赚在这些人里。而这些人里又分几种：利落着口气要补贵的，那是有人买单，自己不掏腰包，大都是官太太。花钱的时候便有一股威风凛凛的劲头。仔细把价钱和功效问个明白才补的，是会过日子的精明老板，做生意的多些。在补不补的问题上犹豫半天才下决心的，约略都是些光景刚刚开始改观的小家妇人。

因为眼明心亮，她只要开口，建议的成功率就很高。熟客虽然很少，且绝大多数人都只是一次交易，但对她来说，也就够了。铁打的营盘流水的兵。只要她这个营盘在这儿，只要有流水的兵，只要兵们的水能流到她的荷包里一两绺儿，就总能让她和儿子的日子活泛一些。

4

"海！来这张床！"一个年轻女人在二号床上躺下，朝刚才催问过的小姑娘叫道。小姑娘正在池里玩，闻声滴滴答答地跑了过来，一下子就爬到了三床上。

小姑娘看起来七八岁的样子。她们行话里管这种客人叫"水"。可不是水吗？从头到脚，从眼睛到指甲，哪儿都嫩生生水灵灵的。搓"水"的时候，她们是格外愉快，也是格外小心的。一是"水"身上不藏泥，一搓就净，既省力，钱也不少拿，搓得精心些是应该的。二是生怕手一重就把"水"搓干巴了，搓疼了，搓跑了。三呢，她们都喜欢和"水"说话，和"水"说话最有趣。

"多大了？"三床问。

"再有一个月就七岁了。"

"叫什么名字？"

"你猜。"

"那可不好猜。你这不是让我大海里捞针嘛。"

"嗳？你这句话里就有我的名字。"

"针针？"

"还线线呢。"小女孩大笑起来，"海，大海的海。刚才我妈都叫我了。"

"我还以为你妈叫的是'嗨'呢。"三床也笑起来。搓着她一鼓一鼓的肚皮，"怎么取个男孩子名儿？"

"又没有规定女孩儿不能用。有个唱歌的女歌手还叫祖海呢。"小姑娘嘴巴真是麻溜。

"上学了？"

"嗯，一年级。"小姑娘咯咯咯又笑起来，"痒!"

年轻的母亲一直闭着眼睛。她顺起她的胳膊，把腕上的玉镯摘下来，放到一边的塑料高凳上。

"镯子成色看着挺不错的。"她说。其实她不懂。不过，好话不蚀本嘛。

"嗯。岫岩玉。"女人说，"孩子爸爸出差给买的。"

"能经常出出差，多好。出差了还想着你，多知道疼惜人。"

女人嘴角微微一扬："早两年就辞了。自个儿单干。"

"单干也好。一心一意给自己挣，肥水不流外人田。"

……

女人扬着的嘴角一直没有放下。好话谁听着都受用啊。

"爸爸亲还是妈妈亲？"三床还在逗着女孩。

"唉，我都多大了还问这个。"小姑娘皱了皱眉，"能不能说点儿新鲜的呀？"

"新鲜的我们不懂，你说说我听。"

"好，那我给你讲几个脑筋急转弯吧。"小丫头来了兴致，"有一个人边刷牙边吹口哨，你说他是怎么做到的？"

"练出来的呗。"

"他刷的是，"小丫头得意地绷绷嘴，"假牙。"

周边搓着和被搓的人又一起笑了。母亲侧过脸，甜滋滋地看了女儿一眼。

"一头牛头朝东，朝右转三圈，朝左转两圈，再朝右转三圈，它的尾巴朝哪儿？"

"嗯……让我想想。"

"想什么想？朝下呀！"

......

在笑声里，她把目光投向对面的淋浴区。哗哗的水流下，全是赤裸的身体。胖的，瘦的，高的，矮的，每一个成年的身体上，都有那么几处黑。从黑发，到腋下，再到大腿根儿。小时候总是不明白：女人为什么是女人？为什么女人长大了就变成了这个样子？现在总算是明白了：没有为什么，女人就是女人。女人长大了就得变成这个样子。常常地，她搓着不同年龄段的女人的身体，从几岁、十几岁、二十几岁，到四五十岁、七八十岁，她就会有些恍惚。仿佛这些人都是一个人，也仿佛就是自己。于是，恍惚中，她的心里会涌起一阵阵莫名的酸楚和怜惜。

5

女儿搓完半天了。她把母亲才搓了一半。这是个典型的少妇的身体，她们行话里管这种女人叫"瓶"。真的是瓶呢。瓷实的肉，流畅的曲线，怎么看着都像瓶。这样的瓶插着女人的花，也插着男人的念想。"瓶"的乳房饱满、圆润，如鼓胀的碗一样反扣在那里。她的手搓她的乳房时，能感觉到海绵一样丰柔弥漫的弹力。这样的身体几乎没有褶皱，是好搓的。不过，也有让她费力的地方，就是泥藏得深，得搓两遍甚至三遍。这满月一样的身体生机勃勃，连污垢也是生机勃勃的，灰白色的泥卷一层层涌上，似乎永远也搓不完。直到搓到她们的皮肤都红通通了，才有些干净的意思。

她又开始搓她的背。这个背光洁得如家里的小案板，可以用来擀面条。她也有过这么光洁的小案板似的背啊，当年使得丈夫那样爱不够，在前面要过她，又在后面要她。她不肯，他就猴子般地缠在她身上求着她。

"你怎么回事？搓着我头发了。"客人说。

她回回神，将客人散乱下来的发丝绾上去，继续搓。已经十点了，洗浴的人还在不断地涌进来。看来今晚得搓过十二点呢。

没有比她们这一行能够见识更多的人体了。下午，她在熙熙攘攘的超市里看穿衣服的人；晚上，她在熙熙攘攘的大澡堂子里看不穿衣服的人。白天她看人的奇装异服；晚上，她看人的奇身异体。有一个女人，浓密的体毛从肚脐眼一直连到私处，让她搓澡都没办法下手。有一个女人除了头发全身寸草不生。有一个女人两瓣屁股，一瓣大，一瓣小，一瓣扁，一瓣圆。有一个女人上身黑下身白，有一个女人前面红后面黄，有一个女人的两只乳上都刺着玫瑰，有一个女人的背上文着一只老鼠……更多女人的体征是在小腹，两道疤痕，不是横的就是竖的——剖宫产的印记。有一次，她在一个女人的下颌摸到了一堆大大小小的硬核，那女人告诉她：她刚做了下颌吸脂手术，把双下巴吸掉了。还有一次，她在一个女人的乳房边上摸到了一坨怪异的软体，那女人告诉她：这是假胸，里面垫了硅胶。嘱咐她轻一点儿。于是当她又一次在另一个女人的乳房边摸到硅胶的时候，她很自然地就把手放轻了。那女人要她重些，她说怕压坏里面的硅胶，女人勃然大怒道："你胡说什么？什么硅胶？我是货真价实！你一个臭搓澡的，要你干什么你干就是了。穷嘴呱嗒舌，有你说话的份儿？"

本来她想忍。这一行好听些叫服务性行业，不好听些就是伺候人的行业。伺候人也就是一个字：忍。一般般的气，比如手重了手轻了被呵斥几句，人多的时候等搓澡的工夫长了发些牢骚，都在情理之中，能忍也就忍了。"忍气免伤财"，她也是说四将五的人了，这个道理怎么会不懂？懂了就好，将那些恶声恶气恶言恶语如她们身上的油泥一样搓下来，被水哗啦啦地冲走，也就罢了。可是那天，她不想忍了。"搓澡的"就中了，凭什么骂还加个"臭"字？她哆嗦着嘴唇回敬那个女人："再臭也比你的嘴巴香！"

"啊哟，你这么香怎么不摆到香水柜台去卖，在这里下力气给人搓脚摸屁股？这是祖坟上烧的哪一炷高香修来的福分？"一竿子打翻一船人。女人的薄嘴皮子如刀，把十几个搓澡工的脸都割出了血。于是这些个搓澡工都住了手，围过来和这个女人理论，女人开始还死鱼一般瞪着眼犟着嘴，到后来也怵了，灭了气焰，灰溜溜地下了床，走了。

那天晚上下班之后，她把一帮姊妹们拦住，请她们吃了夜宵。不过是到一个大排档点了几个小菜，一人一碗馄饨，一小杯啤酒，可她们都喜悦得什么似的，笑声顶得大排档棚布上的红蓝条条一鼓一鼓，直冲向天空。

6

"推个牛奶。"终于搓完了。女人躺着不动，说。

"噢。好。"

乍看都是赤裸的女人，仔细看却不一样。肤色肥瘦高矮美丑仅是面儿上的不一样，单凭躺着的神态，就可以看出底气的不一样。有的女人，看似静静地躺着，心里的焦躁却在眉眼里烧着。有的女人的静是从身到心真的静，那种静，神闲气定地从每个毛孔冒出来。有的女人嘴巴啰唆，那种心里的富足却随着溢出了嘴角。有的女人再怎么喧嚣热闹也赶不走身上扎了根的阴沉。更多的女人是小琐碎、小烦恼、小喜乐、小得意……小心思小心事不遮不掩地挂了一头一脑，随便一晃就满身铃铛响。

见的多了，听的也就多了。女人光着身子躺着的时候，心也常常是光着的。搓个澡半小时的工夫，总有些憋不住的女人要说些什么。偌大一个城市，在澡堂子里川流不息，谁也不认识谁，谁也不知道谁，多半以后谁也见不到谁，那说说也就说说了。有一次，一个女人对她讲她和小叔子睡了觉。说她自打过门，小叔子就开始缠她。她拗不过，就给了他一次。有了一次就有两次、三次，乃至无穷次，刹不住了。她一直以为丈夫不知道，后来才知道丈夫也是知道的。然而知道也就知道了，日子还是糊糊涂涂地过了下去。还有一次，她给一个年轻女人搓澡，那个女人满身都是刚刚褪去疤痕的伤印。她告诉她：她是一个小姐，这是被客人虐待的。她是笑着告诉她的，说疼虽然疼，疼里却也有快乐。看着她目瞪口呆的样子，她朝她打了个榧子："说了你也不懂。"还有什么事呢？丈夫比自己年龄小，晚上贪，例假也不放过，让她的妇科病从没断过。不过也好，省得去外面闹。炒基金大赚，股票大涨，昨天在大户室却亲眼看着一个熟人脑出血猝死。还有一次，她听两个老师模样的客人聊天，一个感叹人生如梦，一个感叹良宵苦短。人生如梦的意思她是明白的，良宵苦短是什么玩意儿呢？她小心翼翼地请教客人，客人笑道："良宵嘛，就是美好的夜晚。良宵苦短嘛，意思就是美好的夜晚总觉得是短暂的。"她点点头：长见识啊……形形色色，色色形形。搓澡工这样一个低微的职业，却因为短暂地亲近着她们的身体，便让她们的话都如身上的水一样，有了向下流淌的欲望。

她越来越喜欢这里了。听着客人们的闲言碎语，和这些个搓澡工说说笑笑，一晚一晚就打发过去了。等到客人散尽的时候，她们冲个澡，互相搓搓，孩子般地打打闹闹一番，回到家，倒在床上就睡到天亮。如此这般，夜复一夜，虽然累，却因为有趣，因为挣钱，居然也眨眨眼就过去了。——良宵苦短，真个是呢。

逢到有什么好事，比如发了薪水，比如儿子测试的名次又靠前了，她的心情就会更好，简直是想什么什么好。看到了比自己好的，她会想：还有这般好过的，说不定自己也能过成这样吧。日子还有奔头呢。看到了比自己差的，她就想：这外光里涩的日子，还不如自己呢。看来自己的光景还不错。看到那些不好不坏的，她就想：这世上的人和自己都差不多吧，自己能随个大溜，这不也挺好的嘛。就是丈夫的事也不那么可恨了。虽然让她落了个孤儿寡母，可那是个什么丈夫？离了就离了，不可惜。他另找就另找了吧，他享他的花花福，自有人替她来受他的花花罪。她不信他狗改得了吃屎。现在的日子虽然不宽展，却也有房子住，银行里还有七八万的存款，自己还挣着一两千的活钱，儿子每天都能吃上荤菜，换季就有新衣，也不是太没办法。最要紧的是自己身子好，能兼着几份差，儿子也越来越懂事，知道学业上进——那次割腕不但没有死成，还戒了儿子的网瘾，开了他的灵窍，真真是天照顾呢。

渐渐地，她就觉得她的心似乎的确和以前不一样了，如同母亲劝自己的一样：想开了。这个开从哪里开的，怎么开的，似乎还不明白，但开是肯定开了的。

开了就好。心好了，手也好。心随手动，她搓澡搓得自然就越发轻快。一个又一个身体在她手下娴熟地翻动，脖颈、肩胛、乳房、肋骨、后腰、大腿根儿、小腿背儿、脚指头、手指缝儿……手到之处，泥垢滚滚而出，白花花的肉体前，她居高临下，是技法超群的医生，是手艺出众的厨师，是胸有成竹的导演，是指点江山的统帅，是不可一世的君王。在一个又一个身体的间隙，她用水盆冲洗床面。飞翔的水珠顺着她甩开的双臂在床面上跌落，瀑布一般欢流下去。这短短的一两分钟，是她喘气休息的唯一空当。她会长长地直一下腰，吐两口气，然后，把身体再次弯下去。

7

"妈，你什么时候能好啊。"小女孩又过来催的时候，她刚刚给女人涂满牛奶的身体按摩完最后一把。

"去把手机拿出来，让我给你爸打个电话。"女人把湿漉漉的手牌递给小女孩。小女孩接过手牌，蹦蹦跳跳地朝更衣室的方向跑去。很快就回来了。走到女人身边，却没有把手机递给女人，而是自己嘀嘀嘀按了一通号码。

"爸，你洗好了没有？"又将脸转向女人，"他早就洗好了。"

"让他在外面等我们。"

小女孩向手机转述了妈妈的话，很快便把小嘴噘了起来："爸说他不等我们，我们太磨蹭，他要先回家。"

"他敢?!"女人淡淡地说,一边朝淋浴那边走去。

"爸,你敢?!"小女孩跟在女人身后,对着手机嘻嘻笑着。那边不知道说了什么,女孩的神情愈加放肆起来,清脆的童音高亢激越,"花志强,你敢?!"

她站在那里,一瞬间,怔了怔。手停住了。整个澡堂子都静下来,在她心里。所有的水都没有了声音,就像她身体内所有的血都停止了流动。

是她。就是她。那个女人。刚才躺在那里的,就是她。刚才搓澡时的细节一下子涌到了她的脑子里,争先恐后,摩肩接踵,把她的头都要挤炸了。她感到一阵阵恶心。她想吐。她捂住眼睛,捂住嘴巴,但是没用。记忆中那女人的身体闪着冰一样雪亮的光,朝着她刺过来,刺过来。

她一屁股坐在了凳子上,觉得自己再也没有了力气。在坐下去的瞬间,有什么东西硌了她一下。她把那个东西摸索到了手上。

是那个女人的玉镯子。

这个可恶的女人。这个该千刀万剐的女人。这个抢走自己丈夫的女人。这个狐狸精、贱人、骚货……她想骂,什么都想骂,却一个字都出不了口。这些话都在喉咙里挤成一团,交通堵塞。

"二床。"有人叫她。她不应。三床叫她,她也不应。三床和四床走了过来,摸了摸她的头,问她怎么了,她还不应。五床刚刚搓完一单，替她把客人接了过来。三床和四床着急地晃着她，其他的搓澡工也询问着向这边走来。在众人的围绕中，耀眼的冰光终于黯淡了下来，她抹了一把脸。

"累了。"她说。

三床和四床把她从凳子上拽了起来，让她赶快冲澡回家。她茫茫然地走到一个淋浴格内，打开开关。温热的水流顿时倾头而下，却似乎和她的身体毫无关系。她低头看看自己，这才发现胸罩和裤头没有脱。

这是她的身体，比那个女人衰老十年的身体。这个身体和那个身体都和同一个男人的身体有关。不同的是，这个身体是旧居，那个身体是新房。这个身体过去得到的爱抚，那个身体如今正在得到。这个身体今晚还给那个身体搓了一个昂贵的澡，回去之后他们就会有一个不折不扣的良宵……那个身体一直在羞辱着这个身体，从过去，到现在。

有说话声响起。不用看她也知道，是那个女人。她就在她隔壁的格子。她盯着旁边的盛物架，里面都是洗浴用品：飘柔洗发水、东洋之花洗面奶、力士护发素、隆力奇沐浴液……飘柔的瓶子最大，两千毫升的量，有四五斤重，砸下去能不能砸个包？或者干脆就揪住她头发打？她的头发挺长的。她要是开打，那帮姊妹们一定会帮她，她不会吃亏的……打！打！

她一拳头捶在雪白的墙砖上。她想不开，想不开，想不开。以为自己已经想开了，可事到临头才知道自己还是没有想开。有什么在冲撞着她的心，像洪水，又像岩浆，一浪一浪，一波一波，眼看就要把她撞破了。

撞破了，她也就好了吧？就像一个脓疮，挑开了，把毒挤出来，也就好了吧？

花洒里的水噗噗地落在她的身上，汇成一条条溪流。她的泪水混在溪流中倾泻而下。真没出息！你他妈的真没出息！她骂自己。该哭的人在隔壁，你哭个什么劲儿?! 可她就是控制不住自己的泪水。所有的委屈都跟着水哗哗地奔流出来。她背对着浴池，面朝墙壁。没人听见她抑制不住的低声的呜咽。没人看见这个女人的表情。只能从她的红胸罩和黑裤头判断出，她是个搓澡工。

她直直地站在那里，如一棵立正的树。

8

不知道哭了多久，她止住泪，转过身，又看见了那个女人。

女人冲好了。女人来到了化妆镜前。女人取了一支一次性牙刷。女人打开牙刷。女人挤出牙膏。女人刷牙。女人叫女儿过来刷牙。女人刷了两遍牙。女人用毛巾去擦嘴角的余沫。女人上了一趟卫生间。女人又回到另一个淋浴格里冲了一遍澡。

她一直站在那里看着那个女人，没有动。

女人就要走了。

女人和孩子走到了门厅处。

她忽然感觉到了手里的异样：她还拿着那只玉镯。

女人和孩子各取了一块浴巾，换了拖鞋。

水流中的玉镯看起来晶莹碧透，鲜绿无比。她紧紧地捏住这只玉镯，似乎要把它捏碎。——可是，她拿着这只镯子干什么呢？她忽然明白：无论如何，她都必须得把这只玉镯子还给她。她不能让这只玉镯子留在这里，留在今晚。决不能。

但她不能送到她手里。

她要让她自己来取。

她得叫住她们。

然而，怎么叫呢？叫孩子还是叫她？叫"花海"还是"花海她妈"？

她不知道。

没有时间了。她们就要消失在门厅那里了。雾蒙蒙的水汽中，她顿了顿，终于高高地举起了那只镯子，仿佛举起了一个饱盈盈翠生生的句号。然后，她使出了全身的力量，朝着两个即将转弯的身影喊道：

"哎——"

＊ 零点零一毫米 ＊

1

一辆又一辆电动车飞驰而过，唰，唰，唰，都穿着雨衣，大红，粉紫，浅绿，深蓝。走路的人三三两两，都打着伞。她看着一朵又一朵的伞，游动在这雨夜。

伞有什么好看的呢？没什么好看。这年头，商场楼盘开业都会把伞当成纪念品，伞面上都印着大大的标识，没有什么趣味。不过，若是硬要去看，也能看出一点儿小小的意思来。那些上年纪的不讲究的人，多半会打着深色的净面伞，或者是黯淡的方格子伞。年轻的女孩子们，伞面上多半是雅致的小碎花或者靓丽的大色块。加菲猫、维尼熊、米老鼠之类的卡通图案下，则是孩子们小小的面庞和身形。小雨衣，小雨伞……她顺脚走进一家药店，导购很快迎了上来。

您需要什么？

安全套。

请到这边。

她跟着导购走过去，七拐八拐，到了"计生专柜"。她微微怔了一下。倒是忘了，安全套可不是一直属于所谓的计生用品吗？

蝉翼亲密装是立体环纹，刺激性很强。紧箍高潮装是凸点螺纹，加倍摩擦。这个是超滑快感装，润滑剂的量特别大，效果嘛，也不用说了……导购喋喋不休，看样子像是个还没结婚的女孩子，讲起这些却是职业化的老练至极。她平静地听着，看着五光十色的避孕套盒子，想象它们鼓起来的样子。最近微信上有一个流行的表情包，第一次看见的时候她就哑然失笑。一只鼓起来的避孕套上画着一张圆圆的大脸，脸上两只圆圆的眼睛，嘴巴处是两个字：吃精。

很久以前，她买这种东西的时候，像做贼一样。现在，不会了。她平静得没有任何羞涩，近乎不知廉耻。

终于，导购又去招呼别的来客。她挑了一盒超薄延时装。结账，出门。

在药店门口，她又茫然地站了一会儿。春夜，这不大不小的雨，又勾出了习以为常的空落落。雨是抒情的，也是色情的，尤其是春天，尤其是晚上。年过四十之后，她才体会到这一点。

定了定神，她看见有一辆出租车打着空车灯停在不远处的路边。她走过去。司机在看手机，理着个两鬓短头顶厚的莫西干头，精瘦。

她敲了敲车窗。"莫西干"抬头看着她，眼神很冷，近似于酷。她报出小区的地址和路名，问他去不去。雨天的出租车很紧俏，生意都很好，空不下的。他空车在这里，应该有一个缘故，不一定会拉她。不过，问一问总是没关系的。

走吧。

她拉开车门，收起伞，坐到副驾驶的位置上。

怎么走？

听你的。

她闭上了眼睛。

2

一盒十只。够用一年了。上次买这个，应该是去年了吧。也是一盒十只，上周刚刚用完。尽管做的次数不多，可如果因为没有准备而出了事，那受罪的还不是自己？以前又不是没受过那种罪。

不过，现在想想，受那种罪的时候，倒是好时候。现在，"做爱"这个词，对她来说已经越来越没有实际意义。丈夫已经不行了。其实也不能说完全不行。他是有时候行，有时候不行。从根儿里看，她觉得这该算在不行的行列中。就像谁说的，这世上除了穷人就是富人，没有不穷不富的人。那些不穷不富的人，从根儿里说，就是穷人。

床上这点儿事，她往深里寻思过无数次。男人女人都不容易，但在她的意识里，似乎男人还是比女人更不容易。女人除了例假那几天，根本不存在行不行的问题，顶多就是心情好不好有没有兴致之类的软条件。可男人呢？那状态赤裸裸地在那里亮着，一丝不挂。真正的行和彻底的不行都站位分明，无须多论，最难受的就是在行和不行之间。因为有时候行，所以不甘心不死心，总想试试。又因为有时候不行，便又如畏炙火。这种分寸，着实尴尬。

本就是话少心淡不苦不甜的一般夫妻，这尴尬让他们朝一般下滑了一些，添了些往低处去的不一般。虽然事情在那里明摆着，他却从不主动说，她也从不主动问。他小心翼翼地招呼着她，怕她看出他的颓败。她也小心翼翼地招呼着他，怕他看出她的失望。他偷偷地吃着中药，她只当作不知道。可她怎么会不知道呢？那么尖的鼻子。她甚至能辨析出那些药的前调、中调和后调。

三十如狼四十如虎，她现在也算是一只老虎了吧，母老虎，总是饿着的母老虎。饿极了的深夜，她胡思乱想，想在网上找个陌生人上床，或者在那些传说中的酒吧里找个男人试试，想着想着就把自己想出一身汗来。他也是这样吧？男人可是太方便了，只要有钱就可以。他即使没胆儿，肯定也想的吧。话风里都能听出来。

都说烧香拜神，不如床上换人。咱们也换吧？那天，他喝了酒——应该是药酒吧——和她开玩笑。当然，玩笑里都有真话。没有无缘无故的玩笑。

想换就换呗。

那我可就去换了。

我也去。

你不准！

你不是说"咱们"吗？

"咱们"不包括你。

只许州官放火，不许百姓点灯？

对。你就那么想点灯？

不是你先提的吗？

……

吵完了架，她下床要去书房睡，他倒是来了兴致，说有了感觉，讪笑着拦住她，连忙爬到她身上。忙碌了很久，终于还是沮丧地滚落下来。她听着他的呼噜声，静静地躺到深夜。

丈夫丈夫，一丈之内。他倒是常在一丈之内的，可他明明就在眼前晃着，吃喝行走，给她的感觉却总是那么不相干。不过，结婚二十年了，也该到这个分儿上了吧，尤其是他尴尬了以后。两人为了丁点儿事情拌嘴，不定是谁会说一句"不过了"，另一方也会说"不过就不过了"。同城的大学同学喊她聚会，三个离婚的女生里，有两个看着状态还很不错，引得她欲念萌动：要不，就真的离了吧。反正到了如今，离婚只是寻常，不是刀山火海。

可到底还是过了下去，一天又一天。最结实的理由是女儿正上高二，好歹得等她上了大学。可等她上了大学就有决心离了吗？恐怕也难。毕竟到了这个年纪，也老夫老妻了这么多年，多少有些顾忌在的。若不是什么要紧的缘故推一下，还真不好朝离那个字挪步子。

3

车狠狠地一顿。她睁开眼，看见一片俗艳的霓虹灯，灯光丛林里，闪烁出"刘庄环球大酒店"的字样。刘庄是北三环外的城中村，和她家的方向是南辕北辙的。这一不留神，怎么就到刘庄了呢？

喂，师傅。她喊。

"莫西干"像没听见一样，把车拐进一条岔道。车速很快。

这条路没有路灯，在黑暗中，车只顺着自己的光狂奔，充满了粗暴的绝望。

她被甩了几甩，下意识地抓住右上方的把手。

师傅！她又喊。突然知道发生了什么。

我没钱！她听见自己的声音歇斯底里。

车仍然很快。她想拉车门跳车，纠结了片刻，到底不敢。当车突然停下时，她才想起要去摸手机，可是已经迟了。他一把抓走了她的手机。

别乱动。惹恼了我，弄死你！

声线低沉，音调震慑，因为太想震慑，这震慑反而显得有些中空，微颤的尾音消失在空气里。他在怕吗？第一次？

我没钱。她说。尽量让自己的气息平和。疯狂是可以传染的，不能传染。

我只想撒个火。你听话就好。

撒个火？什么火？她疑问着，在疑问的瞬间也便突然明白。

他下了车，走到她这一边，一把把她从副驾驶的位置上抓起来，塞到了后排，先扒掉她的衣服，接着扒自己的衣服。

这个过程中，她默默地把双拳攥紧，又松开。松开，再攥紧。冷静，冷静。她对自己说。远远地，她看了一眼刘庄方向霓虹灯的灯光。每次向北出城的时候都会路过刘庄，那些小饭店的招牌她很熟悉，花花绿绿的，档次很低，但是也可以推测到那种饭菜里特有的泼辣香味。有好几次都令她有一种冲动，想下来吃一顿饭。可是到底没有。

不知为什么，此时，那片远远的灯光，竟然让她多少获得了一些安全感。这种安全感很荒谬，可是毕竟也是安全感。她又看了一眼。

很快，他也扒完了自己的衣服，压到她的身上。他的头发上，还挂着湿淋淋的雨珠，清新，生鲜。他那么年轻，就像一头矫健的豹子。

——她看起来也算年轻。也许是经常蒸桑拿和敷面膜，她的脸上没有一丝皱纹，身材管理得也不错，不胖不瘦。可是她知道，自己已经老了。当她不再想试牛仔衣裙的时候，觉得蕾丝花边儿很多余的时候，读文章只关注形容词后面的主语的时候，她一天比一天地确认，自己已经老了。静下来的时候，她甚至能感觉到身体里缓慢地散发着酸朽腐臭的衰老气息，这气息现在还很微淡，于是她勤快地喷洒着香水，每天都喷。她的香水用得很快。

这个"莫西干"，是不是被自己的脸和香水蒙骗，以为自己还年轻？

刚刚，她还很害怕。但在这一瞬间，她不那么害怕了。虽然这种不测是她生命里诸多的第一次：第一次在这黑夜的郊外，第一次在车上，第一次和一个完全陌生的男人。

他散发着温度的身体，他浓烈的男人体味，让她的害怕渐渐消散。还有，这一刻，这个人，和她一样，不着片缕，赤裸如婴孩——如果不是这样的事，她恐怕再也没有机会接触到这么年轻的男人了吧？以赤身裸体的方式。

她突然想到了包里的安全套。也许应该提出给他用？不过，还是算了吧。这太可笑了。

他停了下来。她感觉到他的软。原来是他不行。他也不行。可是他这么年轻。

他离开她的身体，坐起来。怎么回事？他自言自语了一句，又自顾自地摸索了一会儿，便又爬了上来。她任他动，自己不动，默默地躺在那里，如一具尸体。

还是不行。他又坐起来，开始抽烟。车厢里弥漫起懊恼的烟雾。她咳嗽了起来。他降下车窗。

冷吧？他说。拿过凌乱的衣服，遮住她的身体，仿佛此时她的裸体的白刺到了他。

她沉默。

你肯定觉得，我是个坏人吧？叹了口气，他开始说话，好像她是他的朋友。她沉默着倾听，好像她真是他的朋友。可是他知道，她也知道，他们也都知道彼此的知道：不是的。他说是他说，她听是她听。他要说便说，她也只能听着。

他说他大专毕业就留在了郑州，漂了八年，开出租车已经有三年时间，没挣着什么钱，每次回老家都抬不起头来。老家的同龄人都生孩子了，就他既没挣着钱也没成了家。他越来越少回去，在这儿也待得没着没落。前些时谈了个女朋友，打车时认识的，他迫不及待想结婚，那女孩不肯，怀孕了都不肯，硬生生把孩子打掉。两人吵了又吵，昨天彻底谈崩，分了手。他恨女人，恨得要命。一股恶气憋在心里，让她碰着了。

对不起。他说。

黑暗中，她静着脸。难道回他一句没关系？

有时候，开着车，我就想撞个人。让他死，我也死。

谁都不容易。许久，她说。

你过得，怎么样？他问。

他在问她。她简直有点儿想笑，便闭紧了嘴巴。到底是年轻，他可以三言两语大刀阔斧地总结自己的日子。可是她的日子，又能跟他说什么呢？她不能，也不想。更何况，他对她也不是由衷地关心。这种问，本质上只是一种礼仪。不过也因了这种礼仪的存在，似乎证明着此时他和她的非常状态正在趋于正常。她渐渐心安神定。

就那样吧。她说。

他把烟头扔到车外。

咱们走吧。以最温柔的商量语气，她说。然后以最小的动作幅度，她悄悄地调整着身体的角度，想要开始穿衣服。黑暗中，她感到他看了自己一眼。

再试试。他说。然后他又转身过来。在碰到他的一刹那，她知道，这次他是真的行了。

这样，不好。她说。

别废话。

他的硬暖暖地烫着她的大腿。好吧，好吧，好吧，好吧。她默默地把这两个字念了几遍。

等等。她说：那，用套行吗？我有炎症。

你是鸡？

仿佛挨了一记耳光，脸上痛辣。她隐忍着声调：不是。

那怎么装着这个？

刚刚买的。她说。

你从药店出来，买的就是这个？

她没回答，从包里摸出来，撕开盒子，打开一只，递给他。他接过来，在微暗的光里，似乎是看了一下，然后把它撕开，戴上。再次过来的时候，他抱住她，开始亲吻，她躲开他的嘴唇，他也没有坚持。然后，他进入了她。她鲜明地感觉到那一层薄薄的乳胶里包裹的热。

他很猛烈。不管不顾。年轻就是年轻，也或许是所谓的超薄延时的功效，她感觉他做了很久。到底多久也说不上来，二十分钟，或者半个小时？她的丈夫，在行的时候，也从来都是五分钟完事。

起初她还有着本能的反抗。是因为到底还是有些害怕，也是因为觉得自己应该反抗——这似乎也是一种礼仪，被伤害者面对伤害者应当表现出的一种起码的礼仪。而害怕又让力度不大的反抗显得有些徘徊和微弱。随着感觉中的时间延长，势单力薄的反抗很快便土崩瓦解，乃至烟消云散，转化为无声的顺从。狭窄的空间里，体温急剧升高，顺从里又渐生成小小的放纵。在这郊外，黑暗的车内，酣畅的雨中，暮春已是盛夏。小小的放纵如遍地野花，开在她的身体上，这儿一朵，那儿一朵，这儿一丛，那儿一丛。然后，放纵狂野绽放，面对一个陌生的男人，她成了一个野人。

莫非，是因为那个安全套？无论如何，这个小玩意儿功不可没。因了它的存在，她可以不觉得自己是在失身，他呢，应该也可以不觉得自己是在施暴。以此为据，他和她默契配合，狼狈为奸。——既能免怀孕之忧，又兼顾了阳具的清洁，甚至可以让她在这种时刻进行虚浮的自我安慰：他进入的只是乳胶，不是她的身体……这小玩意儿，真是值得赞美。

整个过程中，她目不转睛地倔强地看着他，看着他在暗光涌动的车里晃动的身体。他的身上汗水淋淋，他的手臂微微颤抖。他在对她使蛮力，他在强迫她，她在受伤害……她知道这种非常规的场景适合这些常规的描述。可被他紧紧抱着，任他在体内冲撞，她又觉得，不是这样。

——这个人，这个貌似强悍的犯罪者，他在做。而自己，这个貌似弱势的受害人，在被做。被做的人，是可怜的人。可是，不知道为什么，她竟然觉得，他也很可怜。比起来，甚至他似乎更可怜。

4

事情结束的时候，雨还在哗哗地下着。她默默地盯着雨行，一道，两道，三道……数不过来了。他胡乱擦了擦，把一团手纸和那个安全套扔到了车外。然后他很快又穿好了衣服，动作迅猛，带着一股呼呼的风声。

她慢慢地坐起来，穿上衣服。

你，不会报警吧？"莫西干"突然问。

不会。当然要这样说。她想起媒体上报道的那些机智女孩斗歹徒的故事。女孩被歹徒追踪胁迫，女孩装出关心歹徒的样子：你这么做一定是不得已，我能帮你什么呢？答应帮歹徒筹钱。歹徒胁迫她的时候，匕首把手指割破，女孩说得赶快买创可贴免得感染。歹徒觉得女孩太善良，便把她放了。还有女孩对歹徒说自己是处女，要托付终身，留下联系方式第二天见面。毋庸置疑，第二天等待他的一定是手铐。

她们当然聪明当然对，为了自保当然应该用欺骗对付侵犯自己的人——她忽然想起大学时候老师在课堂上讲的哲学故事。苏格拉底问路人，说我有一个问题弄不明白，向您请教：什么是道德？路人说，不欺人是道德。苏格拉底问，和敌人作战时，我军千方百计地去欺骗敌人是否道德？路人说，欺骗敌人符合道德，但欺骗自己人就不道德。苏格拉底说，当我军被敌军包围时，四面楚歌，将领就欺骗士兵说援军立马就到，士气果然大振，突围果然成功，这种欺骗也不道德吗？那人说，战争是非常时期，无奈如此，符合道德。日常生活中这样做就不道德。苏格拉底又说，假如孩子生病不肯吃药，作为父亲你欺骗他说，这不是药，而是一种很好吃的东西。这也不道德吗？那人只好承认说这种欺骗也符合道德。苏格拉底又问，可见诚实可以是不道德，欺骗也可以是道德。也就是说，道德不能用欺骗与否来证明，那究竟用什么来证明它呢？那人想了想，说：不知道道德就不能做到道德，知道了道德才能做到道德。苏格拉底这才满意地笑起来。

她也笑起来。这会儿了还在想这种问题，她觉得自己也是真够扯的。那些女孩没错，上当的歹徒也是活该。——她突然觉得，活该这个词在她这里，多少有些觉得他们不争气的意思。既然做了歹徒，就该认认真真做个彻彻底底的歹徒，怎么还会相信对方的话呢？羊不能相信狼，狼也不该相信羊的。狼如果相信羊，那一定是因为这狼不是真狼。可不管是不是真狼，既然披了狼的皮，做了狼的事，就别再使用羊的规则，否则就只能证明你终归不过是一头羊而已。尽管这种披着狼皮的羊也确实有让人疼惜的地方。

真的不会吧？

嗯。他这么追问，真幼稚。"惹恼了我，弄死你！"她又想起他这句话。此时，她完全明白了这句话的色厉内荏、虚张声势。

也不要对别人说。

嗯。这叮嘱更幼稚。幼稚的事物往往显得干净——可是，到底干不干净，谁知道呢？她又一次想到了包里的安全套。它那么薄，还真不愧号称超薄。如果她没记错的话，它的厚度——不，应该说薄度——是零点零一毫米。

咱们，走吧？他问。

嗯。她应答。

他启动车，向刘庄的方向奔去，到了有路灯的地方，他的车速慢下来，有些迟疑的意思。这是想要把她撂下吗？

这附近不好打车。我回家。她说。

他看了她一眼，没有说话，把车加速。此时的城市交通正进入一天里最好的时候，仿佛是赶上了绿灯波。几乎没有停顿，车开到了她家的小区门口。

她下了车。

那，我走了？

嗯。

他便疾驰而去。两个人没有道再见。她拿出手机，在记事本功能里把他的车牌号记了下来。

你，不会报警吧？她突然想起"莫西干"问她的这句话。这句话有意思。不是"不许报警"之类的强硬恫吓，似乎是在跟她商量，也似乎是在和她确认。不会报警？凭什么？她当然会。不过，事情发生时的一瞬间，这个念头最强烈，这会儿已经弱了下去，混混沌沌地、不明就里地弱了下去。

5

回到家，丈夫正半躺在客厅的沙发上看电视。

回来了？

嗯。

怎么这么晚？

这是他惯常的随意口气。堵车，逛街，同事聚餐，朋友请吃饭，这一类的借口都可以应付的。她假装没听见，放下包，去了厨房。没什么事做。她走到冰箱前，打开冰箱门，又关上。一股凉气蹿了出来，冰箱里的灯光也随之闪烁了一下，那光也是冰凉的。她忽然想起一句不知道在哪里看到过的俏皮话："如果半夜吃东西是不好的，那为什么冰箱里还要亮着灯呢？"

灶台很干净，只有几滴小小的水珠，她拿起抹布，擦拭着那些水珠，一下，又一下。卫生间和厨房紧挨着。她放下抹布，去了卫生间。在化妆镜前，她久久地看着自己的脸。结婚这么多年来，她第一次和丈夫以外的男人性交——无论是自愿还是被迫或是在自愿和被迫之间，这就是性交——这张脸和以前有什么不同吗？

你过得，怎么样？脑子里突然又蹦出"莫西干"的这句话。她无声地重复了一遍，对着镜子摇摇头。

敲门声响。是丈夫。她走过去，把门打开。

你怎么了？

没怎么。

干吗把门反锁上？

她没注意这一点。他这么一说她想了起来，以前他们两个在家的时候，她似乎是从不反锁门的。

说话呀。

她又走到化妆镜前，一边压着洗手液，一边忖度着该怎么去应付。按常理出牌自是按常理收牌。今晚的事情是一个大洞，全靠她的针线。只要她胡乱找块补丁缝补上，日子也还能破破旧旧糊糊涂涂地过下去。可如果不按常理呢？如果她就是不补呢？就是让他看见这个大洞呢？他会是什么反应？事情走下去又会怎么样？从"莫西干"的车上下来，走回家的这段路上，这点儿好奇心就闪闪烁烁地试图作祟，此时忽然不可抑制地壮大起来。

问你呢。俨然是被她的沉默勾上了劲儿，丈夫跟到她的身边，眼神既不满又疑惑，一副等待合理答案的样子。她看着镜中的自己，还有镜中的丈夫。现在，这小小的卫生间里已经装了四个人，不，是五个，满满当当的，连空气都稀薄起来了。

她知道，应付的最佳时刻已经不复存在。这事情已经是一块巨大的石头，任这大石挡着路，他们过不去。什么时候不说，就什么时候过不去。说了虽然很可能更是过不去，但那就是另外一种过不去了。——未说时，石头是需要用锤子砸的石头。若是说了，石头纵使没被砸碎，仍然横在路上，绕开它却能够变得顺理成章。

第一锤终归是要砸下来的。

那就说吧。

对着镜子，她开始说，一句，一句。时间不长，应该很短。一两分钟？两三分钟？时间，地点，人物，事件。一二三四，简明扼要。

等她说完，丈夫转身走了出去。她又站了片刻，便跟着他走到客厅。客厅的灯全开着，雪亮地照着他们。她忽然想起一个词：灯下黑。

她先坐下来，仰视着他。丈夫虚弱地高大着，看起来有一种强烈的不真实感。

他走的路不对劲儿你都不知道吗？他终于开口。

睡着了。

坐出租车还睡得着？

有点儿累。

做什么了就累？

上级要来调研，加班准备材料。昨天也加班了。

他像在审她——他就是在审她，从第一句开始。

发现不对劲儿怎么不喊人？

周边没人。

反抗了没有？

没有。

怎么不反抗？

他威胁了我。

怎么威胁的？

说会弄死我。

——这句话，突然变得很重要。

丈夫站起来，走到窗户边，把窗户推开，又关上，再推开。然后又回身坐下，拿着手机，一下一下刷着屏。他的手在手机上忙乱不堪，脸上也忙乱不堪，所有的微表情都捉襟见肘。

报警了吗？他终于又问。

没有。

怎么不报？

想着回来跟你商量一下。

应该报警。打110吧。他说。摩挲着手机，一副要去拨号的样子。

他想去报警了吗？她有些意外。原以为他不会去报警的，可他居然想去报警。他这样一个最没有棱角的人，在这件事上，居然还会有勇气去报警。这太超出他的行事原则。当然，也许他不是因为她，而是因为自己。一个男人被戴了绿帽子，是可忍孰不可忍。不过，即使只是因为这个，即使只是因为他还有这么一点儿血性，这也能让她对他保持住一丝敬意。

报完警后你去一下医院。

干吗？

检查一下。

不用。

还是去查一查吧。丈夫顿了顿：那么脏。

我觉得不用。她也顿了顿：用了套。

用了套？

嗯。如果报警的话，明天在案发地应该能够找到。

随身携带着这种作案工具，真是个老流氓！丈夫感叹着，口气里似乎有一丝如释重负。

她犹豫着说不说。再一想，其实也没什么可犹豫的。既然已经决定报警，安全套的细节他迟早也会知道。与其那时候让他知道，不如索性在此时就让他知道。

安全套，不是他的。

什么意思？

是我给他的。她从包里拿出那包安全套：我先买了它，后来打的车。

6

结婚之前，他们就开始用安全套。他们的订婚和结婚隔着三个多月。大事已定，那一段时间里，彼此心里都很踏实，他们便开始上床。第一次，他很用心地准备了安全套。他们脱光了衣服，他背过身，小心翼翼地往上戴，有些羞涩。她偷眼瞧着，觉得他笨拙得可爱。他戴好了，两人交接，一时间他却找不到要害，慢慢地软了。她大约知道，却不好意思来帮他。于是他又把套摘下来，在她身上摩挲，慢慢硬了，再去试。就这样，软了硬，硬了软，摘了戴，戴了摘，他大汗淋漓，她也大汗淋漓。

结婚后没了顾忌，安全套便被冷置到了床头柜里。到底还是不戴痛快。不久她就怀了孕。生过孩子后，他们开始计算安全期，可安全期却不是万无一失的安全，她又怀孕，只得流产。再怀孕，再流产。她坚决让他再戴。每次的安全套都是她给他准备好，放在床头。用完了也由她去买。他戴了一两年，终是嫌不尽兴，便让她戴环。她不想，觉得金属环放在自己的肉里，有一种诡异的寒意。却拗不过他，还是戴上了。果然不适。小腹偶尔会痛，经期过长过短，流量忽大忽小……将将就就的，一直戴了十来年。年过四十之后，她找到一个医院的熟人，把那环取了出来。此刻，客厅煞白的灯光下，她想起了那个环。想起它被血淋淋地摆在一个白托盘上的样子，想起那个取环的女医生脆生生地说：你看。

怎么想起来要买套？

家里的正好用完。

当时，你害怕不害怕？

他说了那么多话，这似乎是唯一体贴的一句，却有些没头没脑。她的泪水噙到了眼眶，没落下来。

我想，你应该不是很害怕，不然不会这么冷静。

泪水回收。

怎么能这么冷静？他又问。她这才明白过来，这一句才是他想问的吧。

没错，她当时算得上冷静。这冷静有问题吗？如果不冷静会怎么样？不堪设想。

应该冷静。她甚至为自己的冷静而有了稍许的庆幸。脑子里浮现出郊外黑暗的车里，她和"莫西干"的疯狂交媾，不由得有些惊讶于自己的无耻和强悍。那个女人是自己吗？真陌生，可是又无比熟悉。——那也是自己，是自己外的自己和自己中的自己。她确认了这一点，同时更加冷静。

他说他只想做这件事。既然知道了他的目的，我也就不那么慌了，就想到了刚买的套。如果一定要受伤害，那不如让伤害降到最低。我就是这么想的。

没想过要反抗吗？

最开始想过，后来放弃了。反正打不过他。

你怎么就那么相信他的话？如果他不只是想做这件事呢？如果他是想要你的命呢？

如果我不相信他，我就得拼命反抗，就有可能死。那个时候，我只能相信他。

你也想相信他，是吧？

对。她说。

丈夫站起来，站在那里。好像是想说什么，又好像不知道该说什么。就那么站了一会儿，他拿起了车钥匙。

走吧。

去哪儿？

现场。

他朝门外走去，斩钉截铁。她跟着他走出门。现场，前面的定语应该是"犯罪"吧？犯罪现场。她想起《今日说法》之类的电视节目里经常会有的镜头：戴手铐的犯人来到某座房子某个山头或者某个深坑，用手指着，被拍摄定格。

——毫无疑问，犯罪嫌疑人应该是那个"莫西干"。可她为什么更觉得是自己？

雨已经停了。大街上的车比刚才更少，他们很快到了刘庄附近。她指着拐进了一条黝黑的岔路，似乎不是。退出来，进到另一条岔路里，似乎还不是。她这才发现，黑夜的郊外，岔路很多。

没有再继续找。返回。

你是说，你又坐他的车回的城？

没有别的车，这么远的路。还下着雨。

她知道自己又给了他一个把柄。可难道她就应该从黑漆漆的郊外走回来，一步一步走回来？

他铁着脸，默默地开着车，一个又一个急刹。刘庄渐渐远去，他们进了城。她觉得其实并没有人载她回来，她仍孤零零地置身于荒野之中。

7

她很自觉地到书房去睡。这样的气氛里，必须得分开睡。以往他们吵了架，或者她来了例假，他们都是这么睡的。更何况是这样的事。

整个晚上，她去了两次卫生间。第一次路过他们的卧室，她没听见丈夫的呼噜声，知道他没睡着。他只要睡着，必然会打呼噜。他还在琢磨这件事吧？确实也够他琢磨的。第二次路过的时候，他的呼噜声已经震天响了。他把事情想明白了吗？

她想了一夜，却没想明白。和丈夫这么多年的事在脑子里一幕一幕回放：结婚那天撒到他衬衣领子里的红绿彩纸屑；女儿周岁生日那天下着大雪，他们跑到照相馆给女儿拍纪念照，结果正照相时女儿拉了一泡屎，他慌忙撒开手，差点儿摔了孩子；第一次吵架后，她半夜摔门而去，他出去找她，其实她就躲在家门口附近的一棵树后。以后再吵架，她故技重演，他就再也没去找过她……青春萎谢，人到中年，他们一眼眼地看着对方老去，像腌制在同一个瓦罐里的咸菜。这只是她的感觉吧，他似乎从不这么想。所以他才更像是咸菜，而她是不想当咸菜的咸菜。她看书，练瑜伽，女儿高中寄宿后，她的空闲多了，还捡起少年时迷恋的毛笔字和中国画，报了一个成人书画班。她还喜欢看韩剧，看那些要死要活的爱情。他对此嗤之以鼻，问她：你还有什么花花心思吗？

她不答。羞于出口。是的，她有。她还渴望着爱。她当然知道，这么过下去，她和丈夫的日子就是所谓的平平淡淡白头到老，完全有可能终结成为所谓"最浪漫的事"。很抱歉也很遗憾的是，她不稀罕这个。不过，她当然也知道，她想要的爱，也不稀罕她。那还能用什么来安慰日子呢？当她感冒发烧的时候，他给她找药，递给她一杯白开水，给她报温度计上的度数，每当这个时候，她就告诉自己，就是这些吧。当女儿要他们去开家长会，她刚好出差不能去而他能去的时候，当他回来喜不自胜地说班主任如何表扬女儿的时候，每当这个时候，她就告诉自己，就是这些吧。这些也能是爱吧——被人们普遍顺从和认命的，爱人转化为亲人之后的，最勉强成立的也是最处处可见的，爱。

早上，他们在餐厅见了面。他的脸色看着比昨夜好了一些。隔着餐桌，他们面前各放着一杯牛奶。是他倒的。给她倒牛奶这样的事，他只在新婚时做过。所以说，这杯久违的牛奶意味的其实是久违的客气。这种久违的客气，她嗅出了其中的复杂成分：是面对陌生人的客气，是准备出击时努力表现自身涵养的客气，是专款专用的客气。

还有些疑惑，想和你聊聊。他字斟句酌，郑重得让她微微恶心。

你说。

那个套，怎么就恰好在那家店买了？

如她所料，他又提起了安全套。也是，他怎么会不提呢？这是他的梗，大梗。

因为恰好看见了那家店。知道我为什么恰好看见了那家店吗？因为我眼睛恰好还没瞎。

许是被噎得太狠，他沉默了很久。

买也就罢了，主动给他，这有点儿奇怪。

已经到了那个地步，反正逃不掉。

所以就主动给他？

他要是有性病呢？有艾滋呢？如果能够避免更大的伤害，我不觉得这么做有什么不对。

他倒是也愿意戴。

可能他也怕我脏吧。

你还……挺理解他的。

谈不上理解，只是推测和分析。不管怎样……她喝了一口牛奶：我买了，他戴了，这种状况，不是最坏。

那以你的意思，也亏得你买了，也亏得他戴了？

对。

那还得感谢他呢吧？

对。她直直地看着他：那以你的意思呢？

我什么意思？

你是希望我冒着生命危险拼死反抗，还是希望我像现在这样安全回来？

他沉默。

是希望我拼死反抗吧？

我没有这个意思。

是希望我不但拼死反抗，还最好真的死了，然后再给我立一块烈女碑？

你看你说的。他的眼睛里跳跃着细细碎碎的惊惶。

她死死地看着他：你昨晚的判断没错，当时我就是很冷静，一点儿都不害怕。有什么可害怕的？反正作为一个已婚妇女，性交对我来说，算不上是一件新鲜事。

你……他吃惊地看着他。

她的眼神突然癫狂起来：这么问来问去，你的意思不就是说，我很贱吗？你的意思不就是说，我很愿意被他强奸？你的意思不就是说，你太差劲儿了你满足不了我所以我一直很饥渴很淫荡所以我从内心深处就一直想被人强奸?!

你疯了。丈夫说。他起身离开，走进卧室，响亮地关住了门。

原本一直尽力埋如岩浆的泪水终于奔涌炸裂，决堤而出。携带着疼痛，还有屈辱。层层叠叠的屈辱。对于"莫西干"，她知道，无论她如何冷静面对如何平安归来，也无论她在和他交媾的过程获得了多少难以言喻的快感，这些都不能抹杀她的屈辱。而对于丈夫，她也知道，往昔所有用来安慰日子的那些东西，都不能成立了。对于他，她以前只是忍耐。现在，连忍耐也碎为齑粉。她到底骗不了自己，她到底得承认，和这样的亲人之间，所谓的亲人之间，简直不能更陌生，也简直不能更遥远。

不过，也好。

她哭了很久。然后，她停止了哭泣。

丈夫从卧室走出来，重新在餐桌边坐下。

别太激动了。他说。

她拿起杯子，又喝了一口牛奶。

还是说说报警的事吧。他说：毕竟，这事情发生在你身上，还是要尊重你的意见。

她等待着。

你想报警吗？

不想。

为什么？

她沉默。报警的原因很简单：因为是受害者。不报警的原因呢，太多了：白白让警察多了些麻烦，让熟人多了些谈资。"莫西干"和她，他们的生活从此都会被彻底毁掉。"莫西干"不用说，除了进监狱，还会进十八层地狱，而后者会让他永远不能出狱。她呢，除了收获冷冰冰的憎恶和假惺惺的同情，还会得到什么呢？

你过得，怎么样？她又想起这句话。到那个时候，一定会有不少人这么问她吧。见一次问一次，附送着幸灾乐祸的叹息。当然，她和"莫西干"也都会被鄙视，"莫西干"被明着鄙视，她被暗着鄙视。

"按照法律……"会有这种调调的，她很熟谙。是啊，按照法律，她知道自己立场不对，是非不分，妥协苟且，姑息养奸……但是，省省吧。法律是法律，法律负责关押、审判、定罪和量刑，法律不负责眼神和口水，更不负责你柴米油盐酱醋茶的一切后续生活。

我的意思呢，也是不报警。他说。

她点了点头。这才是他。他应该已经决定和她离婚了。若是假装没有发生这件事，他们的离婚就是一桩正常的离婚，感情破裂这一条就足够用。若是不假装呢？若是报了警，事情公开呢？她就成了一个受害者，明晃晃的受害者，他想离婚，这就难以说出口了。按照他在想象中赋予自身的高尚美德，他就得善良下去，宽容下去，大方下去，对她不离不弃下去，然后越陷越深，很有可能得表演一辈子。而作为最重要的观众，她也得看他表演一辈子，不然就是辜负了他。

所以，他的选择，一定是不报警。

他清了清嗓子，开始娓娓道来：以现在的条件，破案应该不难。关键是案子破了以后怎么办？对你，对我，尤其是对女儿的恶劣影响暂且先撇开不谈，最麻烦的，就是那个安全套。不但是你买的——警方找证据链的时候，药店不会给咱们做伪证的，这个不好赖——买也就罢了，最要命的是，还是你主动提供给他的，这个就太不好解释了。你想想，一旦开庭，对方律师一定会说，你是自愿的。你能说是为了不让自己受到更大的伤害吗？你能说是为了预防性病和艾滋吗？这听起来不是滑天下之大稽吗？在中国，总还是传统的人多，能想通这种偏理的人，才有几个？

他目光灼灼，唾沫飞溅。她从来不曾发现他的口才有这么好。

想不通啊。是不是？

不通就不通吧。她说。

我呢，还是尊重你的意见。毕竟，你是当事人。他又说。

不报。她说。

你，不会报警吧？她又想起"莫西干"的这句话。现在她似乎明白了，"莫西干"这么问，其实就只是在确认。他在确认她不会去报警。——也许，就因为她主动给了他安全套。在他的逻辑里，这样的事情她都做了，她怎么还能报警呢？他虽然不拘一格地侵犯了她，但是，他也是丈夫所定义的"传统的人"，没错。

8

周末，女儿回家。一家三口饭桌上东一句西一句地闲聊，女儿说外教很有意思，上社会学课时跟他们讲，外国女孩子的包包里，安全套是常备品，以防不时之需。

他还用了个成语呢，说这叫未雨绸缪。厉害吧？

嗯，挺到位的。难为他。

他建议我们最好也备着。不过，"依照中国的国情，请回家和你们父母商量"——老爸，请发表高见。

丈夫起身离开了，似乎是在拘谨地回避。女儿撇了撇嘴：瞧我爸封建的。老妈，你说老外的思维是不是很有意思，歹徒要是非礼你，那会儿还会守这规矩吗？守这规矩还叫歹徒吗？

放吧。她说。

什么？

放。

女儿拍手大笑：哎哟喂，我的亲娘啊，想不到您还真开明呢。

她也笑着，起身收拾碗筷。孩子成绩不错，一直是个小学霸。明年，她一定会读个不错的大学。那么，明年他们就一定会离婚的。那个时刻，值得期待。

*
你不知道吧
*

1

　　这年清明刚过，闲来无事，我便趁
着一个周末去了一趟信阳。初衷自是为
了鼎鼎大名的信阳毛尖。近年来渐渐爱
上了喝茶，绿茶里自然少不了信阳毛
尖。以往每年的新茶下来都是在象城的
品牌专卖店里买，自家喝，也送亲朋长
辈。这次突然起了兴致，是因有茶友分
享经验，说该到信阳山里的村子里买
去，这叫到老根儿拿鲜货，省了几道倒
手，自家喝的口粮茶不用闹那些虚文，
送客的礼品茶也有各种包装。总之，无
论是要哪种，价钱肯定都实惠。且正逢

春和景明，顺便逛逛也好。

去便去。虽有四百多公里之远，好在有高铁，一个半小时就能到。要去的村子叫桃湾，离高铁站有二十来里。都是品茗人，茶友一家亲。茶友托茶友，转了几道弯，终于找到了去高铁站接送我的人。除了手机号，我对此人的年龄性别等概况统统不知，只通过一点瞧出了她的有趣：她设定了见面暗号。她举一个"金"字，我要上去对一个"钱"字。

出了高铁站，迎面便见一个女子举着个纸牌子，上面写着一个大大的"金"，那定是她了。我便朝她走去。女子身材敦实，短发圆脸，看见我便欢悦地笑起来。到了跟前，听我说出了"钱"字，她笑得圆脸边缘都模糊起来。看形貌和眼纹也有三十来岁了，笑起来却仍有少女般的天真稚气。问她为什么要设立这么个暗号，她说，好玩哪。谁不爱钱呢。又道，其实是因为我姓钱。然后她便自我介绍说全名叫钱菲，姓倒是个好姓，小时候是小钱，长大了是大钱，到老了还是老钱。总之是有钱傍身，应过不了穷日子。可是钱呢？钱去哪儿了？就因为后面这个字起岔了。菲，一个意思是香，另一个意思就是薄，菲薄菲薄嘛，所以，综合起来的意思就是，钱到了我手里虽然香喷喷的，可就是太少啦。说着就又嘎嘎嘎地大笑起来。被她感染着，我也便笑起来，问，那我眼下该叫你啥？小钱还是大钱？她笑道，大钱吧。村里人都叫我大钱。您姓金，我姓钱，咱们俩就是金钱组合。

上了车，她便载着我往山林氤氲翠润处而去。路上就说起了茶，问她村里哪家的茶最好。她说一方水土养一方茶，且被茶客们认了这么多年，其实是差不多一般好的。各地的茶想来都是一样。虽是总有些特别说法，比如哪坡哪沟的更好，甚或是哪几棵树最好，她却觉得这就近乎传奇甚或是妖魔化。你想，这道坡和那道坡肩并着肩，能错过多少去？太阳难道就照这边长些，那边短些？雨水难道就这边足些，那边欠些？很多不过是噱头罢了。如果一定要说差别，那差别也多是在炒茶人的手艺这里错落开来的。说得我频频点头之际，她却忽然又道，我这话也不大准——咋忘了西坡。村里的茶我喝了这么些年，口味也刁钻了些，要我说，这村里西坡的茶树茶气最足。原因嘛，因为海拔高一些，长得更慢一些，云雾也更亲近一些。

问她这种茶跟哪家买去，她顽皮一笑道，西坡的茶买是没处买的，却可以亲手去打。想要喝我就带你去，自己打下的茶喝着格外香。我问，我这生手，贸然去糟蹋人家的茶树，不大好吧？大钱笑道，这你可想多了。村里的茶山有的是没人打的。多少人家，孩子们都在外打工，老两口身体不大行的，又不想雇人，就叫亲戚朋友们来打茶叶，谁打下来就算谁的。西坡里的就是。有几户全家都长年不回来，怕茶树长野，老是喊着叫人去打呢。打下了鲜叶，想自己喝的就找人炒，想挣钱的就直接卖鲜叶。对这，村里人的嘴边话就是：茶叶长都长成了，不打也是罪过，打了也算积德。——你不知道吧，你以为的糟蹋竟是积德呢。

就都笑。她又问我的行程安排，若是今天就走，节奏就得紧凑些，下午买过了茶就赶快再送我去搭返程高铁。若是还想要住一晚，村里没有旅店，只能等买过茶后送我进城去住。我说既然来了，就住一晚。大钱便道，那这时间就宽裕了，明天要不要打茶？我说要。她问，你带运动鞋没？我说没有。她道，村里也没处买去，单为了采茶现买新鞋也不值。问了我的鞋码说，跟我的脚码一样，就穿我的吧。我说好。

说着话便进了村，她径直把我带到一处院落，一看就是村小。里面聚着一堆孩子，小的三五岁，大的十来岁，你追我赶，喧闹得很。我问，这是村幼儿园吗？大钱笑道，算是吧。只是没人给我封个园长当当。便解释说，因大人们都忙着采茶炒茶，只她得空，便都托她暂时代管孩子们。又道，先吃饭。买茶的事吃完饭再说。柴米油盐酱醋茶，茶为啥排到最后，就因为是饭后的闲事呀。

2

午餐便由她款待，和孩子们一起吃。主食是电饭锅煮的米饭，只有两个菜，一个是地锅炖排骨，待排骨炖熟了再往里面放些豆腐、粉条、香菇之类的配菜。另一个菜还在塑料袋里蓬

蓬棱棱地堆着，大钱说，你不知道吧，这是苦辣菜。这菜名儿
是我头一回听说，看着像是油菜。大钱说，可能跟油菜是一科
的。这里的人都爱吃的，到处都有。不过却是时令野菜，也就
是这些天才吃得到，且因是冬天过后长出来的头茬，也是最嫩
最好吃的。等过段时间长老了，它就开出黄灿灿的花。那时看
着更像油菜呢。它的籽儿和油菜籽儿一样，确实也能榨油的。
不过要仔细去看，你就能知道不是。油菜长得很温顺，是小家
碧玉的风格，苦辣菜呢，到底是野菜，茎粗叶大，很生猛，一
副没有教养的野丫头样子。

　　她边说边拾掇着，两三个小女孩也过来帮着打下手。所谓
的拾掇，也就是把它们打理成大概齐的几段，如此才好把它们
放进开水锅里焯熟。菜叶子也得稍微拾掇一下。上面有着毛棱
棱的边儿，叶面上散布着或密或疏的孔洞，不知道是不是虫子
咬的，这些孔洞总是让我感到莫名的亲切。还有一些叶子带着
暗红间杂棕黄的色块，这色块，有点儿接近泥土的颜色，或者
说，有点儿接近秋天的颜色。大叶子里有，小叶子里也有，最
嫩最嫩的菜芯儿里，也有这样的色块，像是胎记。清水洗了几
遍后再用开水焯，从开水里捞出来又过了道凉水，大钱便用白
棉布裹住它，把水挤干，切成碎丁，然后开炒。炒起来极其简
单，就是用一点儿油，再用一点儿盐，待盐味进菜即可。配菜
用的是葱白、红菜椒和木耳，炒出来便是红绿黑白四色兼具，
十分完美。初入口有些苦，后味儿却有点儿甜，也有点儿涩，

还有点儿辣，更多的却是香。

孩子们先吃。我便帮她招呼孩子们。两个人招呼十来个孩子，竟也是好一番手忙脚乱。等终于忙完了孩子们的饭，我们才端起了碗。边吃边聊，问大钱怎么就管起了这麻烦事，她方说起来。原来她竟不是这村的人，这是她姥姥家。童年时她跟着姥姥在这里住过几年，很受照顾，念念不忘。长大后，但凡回来看姥姥，就总要住些时日。舅舅们早就在城里安家立业，姥姥去世后便卖了老宅，除了上坟都不回村。她也每年都回来给姥姥上坟，每次回来都还是想要住些时日。问她住哪儿，她指指隔壁，说是二哥家。她每次来都住这儿。二哥是姥姥的本家孙子，虽早出了五服，却也算是亲的了。还有，她顿了顿道，这就是姥姥家的老宅。

给孩子们做饭是因为有一年她回来住，天还没亮，她就被学校里传来的声音吵醒了。那时村小还没有被并点撤走。她闻声披衣到了学校门口，看到一群孩子聚在一起，在黎明前的夜色里如童鬼一般。她吓了一跳，问他们怎么这么早？孩子们说，家里大人都因为茶叶忙活着，顾不上他们，就把他们送了过来。早送早省心。大钱困惑道，既然来了，为啥不进学校里？大门的锁是虚挂的，没有实实地锁住。孩子们说，许校长说了，不到时候不叫进。校长姓许，四十来岁，家住邻村，长脸，平日里不苟言笑，学生们都有些怕她。

大钱说，听到这里，她心里就翻滚着难受起来。问孩子们吃饭了吗？都说没有。不过都带了干粮。有的是面包，有的是馒头，有的是干脆面。只是都没有热水喝。——大人们去山上打茶，孩子们却没有热水喝。这么想着，她说她的泪都快下来了。她就心血来潮，打开门，叫孩子们进到了学校里，用自己带的东西给孩子们做了简单的早餐。等到孩子们吃完，天也放了大亮。许校长来到学校，看见这情形，什么也没说，只是跟大钱一起收碗筷。直到孩子们都进了教室，她们俩相对坐着歇息。她看着我，忽然笑了一下。大钱说，我也忙回了一个笑。她没再笑，我心里就有些没底，说，对不起啊许校长，没顾上给你打招呼，也不知道这么做合适不合适。许校长说，你这不是骂我吗？沉默了一会儿，又说，打春茶的时候，家里都顾不上孩子们，我早就知道。我也不是铁石心肠。可是事关孩子无小事，我也实在是害怕了。刚毕业第一年，我在茶楼小学教书，就碰到了事。两个孩子早早去学校玩，在二楼打打闹闹的，一个孩子头朝下摔了出去，伤了脑子，死了。家长闹个不行，茶楼小学本来就难支撑，再加上这个事，就彻底垮了。我接受了教训，来这儿就给自己立了规矩，只做分内的事。分外的事，担不起责任。我说哪有那么巧。她说不怕一万，就怕万一。这么多孩子呢，真要有了啥事，算谁的？算你的？你不是老师。算我的？不是我招揽的事。

　　一时间，我停了吃饭，沉默着。大钱沉吟了片刻，接着说，许校长这话不好听，可确实也有道理，且是以血泪经验得到的道理。这道理在城里是不用讲的，是我耳熟能详的，只是在这里听见，忽然间让我觉得有些陌生了。不过她也提醒了我，让我把自己往回纠偏一下。我想了想说，要不这么着吧，我以个人名义拟个委托协议，让家长们签个字。说到事前头，丑话就不丑。她眼睛一亮，却又灰了，说，那能行？我说，试试呗。那天午饭过后，我就拟了个协议，打印了出来。第二天一早，二十来个孩子齐齐地带了过来，大人们全都签了字。后来我才听说，也有人嫌太啰唆，更多的还是体贴，说丁是丁，卯是卯，这字该签。人家大钱做这些个事，还不是心疼孩子们？要是有啥事再去赖人家，那可不是坏了良心？也有好奇的，问我图啥，有孩子说，他妈在家里签字的时候一直念叨着，这大钱图啥呢？不收钱还管孩子们两顿饭，能不图啥？我笑道，你回去告诉你妈，大钱真不图啥。叫她放一百个心。也有人见面对我说，你这可是为来世积德呀。我说，什么来世不来世，我可没想那么远。反正我爱在村里待着，反正闲着也是闲着。

3

吃完后便喝茶。边喝边听大钱讲，她说好茶要喝三道，头道茶淡而脏，二道茶甜而香，三道茶喝个光。三道过后，便换了茶。入口的茶味，又有了细微分别。当然，无论怎么不一样，茶味儿总归还是涩、甘、香。不过是有的涩久一些，有的甘浓一些，有的香长一些。传达出来的气息，有的静一些，有的沉一些，有的浮一些。大钱说，有分别就对了嘛。既然世界上没有同一片叶子，又怎么可能有同一杯茶呢？等下午去各家串去，你就更能喝出差异来。各家各户的茶山茶树不同，打茶炒茶的人不同，进到杯里的茶，怎么会一样？又说到怎么通过成品茶去鉴别炒茶人水平的高低，大钱说，关键一点是看茶叶的破碎度，茶叶不破损，才能留香久。破损度的指标意义如同麦子的瘪粒，破损得越少就越能证明技艺精到。也可很直观地看汤汁，最正宗最地道的汤汁不是碧绿的，而是金黄色的。所谓的闻如兰香观如金汤，正是如此。

用的是最寻常的素面透明玻璃杯，水是自来水，味道有一股天然的清甜。茶叶没有单芽的，多是一芽一叶，初展的也有，全展的也有。但看那杯子里的景象，芽的毛，叶的尖，名副其实的才算是毛尖。尖也就罢了，毛这个字，真是太妙。是用惯了的好，也是经得起用的好，不然怎么能用惯呢？这世上，最纤细的东西就是毛，最幼嫩的也是毛，汗毛、毛发、毛孔、毛毛雨、一毛钱、毛茸茸……有毛的东西几乎都是可爱的。作为茶叶的毫，这个毛，自然是要多好就有多好。

我问，这茶要按品级的话，该到一级了吧？大钱说是。不过一级在这里不是最高级，只能算个中档。看我纳闷，便详解道，这里的春茶分六档：一档是珍品，多是芽头；二档是特级，多是一芽一叶初展；三档是一级，多是一芽一叶；四档是二级，多是一芽两叶初展；五档是三级，多是一芽两叶；六档是四级，有一半是一芽两叶，另一半为一芽三叶。这跟我在象城习得的知识很是有别，我便明白，果然这里自有规矩。便又问到底是明前好还是雨前好，她笑道，这可有些难说。村民自喝和卖给茶客的标准不同。在村民们看来，茶客分两种，一种是假茶客，是喝样子的，就要芽头，尤其是明前的芽头，特别小，很难打，打出来又不容易炒好，所以死贵。茶成了，用泉水一泡，茶客们赏着杯子里嫩生生齐刷刷的芽头，说好茶好茶。其实又能好到哪里去？我问假茶客都是些什么人，大钱扑哧一下笑了，说没听说吗，"大官小官，明前毛尖"。

就都笑。问她什么人是真茶客，她道，就是喝味道的人嘛。真讲究味道的，那就要一芽一叶，且这一芽一叶也并非铁定只是明前好。有句老话，叫作"火前嫩，火后老，唯有骑火品最好"，这个"火"，就是清明节。清明上坟，要烧纸点火嘛。这话的意思就是只要是清明前后的，都一样好。

喝着喝着，就浑身微汗。再喝着喝着，就浑身通泰。酣畅淋漓地喝了个痛快，方想起问她的茶是在哪家买的，她说她的茶都是村里人送的。也只能让送，因没处买去。都不卖给她。除非她要得多，否则就没人收她的钱。即便买她也不好意思多买，因价太低，总觉得买的越多越亏着人家。

那里面都是。她指着桌上一个纸盒子说。我便去看，却见都是作业本的纸包，一小包一小包的。她说，家长们给孩子们带的话是，叫大钱老师尝个味儿。也有给多的，她就会退回去。靠山吃山，靠水吃水，靠茶吃茶。春茶跟他们的眼珠子似的，怎么能白要那么多呢？大钱说，我跟他们说，春茶贵似金，金子还得金子换，你们给我留着好茶就是了，回头我买。他们却都说，哪能叫你买，花那钱？自家的茶山，不过是费把力气。我说就是你们的力气最值钱。他们说，我们的力气值钱，就非得你来买？知道你有钱，你有钱去别的地方使，别搁这里来花。你要是真心疼惜我们的力气，要不你自己来打？你打多少都是你的。

所以你就真的上山打茶？我问。大钱说，是啊，抽空就去打点儿。不打白不打，只要你想打。只要你去打，一定不白打。又都笑。

喝足了茶，她便带我去逛。事先叮嘱道，咱们先去各家尝尝，先别急着买，等看过一遍再定。我答应着，便跟着她在村中行走。尽管才认识不到一天，我却已是很信任她了。莫名信任，似乎她是老友。而每进一家，那家人上来跟大钱打招呼时也都会问：有朋友来啦。你朋友真多啊。大钱应道，人缘就是这么好，实在是没办法。

说笑两句，便坐下喝茶。进了几户人家，都尝了茶。出这家进那家，一路上，大钱像个导游似的跟我说东说西，见什么讲什么。路边桑葚熟了，结了不少甜甜的黑果子，我想要摘了吃，又怕不妥，被大钱看了出来，笑道，吃吧，随便吃，得紧着吃。反正人不吃鸟就来吃，人吃了也不耽误鸟吃。只是你若是能紧着吃，总能挑着那些好摘的，不用爬高下低。那些不好摘的留给鸟吃也就是了。又指着坡上说，野樱桃也有熟的了，你要是爱吃就摘去。我便果真去摘一些，小是小，味道却很不错。初时涩，忍住，会慢慢甘甜，这甘甜，来得慢，去得慢。要是不换个别的口味，能在舌尖徘徊半晌。

比较一番后，我便入手了几斤茶。买过了茶，却没有走回头路，由着大钱带着我弯弯绕绕。信阳临近湖北地界，有着明显的南方风韵。随处可见河流池塘，稻田宛若布拼一样，一块接一块地玲珑着，真叫一个好看。不少池塘里都有荷叶正冒头。荷叶的量词该用"片"的吧，可是刚出水的新荷还是得用"枚"，它们粗粗地卷着，像是个不规则的"一"字，在靠近岸边的地方，那里几乎没有水，只有淤泥，这枝小小的"一"简直就像贴附在淤泥上。如初生的婴儿，趴在老祖母破败的怀抱里。有的稍微长高了一些，离淤泥远了一些，叶面有了一点儿舒展。在背光的一面看它，它有着一抹淡淡的赭红色。在它的不远处，有几只小青蛙在水里游着，偶尔停在水下的枯枝上。

各家的花也都开得正喜人。黄刺玫一披一挂地开着，小小的丰满的圆圆的花瓣，浓烈的甜香。石榴花噙着一朵朵小火苗，这儿一簇，那儿一簇。月季也在这时候盛开了。这里家家户户似乎都种有藤月，倒是很适宜的。不占地方，依着篱笆、拱门或者随便什么架子，开得极盛。深粉，雪粉，朱红，紫红，不外乎这几个大颜色，却因为开在各家，粉又粉得不同，红也红得不同。这藤月的花比蔷薇要大一些，香气也更甜一些。走过它们，觉得衣服都染上了香。

这村子真好。我感叹。大钱道，那晚上就住这里吧，也住在二哥家，别回城了。晚上家家户户炒茶，花香加茶香，整个桃湾都是香的——不是我不想送你，路又不远，几脚油门的事。就是想让你多吸几口这香气。我欣悦道，好啊好啊。大钱当即笑得灿烂如太阳，道，跟你真投缘。我睡的是张大床，你同我一起？就是多个枕头的事。我说好。

4

晚饭便是在二哥家吃的。饭后两口子便在东厢房里忙起来，二哥手里舞着茶把在茶锅里搅动，屋里的簸箕里摊放着鲜叶。我问二嫂，这叶子都是今天打的？二嫂说，那可不是。问她，怎么有的簸箕里鲜叶多，有的簸箕里鲜叶少？她说，虽说都是鲜叶，鲜叶和鲜叶可不一样呢。上午叶、下午叶、壮树叶、老树叶、晴天叶、雨天叶，都得分开摊晾，不能混到一起。鲜叶不一样，炒制的力道和火候也就不能一样。我叹道，真不知道喝杯茶有这么不容易，还以为上山打茶就是最难的了。二嫂说，打下鲜叶，这难字才走了个上半程，且不到家哩。下半程的难呢，就难在炒茶，要一夜到天亮。如果不及时炒，就会发酵，"发烧出汗，鲜叶完蛋"，以前的忙活就都是白忙活。

大钱道，有一个曲儿，唱的就是炒茶人的苦。我听二嫂唱过，唱得可好。二嫂，你再唱唱呗。二嫂大方道，唱唱就唱唱。等二哥炒过了一锅，趁着歇息时刻，便轻声哼唱了起来：

> 炒茶之人好寒心
> 炭火烤来烟火熏
> 熬到五更鸡子叫
> 头难抬来眼难睁
> 双腿灌铅重千斤

音质有些粗粝，韵调也有些忧伤，却不知怎的也并不让人沮丧。我问这段曲儿叫什么名儿，二嫂笑道，就是个曲儿，没名儿。这还值当有个名目？不过这种曲子倒有个名目，叫"闲五句"，许是因为是在闲时唱的，且都是五句。还有一首"闲五句"，词里也有茶，却是酸曲儿：

> 手扶茶棵泪不干
> 心中好似滚油煎

送哥送到分水滩

撩水给哥洗把脸

分水容易分人难

　　我不由得鼓掌叫好。二嫂笑道，这就算好？还有更好的呢。又唱道：

夜夜睡觉想着郎

想郎想得脸焦黄

打开枕头给郎看

眼泪发芽二寸长

床底挖个养鱼塘

　　我自是更热烈地鼓掌，得寸进尺地央求她再来几个，她说她就这些了。一边应着我，夫妻俩便又忙起来。二嫂忙着烧火，随时添柴、退柴，火光映着她的脸，多了几分红润俏丽。二哥忙着杀青、揉捻、炒生锅、炒熟锅，再甩条儿。生锅要大火，熟锅要中火，甩条要小火。每个程序都得六七分钟。最后一个程序是炭焙，用的就是极文的炭火了。焙着焙着，毛尖特有的香气就弥漫了出来。

　　那天晚上，就是在这香气里，在二嫂忙碌的间隙里，我和大钱时而听她唱曲，时而和她闲话。我问二嫂，二哥炒茶的手艺，也算是行家里手了吧。二嫂瞧了二哥一眼，笑说，他那成色呀，顶多算半个行家、一只里手。说得二哥也笑起来，应道，我可一般。一般的意思就是能把好茶叶炒好。好的炒茶师傅呢，是能把三等茶叶炒出二等味道，二等茶叶炒得接近于一等茶，这才是真厉害。就像种稻子，上等田里种出好稻子，不稀奇。下等田里种出好稻子，才见功力。我说，这还像老师教学生，好老师不仅能把好苗子教好，也能把中等苗子栽培好。二嫂说对对对，就是这个意思。

二嫂娘家在山外，是平原乡村，离桃湾有十来里，属于另一个镇子。问起当初怎么嫁给二哥的，她笑道，还不是因为茶。别看是在信阳山里，也不是所有的地方都有茶山，很多地方只有水稻田，没有茶山。桃湾村的茶山算是多的。早在二十年前，乡里还在这里设有茶厂，一到春茶季，就由乡里出面召集人来打茶叶，工钱不菲。那时还不太时兴去远地方打工，好多外村的姑娘小伙儿都过来做这活儿，既挣了钱，也恋了爱。二嫂和二哥当初就是这么认识的。她说，原本最动心的就是二哥家有那么多亩茶山，想着有了这茶山，够几辈子用，吃不穷穿不穷的，就嫁了过来。谁承想有恁多罪哩。听我打趣问是不是后悔了，二嫂却又道，后悔啥？不后悔。咱吃得了茶的香，就受得了茶的苦。二哥笑道，你这话说得硬气。再说了，后悔有啥用？迟啦。

不知不觉已过十点，二嫂催我们去睡，临走前我又赖着二嫂唱了一曲：

> 小小鲤鱼压红鳃
>
> 上方游到下方来
>
> 穿过多少金丝网
>
> 闯过多少钓鱼台
>
> 不为仁兄我不来

睡觉是在临街屋，果然是一张大床，床上铺盖被枕虽旧旧的，却很干净清爽。一张小木桌上放着电脑，还有几本书。角落里有瓶插的一大把香蒲草，叶片秀挺，蒲棒可爱。听我夸，大钱道，你走时我送你啊。又打来了一盆热水，要我洗漱。客随主便，就都依她安排。洗漱完毕，又就着热水泡脚，大钱便忙着添水。在把脚伸进盆里的瞬间，我和大钱面面相觑了片刻，便笑起来。笑得会心会意——相识不到一天，居然就睡到了一张床上。且还是在如此偏远的村庄，在这素昧平生的农户家。这史无前例的进展速度于我而言，实在也是在预料之外的。而虽是预料之外，却也是那么自然的水到渠成。

临睡前，我又在东厢房门口站了一刻，静静地闻了一会儿茶香。这时候的桃湾村，正浸泡在层层叠叠的香气中。有花的香、树的香，更有茶的香，几种香混合着，如同无形的波浪，此起彼伏，潮涌而来，缠绵回荡。花香平和悠远，树香深沉庄严，茶香则绵长热烈。多有意思。茶树长在那里的时候，散发出来的，也就是一股子散淡的植物青气。如今，她隐秘的芬芳被尽情尽兴地点燃，如同花朵绽放。再然后，这芬芳会被密封，会被冷冻，直至沸水再把她点燃。而再度被点燃之夜，就是她最后的纯净的疯狂。

脚步轻响，大钱也走过来，问我，这味道特别好闻吧？我说，是啊，在这样的味道里睡觉应该能做美梦。她点头道，我每次回来，都会睡得很香。尤其是在这老宅里，尤其是炒茶时节。

每年都回来？

嗯，每年都回来。我妈妈去世前特别叮嘱我，叫我每年都回来给姥姥上坟。她还说，因她是出门闺女，死了也不能埋回老家，只有我能替她来看看。她还说，乡下日子总是苦。你回去时，能做点儿啥就做点儿啥，算是替我尽了心。

大钱的眼睛里泪光盈盈。

5

一夜无梦。第二天早上，大钱叫醒我时，一看时间才七点，我说，这也太早了吧？大钱道，早什么早，二哥二嫂六点都走了。咱们赶快吃了饭去采一会儿，半上午还得回来支应孩子们的午饭呢。

　　饭后换了鞋，大钱又塞给我一个小篓子，篓子里窝着一顶防晒帽，边儿有些油黑。然后便跟着她顺着小路去往西坡，也没有多远，不到半个小时便走到了。遥遥地看到了二哥二嫂，脸用防晒帽遮得严严实实的，正在两手飞花般采着。高声喊二嫂，她挥了挥手。及至到了跟前，她先讲怎么防着脚下的枝枝节节小塄小坎，又讲怎么防着乱茶枝戳着眼睛划着手，讲若干安全事项，才开始讲怎么打茶叶。却原来，这打茶叶不是我想象的那样——我一直以为，打茶叶很像摘棉花。竟是错了的。小小的芽头小小的叶，怎么能像棉花一样呢？需得用巧劲儿。看准了芽叶下手时，有时得掌心朝上，食指和拇指向外向上提，有时又得掌心朝下，食指和拇指向里向上提。后来我才知道，这种打法叫提采。还有一种打法叫折采。最忌讳的采法就是掐采，凡是掐采过的茶叶，炒出来都会泛红。二嫂一边说着，手里也不闲着，那轻巧敏捷的动作看得我连声哦哦，我也才明白他们为什么会说打茶。必须得用打，也只有是打。

　　教完了我们，二嫂又叫我们打给她看，大钱自是比我业务熟练，相比之下，我便是笨手笨脚。看着我的样子，二嫂的眼睛在防晒布后面笑得弯弯的，又演示了两遍，方才离得远了一些，去专心打茶。二嫂一走，大钱便俨然升级成了专家，开始指点起我来。我自是虚心学着。打了一会儿，手渐熟了。熟能生巧，倒也不难。只是脚下不平，需得拿捏着劲儿站着，又得看着手里的，累得慌。

打了半天，腰背便有些酸痛，看看小篓子里，却还没有盖住底儿。太阳照着，满山的绿叶子晃着，有些头昏眼花的，我便站住。大钱笑道，累了吧，那就歇歇。咱们寻块宽敞地儿坐下来，你看着别踩上野猪粪。我惊讶道，这里有野猪？大钱说，你不知道吧？野猪多着呢。你看咱们这地多松软，都是野猪来拱的。野猪来这里干啥？找东西吃呗。吃茶叶？她说吃去年秋天落下的板栗、茶油树上结的果子，也吃野菜，春天新发的娃娃拳，都是它们的喜好。我说不得想法子赶它们走？二嫂在那边搭话道，赶啥呀赶，野猪来了是好事哩。人家吃的东西又不碍咱们的事，还来松土呀，来上粪呀，可不都是好事？说着便指了指隔壁的茶坡，人家今儿可不来打茶叶了，人家在茶山上下了野猪套儿，昨儿套了头小野猪，三岁了，有百十来斤。今儿肯定在家收拾那头猪呢。人家运气咋就那么好？咱也下过套儿，都没碰上这么样的大好事。前几天远远地瞧着了刺猬、猪獾和狗獾，见人就跑，以为咱会逮它们似的。倒是去年逮着了一只山鸡，山鸡知道吧？那翅膀花得跟唱戏的彩衣似的，好看死了。俺们吃了两天的肉，那毛还留着哩。

歇了一会儿，我们又起身去打。不知怎么的，都没了闲话，竟然凝神专注起来。满山的大寂静中，除了鸟叫，就只有我们忙碌的声响，沙沙麻麻，扑扑簌簌。打了好一会儿才觉口渴，喝了几口水，喊着二嫂，问她要不要喝水，她只一个劲儿摆手。问了两遍，我干脆走过去，非叫她喝口水歇一歇。二嫂说，不歇啦。歇一歇就想歇两歇，不怕慢，就怕站。水可不好多喝，喝多了得放水，这喝水放水来来回回折腾的，不知道会耽误干多少活儿。我顿时讪讪的，觉得自己一把岁数的人，怎就这么不懂事起来。

待回到大钱身旁，大钱道，二嫂打茶就是这样惜时如金。手慢的一天打一两斤，手快的一天三四斤，七八十块一斤。你算算这账？单卖鲜叶，二十来天挣个四五千五六千就是寻常。这边还有句行话是：清明茶，小小芽。谷雨茶，大把抓。你不知道吧？谷雨之前的茶，都叫头茶。眼下这时节就是头茶。行话说：头茶打不好，二茶发不了。头茶芽叶长得又好又多，还长得快，隔几天就需要再打一遍，叫巡打。这头茶要是没打好，就会"跑茶"。不要以为茶树的根儿扎着，茶就不会跑。——你不知道吧？茶树不会跑，茶味儿可是有腿有脚的，待不住了就会跑。等它跑了，打到手里的叶子就不再是杯中宝，那就只是一把草。谷雨前的末几天更繁重，因要打"头茶尾"，这算是春茶里的末茶，味道又好，芽叶又体面，虽卖不上价，给亲戚朋友们送一送也不那么心疼，自家喝待客喝也都适宜，几方都能抵达最佳平衡。

如此说来，"头茶尾"竟然是农家最体己的茶了。不过我又衍生出了些疑惑，便遥问二嫂，"头茶尾"打完呢？再发出来就真的不打了？二嫂回话道，"头茶尾"以后的茶就是夏茶了，一般没人打。即便打下来也不好喝的。你硬要再打两天也没人拦着，打下来的茶混到头茶里也没人拦着，可是你多打那两天干啥，人家都不上山了，就你上山，你家的茶名声也会赖。不定就会有人指戳说，他家的茶过了谷雨还在打哩。都穷成了这？咱这何苦哩。我惊奇道，还能有这种说处？大钱叹道，村里的事就是这呀。看着各家过日子，其实也是有条共识的。你不知道吧？村里有的人家即便富足，能买得起茶的，只要在这村里住，轻易也不去买。多少都会去亲自打一些。要是不打，也怕被村里人议论忘本，还怕会被村里人讥讽说，有钱嘛，买嘛。跷着腿在家喝嘛。

笑了一番。二嫂越打越远，我们越打越慢。后来索性又站住喝水闲话，大钱突然问，你们喝过毛尖的秋茶没有？我说没有。大钱道，秋茶最好喝。行话是：春茶苦，夏茶涩，秋茶好喝舍不得。为啥舍不得？因秋茶得留着养树。即便要打也是在白露前后轻打，所以也叫"白露茶"。秋茶没有苦涩味，有花香气，就是量极小，搁不住卖，只能送给最亲的人。所以还有句行话：春打金，夏打银，秋里打的送情人。就又都笑。

将近十点半时，大钱说得回去了，还得给孩子们做饭呢。问二嫂，中午要不要过来给你们送饭？二嫂说不用送，带了干粮。边说边把几片鲜叶送进了嘴里。我便问，咋吃生叶子？她说还不到吃饭时，饿了困了累了，吃下几片鲜叶，立马就能提劲儿哩。问我说，下午还来吗？我说，下午就走啦。便慢慢走过去，把小篓子里的鲜叶合到了大钱的小篓子里。大钱夸道，不赖，夜里叫二哥给咱炒炒，我估摸着能炒出半两，够你喝三天。我说，半两哪够喝三天。大钱笑道，这是西坡呀。别坡的茶不能，西坡的就能。它茶气足嘛。

她用的是茶气，不是香气，就又勾出了我的好奇，问她茶气和香气有啥不一样？大钱道，当然不一样。香气是到茶面儿上的，一泡就出来。茶气比香气藏得深，得慢慢品。有的茶，你可能还没喝茶就闻到了香气，不想闻都不行，它奔着你的鼻子来了嘛。这种茶常常香气猛茶气不足。可是有的茶乍喝着是淡淡的，你必须得喝好几道，才能体会到那种盘盘旋旋的茶气。有时候得喝一段时间才能知道，茶气足的茶，更耐品。这茶气——你不知道吧？往根儿里说，是地气，是树气，是人气。我懵懂道，地气树气也还好明白，咋还有人气？大钱说，对啊，就是得有人气。人勤谨，会打理茶树，也才有树气。地气、树气和人气合股到茶上，才有茶气嘛。对了，这里的茶树之所以茶气足，顶要命的还有一点就是不打药。就是想打，你多半也打不成药。山高风大，你背一壶920上来，一喷出去，被风一吹都跑偏了，没效果。再说了，背着一桶920上去，你试试？累不死你才怪。对了，你不知道吧？920又叫赤霉素、赤霉酸，种类很多，据说有三四十种。这里的人只叫920。920啊920，她既赞叹又鄙视地说，你下午用喷雾剂打一下，明天早上再去看，那芽叶出的，要多好看有多好看，要多喜人有多喜人。可那毒茶，你能喝吗？你敢喝吗？

沉默了片刻，我说，来了桃湾，认识了你，认识了二哥二嫂，以后可用不担心喝到毒茶了，是吧？大钱道，当然。不为仁兄我不来，说的就是这。

就都笑。

6

午饭后要走时，在二哥这里买了十斤茶，寻常价，却多给了半斤。二哥说，熟人多吃二两豆腐三两肉，多半斤茶也是应该。大钱也送了半斤茶给我，说是自己打的鲜叶。临行前拍了拍脑袋，又进屋将那把香蒲草抱了出来，说要送给我。

这个，不好拿吧？我说。

不好寄，却是好拿的。只是你这路上得辛苦点儿。她说着做着，利落地把香蒲草用绳子密密地扎好，又用一个厚实的化肥袋把它们裹紧，放进了车后备箱。我说那你可就没有了，她说这些东西年年长的，在村里不值什么，只是到城里却不好见。你喜欢就好。你不知道吧？蒲棒是一味中药，可以止血呢。

到了信阳东站，和大钱拥抱告别。相视而笑着约了明年此时再见。她让我先进站，我非要目送她先走，她终是依了我。临上车前，她又回头喊道，差点儿忘了二嫂叫带的话，她说等谷雨过去了就给你寄一些"头茶尾"。你不知道吧？这"头茶尾"可是二哥二嫂送你的，不收你钱。我如傻子一般憨笑点头。

你不知道吧？——看着大钱的车远去，不知怎么的，突然就想起她这句口头禅来。嗯，我确实不知道。不过，我很愿意知道，也很荣幸知道。

* 黄金时间 *

1

　　扑通。这一天，来了吗？听见那一声响，她就有了期待，或者说是预料。她慢慢地走过去，在客用卫生间门口站定，从错开的门缝里看见了他正在艰难蜷曲的腿。她让门缝略微大了一些，便看见了他的全身。他歪歪扭扭地倒在地上，裤子没提，露着硕大的臀，两丘小型的肉山。他两只手都捂着上腹，脸窝在纸篓那里，纸篓以四十五度角倾斜着，很俏皮。一小片微微发青的脸颊进入她的视线，摊在他嘴角的东西泛着白沫，形状不明，鼻尖有大滴的汗正在丰沛冒出。他呻吟着，声音极低。关上了门，这声音几乎就听不到。

这一天，终于来了。她确定了这一点。

她想笑。可这个时候，笑显然是不合适的。但是，为什么不呢？既然没有人可以妨碍她。于是她来到卧室，在梳妆台前面坐下，冲着镜子笑了笑。她看见自己脸部的肌肉动了一下，牙齿也露出了八颗，眼睛里却还是冷冰冰的，没有笑意，像卧着两条死蛇。

这不行。她对自己说。她冲着镜子又笑了笑，眼睛里却还是没有笑意。那就算了吧。她离开了镜子。

卫生间里传来一阵声音，叮叮当当、零零碎碎的，是敲打的动静。他在敲打着什么。什么呢？似乎是搪瓷物件，地板砖还是马桶壁？她听着那声音。有一搭没一搭，一搭强一搭弱，力道一点儿也不均匀。他在挣扎，他在挣扎。她当然知道。她又慢慢地走过去，推开卫生间的门。他的一只手还捂在上腹那里，另一只手抓着马桶的外壁，手指还在微微地动着。味道很难闻。她瞥了一眼马桶，有一截晦暗的黄色。这样子真是难堪。幸好他的脸窝在纸篓那里，她用不着去看。

她关上门，走到客厅。这个笨蛋，他不应该动的。他应该一动不动地等人来救他——但是，此时，他这么做似乎也没错。他很清楚她在睡觉，所以才想弄出点儿动静来努力惊醒她。如果他知道她已经醒了且已经来看过他两次，他还会这么动吗？不过，反正也是要死了，如果动动会让自己痛快点儿，那干吗不动呢？……她摇摇头，不再想。那是他的事，用不着她来想。

她打开手机，马上有短信进来："恰城池之深处，合潜隐之念想。遍访红尘，邂逅此地……"是房地产广告。她忽然意识到了自己的糊涂，迅速关机，关机前看了一眼手机上的时间，六点十六分。两个六。那么，让事情顺利点儿吧。她随后又拔掉电视机旁的固定电话线。虽然可能性很小，但是也要杜绝——不能让任何电话在此刻打进来，绝不能。她不能和任何人在此刻说话，因为她不能让任何人知道她此刻已经醒来。幸好不少熟人都知道她神经衰弱，睡觉前一般都会关手机和拔电话线。

到此为止，事情仿佛是蓄谋已久地浑然天成。这真好。

抢救心肌梗死病患的黄金时间是四分钟，抢救脑出血病患的黄金时间是三小时，她清楚地记得。那就按三小时的最大值算吧。不过，这三小时的黄金，她该怎么花呢？

她站在那里，深深地做了几个腹式呼吸。嗯，可做的事还真是不少。

2

她打开电视，一个电视剧刚刚开始第二集，叫《在一起》，看名字就是家庭情感剧。电视真是一个好东西。她每天回家，第一件事就是打开电视。其实也不一定看，就是换换台，有合适的看两眼，没有合适的就随便哪个台，让它呜里哇啦地响着。《快乐男生》《奇舞飞扬》《非诚勿扰》《完美告白》，内蒙古台的蒙古语、新疆台的维吾尔语、延边台的朝鲜语、西藏台的藏语……有声儿，这最重要。只要有声儿就好。好在不用怎么搜罗，光一个央视就有那么多频道：体育、少儿、纪录、科教、空中课堂、环球购物、中国教育1、中国教育2。还有那么多外语频道：英语、法语、俄语、阿拉伯语、西班牙语。她寻常看的是音乐频道，15频道，"我像只鱼儿在你的荷塘……"是凤凰传奇，玲花的嗓子真利落。也没少看慢慢悠悠、磨磨叽叽的戏曲频道，11频道，"我一无有亲啊，二还无有故，无亲无故，孤苦伶仃，哪里奔投……"是豫剧版的《白蛇传》。还是看12频道社会与法吧，正播着扣人心弦的"女监档案"。一个乡村女人，生了两个孩子，和老公的感情本来就不好，做了结扎手术后更是经常被老公打骂。"你不能生了，倒贴钱都没人要你。"她急了，偷了人，为了证明自己不用倒贴钱也有人要。老公发现了，说要杀了她，她又慌又怕，就先把老公杀了，用一包老鼠药。这愚蠢的女人。

他在卫生间的地上，而自己在客厅里看电视。她想。她的眼睛盯着屏幕，没错，自己是在看电视。为什么这么喜欢看电视呢？这个问题她早前就想过，想了很久才总结了三条：一、它能给她提供各种花里胡哨的信息。这些信息都没什么用，可总归是个热闹。她冷清的心里，需要这些外在的热闹，不然从里到外的冷，会把她冻死的。二、可以自由选择。选择权让她愉悦。这世界上很多事情她无法选择——工作、薪水、结婚、离婚……但这遥控器却可以让她充分选择。虽然她只能看一个台，但她可以选择好多个，而且可以随时调换。这虚拟的权力和微小的自由，真好。三、可以让大脑停滞。那么多的面容，那么多的栏目，那么多的故事，那么多的噱头，能让她的脑子变得满满当当，让她什么都不用想。与其说这对大脑是一种占用，不如说是一种清洗。电视看饱之后，她常常可以睡个很好的觉。

嗯，电视这么好，那就好好看吧。她换到15频道，此时此刻，还是听歌更合适。汪峰正在声嘶力竭："请把我埋在，在这春天里……"好吧，把你埋在这春天里。她看看自己的手。不用动手，她也能把他杀了。这一天，她已经等了那么久。

3

事情常常没有什么明确的开头。如果一定得有个开头的话，她想了又想，想了又想，也许，那个开头，就是40岁的那个下午。

　　那个下午，吃过午饭后，他就坐在沙发上看电视，她说："上床睡吧。"他说："不困。"她看着他。他一会儿就会困，就会点着他沉重的头颅，然后打起响亮的呼噜，和电视的噪音凑成一曲拙劣的交响乐。虽然毫无效果，可她已经劝告了无数次。那么多次了，也不多这一次。于是她说："你一会儿就困了。还是上床睡吧。"他拉下脸，皱着眉道："别管我。"她刚刚收拾完餐桌，手里拿着一块抹布，看了看盘子里油腻腻的鸡骨头，又看了看他。客厅离餐厅不过几米远，她忽然觉得有万里之遥。他坐在那里，像是坐在大洋的另一端，他们之间，是无垠的海面。隔着这海面，她觉出了自己的荒唐。是啊，管他做什么呢？他是他，她是她。他永远是他，她永远是她。她真的没有必要管他，尤其是他还不让她管。

　　静了片刻，她说："好，从今之后我不再管你了。"他没说话，一心一意地看着电视，显然是没听见她说什么，或者是听见了也不以为意。是啊，在他的逻辑里，他是会不以为意。她还能把他怎么样呢？他肯定是这么想的。她收拾完了餐桌和厨房，他已经在沙发上睡着了。

　　她走到客厅，看着他。他的头靠在沙发背上，打着呼噜，嘴角流着涎水，一副痴傻的样子。阳光洒在滴水观音的绿色叶片上，柔和宁静。这么多年来，这样的场景她已经看了无数次。一向如此，只要吃完饭，只要有时间，无论是早上、中午还是晚上，他就一定会坐在沙发上，屁股纹丝不动地看着电视，很快睡着。遥控器不知道被摔坏了多少个。她要是不叫他，他就会一直在沙发上睡，似乎沙发比什么都亲。她再怎么劝也是白搭。"你不知道这么睡有多舒服。各人有各人的喜好，你应该尊重我的喜好。"他振振有词。

一瞬间，她下了决心：尊重他的喜好，从今天开始。何况他的话听起来也有理。难道他不能有睡沙发的喜好吗？难道这喜好就不该被尊重吗？他没错。那么，是谁错了呢？她想。突然，她对自己的日子充满了鄙视和厌倦。这么多年来，自己过的是什么日子？买菜做饭，洗洗涮涮，走亲访友，上班下班……他慢慢地升迁着，她也慢慢地升迁着，都在单位熬成了有些面子却没有里子的中层。现在，儿子都已经读了重点中学的高中，成绩很不错。他不打她，不骂她，偶尔还夸一下她做的菜，甚至会陪她逛逛街……嗯，真是一个完美的三口之家。按很多人的说法，她和他算是所谓的伉俪情深，不但已经青春相伴，还大有指望白头到老。

可是，这一刻，突然间，她受不了了。自己过的这算是什么呢？他从没有给她买过花，从没有和她旅游过，从不记得她的生日，也不关注她的例假——偶尔关注也是因为他想过夫妻生活的时候，听到她说来了例假就会很不屑地嘲笑："又来了！整天来！"他也从没有像电视剧里那样，从后面亲昵地抱过她，倒是有一次他不知道是被什么触动了兴头要从后面和她做一次，匆匆结束后对她说："你怎么没洗干净？有味儿。"她含着屈辱和愤怒沉默。她从没有告诉过他，他从来都没干净过，她给他洗内裤的时候第一遍都要屏住呼吸，打完肥皂才敢松一口气。他也从没有好好地真正地亲过她，新婚的时候他亲过她的嘴唇和乳房，没几天就跳过了这个程序，直奔主题。每次看到电视剧里那些男女耳鬓厮磨地纠缠在一起亲耳朵、亲脖子、亲锁骨，甚至从他们暧昧的台词里听出他们还会亲对方那些最不能见人的部位，她都觉得浑身难受。他们是在演戏吗？她觉得他们的戏演得真可笑。可是他们真的只是在演戏吗？她愿意相信这些戏从电视剧里走出来的时候也是真的，这又让她艳羡。

可她不能对他说，所有这些，都不能说。花，旅游，从后面抱，那么亲她……哪一样说出来，都会让他怒眼圆睁，惊天动地。他会说她不知足，不安分，有根浪筋——没错，她是有根浪筋。他没有。他把工资卡交给她，把单位发的所有福利都拿回家来，去儿子学校请老师们吃饭，打出租车会多要几张发票报销……他是个最俗常的最标准的过日子的人，这么多年，以婚姻为壳，她就和他待在这种日子里。她的浪筋如果被知道，那就是一个字：贱。

22岁那年她嫁给他，现在她已40岁。那个下午，隔着客厅到餐厅的那片海，她回忆着和他的过往，确凿无疑地认定：他和她从来都不是一路人。不是一路人却在一起过了18年，这已经足够漫长，漫长到了应该悬崖勒马立地成佛的地步。于是她没有把他从沙发上叫起来。那天，她自己一个人在卧室午睡，睡得很好。

自那以后，凡是看见他在沙发上睡，她都没有再叫过。有好多个晚上，他都在沙发上睡了一整夜，早上起来嚷嚷脖子疼，她不搭腔，他也就讪讪的了，但也只是讪讪而已。过几天，脖子好了，他依然常常在沙发上睡。客厅那里几乎成了他的天下，烟缸、袜子、茶杯，她不收拾，这些东西就在那里扔着。每逢周五，她会收拾一下。那一天，读寄宿高中的儿子会回来过周末。

那年冬天，元旦之前，她简单做了一些准备之后，跟他提出过一次离婚。所谓的准备也只不过是转移了一些存款，如果他万一爽快答应，她懒得和他争房子什么的，她只需要留些钱租个房子，过自己的日子。她预料他不会答应，果然。"为什么？"他问。"就是不想过了。"她说。他坚决地拒绝了："你是更年期，我不跟你计较。要么就是神经病，那更没办法跟你计较……平日看着你还挺正常的，你就是更年期。"他判定。不久，她又试探着跟儿子提了提："我想离婚。"儿子看了她一眼："那你就离呗。"她笑："你同意？"儿子低头去看书："你要离我拦不住，要我同意，那也不可能。"

她没有再跟任何人说过这事。是啊，他们的日子一直过得平平静静、安安稳稳，完全可以实现那首歌儿唱的"我能想到最浪漫的事，就是和你一起慢慢变老"，可她居然不想要这份浪漫，如果不是神经病或者更年期，还能怎么解释呢？

还好不用向任何人解释。不解释的前提就是不再提离婚。毕竟已经 40 岁了，她已知道，不是任何人都有资格任性，正如不是任何人都有资格离婚——别说离不成，即使离得成，她以后的日子就好过了吗？很快，她好像忘了这档子事，继续过着日子。日子貌似相同，只有她知道其中的差异：她在心里同他离了婚。

4

从那个下午开始，家里的气象就日渐没落下去。聚沙成塔，集腋成裘，都是不容易的事。不过塔还原成沙，裘还原成腋，还真是挺容易。下坡路总是好走的。她有些惊诧地发现：自己是这个家的核心，她不经营，不维持，这个家从里到外的精气神儿也就只能没落下去。她说神经衰弱，受不了他的呼噜，两人便分了房。幸好是三个卧室，分房分得也利落。她住到了儿子的房间，腾出了一格衣柜，把必需的衣服都挂了进去，此后连换衣服都不再让他看见。他们自然就几乎不再过夫妻生活——夫妻生活，真是个有意思的词儿啊。他们床上的那点儿事还真的只能用这个词来形容，也只有在那几分钟十几分钟的时候，作为夫妻他们才有点儿"生"的样子。可是从那以后，连这点儿"生"都慢慢地死了。夫妻"生"活路过他们的身上，一步一步地变成了夫妻"死"活。

起初他不甘心，强迫了她几次，看她如僵尸一般，也只好放弃。有一次，他说："你去医院看看到底是不是更年期。更年期就是会冷淡。"她沉默。他说："去看看，让医生开个方子调理调理。"她说："不想去。"他冷笑了一声，没再说话。

这世上的女人多着呢，他可以去外面找女人。和他分房之后，她就想到了这个。那就去吧。他花钱，他得性病，都跟她没关系。他这个人，整个儿都和她没关系。后来，她索性连饭也不做了，反正他在家里也只是偶尔吃个晚饭。她早餐喝牛奶吃面包，中午在单位吃工作餐，晚上就喝碗粥再吃个水果，他要是吃，就再炒个青菜。他表示过不满，她不理会，他也就罢了。后来他干脆连这偶尔的晚饭也知趣地省略了，这更遂了她的意。

家里正儿八经开火的时候，就是周末，儿子回来。那两天，她睡书房。

家里就这么凉了。冬天凉，夏天也凉。一年四季都凉。夏天，再闷热的天，回到家里，她都会唰地冷下来。吃过晚饭，在外面散过步回到家，只要看到他在沙发上坐着，她就会以最快的速度冲过澡，回到儿子的房间，反锁上门，把衣服脱得干干净净，睡觉。有一天，他过来，直接推门，推不开，只好敲，带着怒气喊："反锁着门干啥呢？"她把衣服穿好，打开门，说："睡觉。"他说："那还用反锁着门？"她说："不想让别人进来。"他问："我是别人？"她说："你是别人。"他诧异地、却又无可奈何地看着她。她关上门。

那之后很久，他们连话都没有说过。可他始终不提离婚。她长得不错，工作也不错，比他还小6岁，离婚对他是太丢人的事，因此他根本不会提，她明白。她要想离婚成功，除非打官司，可是那太麻烦了，所以还是算了吧。何况又没有什么男人让她生发出打官司的动力。从40岁那年她开始上心留意：41，42，43，44，45，46，47，48，49，一直到现在，50岁，这些年，她都没有碰到过。——想起这个，她更觉得他的可憎。如果当初他同意离婚，如果她早早就一个人了，那恐怕会不一样吧？当然，很可能她也找不到什么合适的人再结婚，这年头，找那么一个人太难了，她一个离婚的女人，能碰到什么男人呢？老一点儿的，嫩一点儿的，俗一点儿的，雅一点儿的，英俊一点儿的，丑陋一点儿的……只要是只想上床不想结婚的，就无非是采野花的人、偷野食的人，那她就是野花，就是野食。这把年纪了，再去当野花野食？

可是，她一个人，这情形终归还是比两个人捆绑在一起要好一些吧？一个人，一个离了婚的女人，总是意味着一种新的可能性，哪怕是虚无缥缈的可能性……可她一直没有这种可能性，连这种可怜巴巴的可能性，她都没有。是他让她丧失了这种可能性，还是她自己放弃了这种可能性？

5

"在一起，我们在一起……"片尾曲响起，一集电视剧四十五分钟。还有两个多小时。她忽然想起，自己应该好好地洗一个澡。是的，好好地洗一个澡。他这一下，无论是什么结果，她都得拿出几天时间支应，肯定没有工夫好好洗澡了。——不管是脑出血还是心肌梗死或是二者兼有，总之他的情况看起来已经足够严重，即使没死，他也算是丢了大半条命。作为准遗孀，她得打起十二分精神天天跑医院，在床头伺候他的吃喝拉撒，去街头雇合适的护工，去接不断线的关切电话，在世俗常理中忙得没有时间去洗澡。要是他死成了呢？那她就是铁板钉钉的可怜遗孀。他的那些亲戚，他的那些兄弟姐妹，一定会纷纷从乡下和这个城市的各个角落闻讯而至，呼天抢地地帮忙办后事，原本沉睡着的血脉纽带因为他的死开始活泼舞蹈。他是静止的主角，她就是活着的主角。所有的人都会冲着她来，都会围着她转，问候她，关怀她，同情她，她得顶着汗臭和头屑迎来送往，在泛滥的安慰中奉献哭泣，肯定也不能再去洗什么澡。"都这个时候了，还去洗澡？这个女人，到底有没有心肝？"这样的声音怎么会没有呢？

所以，她要好好地洗个澡先。她脱掉衣服，走进主卧卫生间。自从分房住以后，她已经很久没有在这个卫生间洗过澡了。这个卫生间一直是他在用。她跟他提过一次，让他只用这个卫生间，客用卫生间给她专用，可他却不听，两个卫生间总是随便用。她知道他是故意的，故意硌硬她，让她不痛快。她不再提，每次他用过客用卫生间，她都会好好地把里面的卫浴清理一遍。

果然脏。马桶壁和洗面池里都是浅浅的污垢。她用小刷子蘸着肥皂，仔仔细细地擦拭干净后才站到了花洒下，开始淋浴。可是她的毛巾都在客用卫生间里，不能再去拿。那就这么着吧，用手，自己洗自己的身体。

她把水温调低，先洗头发。她的头发很短，超短。过了40岁，她就把一头长发剪成了短发，还越剪越短。短让她觉得舒服。洗头发的时候，一点儿洗发水都能搓起满头的泡沫。洗完后一会儿就干。用速干毛巾稍微擦一下，20分钟内准会干透。这么短的头发，她常常都觉得自己有些不像女人。头发洗好，她把水温略略调高，用手揉搓起自己的乳房。自从和他不再有夫妻生活之后，她就常常这样揉搓起自己的乳房。据说乳房需要这样的按摩，不然容易得乳腺癌。她可不想碰上这个。左乳头有些痒，她小心地用手指抠捏着，看着它很快耸立起来，似乎是在等待着什么。她微笑起来。很多个夜晚，她梦见有男人在亲吻它。她稍微下了些力，让它微微地疼痛起来。

她关掉花洒，取下淋浴头，冲洗下身，忽然想起新婚时他和她开的玩笑。她绵绵地抒着情，说："我的下半生就交给你了。"他慢慢地重复："下半身？下半身？那上半身呢？"她打他，他把她压到身下："记着，你的下半身可是交给我了呀。"她微笑。那时候的他，还是很懂幽默的。或者说，还是很舍得用幽默来对待她的。可是，不知不觉地，这幽默就没有了。或者说，对她没有了。偶尔，她听他接打别人的电话，他还是会开玩笑的。似乎只是在家里，他才变得越来越无趣。她开玩笑，他也懒得接。渐渐地，她也懒得再开玩笑。"家里是最放松的地方，想怎样就怎样。"他说。这话当然不通。想无趣就无趣吗？有趣就是一种社交礼仪，无趣就是给家里人看的吗？或者说，家庭生活就该配无趣吗？她不能明白。她想有趣。可她的想和他的想怎么能合到一起？于是她把这个闷在了心里。连幽默都得去争取的时候，实际上也没有什么争取的价值了。她想。

她深深地低下头，嗅着自己的身体。这沾着水汽的身体，有着沐浴液的清香。虽然很注意保持，可是她的腰身已经开始发胖，像吸够了水的馒头，虚胀着，一层层的肉在腰线上柔和地垂成模糊的边际。这没有人爱的身体，连她自己也不想爱了。她知道自己在嗅什么——真怕嗅到那股酸气啊。那种发酵似的、淡淡的酸气。她在同龄的女人身上闻到过，这顿时让她惊心起来。要是自己身上也有，这真是恐惧的事。不是怕老，只是不该这么老。老也该是体面的事，从容的事，雅洁的事，美丽的事，而不是这种带着酸气的事。还好，她一直没有闻到。她微微地放了心，又笑起自己来。已经 50 岁的女人了，还这么文艺，这么幼稚，这么矫情，真是的。可是，她就要这么文艺，这么幼稚，这么矫情。谁能把她怎么样？

从卫生间出来，她看了一眼电视。又是一个 45 分钟。

再做点儿什么呢？

6

她穿上浴袍，来到阳台上。厚厚的遮光窗帘还严丝合缝地拉着，她拨开一点缝儿，炫目的阳光像刀子一样锋利地扎进来。她闭上眼睛，眼皮子里升腾起五颜六色的光晕，来回游荡，变幻无穷，梦一样。她慢慢地睁开眼睛，眼前的景物一点点清晰起来。她喜欢窗户干净，每次钟点工过来，她让她做的一项重要工作就是擦窗户，所以家里的窗户都像是没有装玻璃一样。对面楼体上的瓷砖似乎触手可及，她伸出手，虚虚地摸了一把。

这是他们在这个城市住的第三套房子。第一套房子 80 平方米，两房一厅一卫，他母亲单位的老房子。刚结婚的时候，老房子也有一种新鲜的喜悦。他们在那老房子里生了儿子，一直住到儿子小学毕业。然后他单位分房子，呱呱新的新房子，120 平方米，三房一厅一卫。他们欢天喜地地搬了过去，他们一间，儿子一间，还有一间书房。那时候，他们对这房子满意极了，还抨击那些两卫的房子，说纯粹是浪费。"三口人，还两个卫生间，一个卫生间怎么就上不过来？"他说。她忙不迭地赞同。但是……她很快就觉得还是两个卫生间好，如果可以的话，甚至可以三个。每人一个。

这套房子是商品房，150平方米，高档楼盘，几乎用尽了他们的积蓄。其实是给儿子准备的。当时他们已经预备着，如果儿子将来在国内成家，就给儿子做婚房。可是儿子很快就到了加拿大，他们就搬了过来，把另两套房子出租了出去。搬的时候她还心存奢望：新房子，新气息，他们的日子或许会比以往有些改观吧？可是，没有。她在书房铺上地毯，点香，做瑜伽，他在客厅里看着电视打着盹，低着他那沉重的脑袋。她去超市采购回来，往冰箱里乒乒乓乓地放着东西，他在客厅里看着电视打着盹，低着他那沉重的脑袋。她跟着单位集体旅游，坐着深夜的火车回到这座城市，满面尘灰地打开家门，他还是在客厅里看着电视打着盹，低着他那沉重的脑袋。

呵，这到底是一个怎样的男人呢？在外面顺从，回家里霸道，典型的窝里横。在烈日下看到交警执勤，刚刚还感叹："做个交警真辛苦。"可当过斑马线时闯红灯被交警拦下教训，他转脸便大骂交警就是活土匪。碰到应酬的场面，别人对他讲几句赞美的客气话，他便飘飘然得厉害，回家对她复述了一遍又一遍，真心觉得那人是有识之士。谁讲他一句难听话，他会刻骨铭心地记着，随时念叨，并时刻留意着那人的消息，准备伺机反扑一把。常常谆谆叮嘱要她孝敬公婆，自己到父母那里连菜都不会给他母亲择一棵。不会修电灯和水龙头，且也毫不掩饰地蔑视这种小小的技艺。对那些去郊外扎帐篷露宿的人嗤之以鼻，说起看星星看月亮更是笑掉了大牙。对待自己的身体，他则是又在意又懒惰，又自负又胆小。说明天就健身，明天总在后天之后。说起死总是很潇洒，一有感冒发烧却一定会去医院打吊针。去年退二线以后，更是风声鹤唳，草木皆兵，可又绝不去锻炼，也不错过任何饭局，每次看到好吃的荤腥都忍不住，一定会吃得打着饱嗝才会满足。于是脸越来越肥，腰越来越粗，人似乎也越来越矮，却不能听人说肥说矮，只爱听雄壮和魁梧。早几年就有了高血压且三脂都高，却从不肯好好吃药，时时表示自己康健无恙。去年体检的时候医生说怀疑他脑血管动脉硬化得厉害，毛细血管痉挛性收缩和脆性也很堪忧，甚至冠状动脉都很有可能存在不稳定粥样斑块，建议他做个详细检查，他执意不肯，回家气势汹汹地对她吼："怀疑？怀疑个屁！无非是想黑我的钱！让那些机器扫一遍又一遍，好好的人都得病了。我好得很，离死还远着呢。我的身体我知道！"

她不说话，只是听着。她早已经习惯这样：听着，只是听着。如果说话，她只是在心里说，比如这句：你以为你知道，其实你不知道。你不知道的岂止是自己的身体？你什么都不知道。

不过真的，他人不坏，说到底，只是平庸，全面的平庸。

可是，还不如坏呢，坏还代表着某方面酣畅淋漓的极致和纯粹，能让她觉得痛快。而他，只是让她闷，让她窒息。

天色越来越白，越来越亮，天空开始透出些微微的蓝意。她深吸了一口气。真是一个好天气。

7

还有一个小时，似乎适合睡一觉。她走到儿子的房间，在床上躺下。隔壁就是客用卫生间，敲打声没有了。这一片安静，正适合睡觉。

可是她睡不着。他就在隔壁。她想。他就在隔壁的地板上躺着。他醒着？还是昏迷着？或者是已经死了？她不知道。她知道的只是，现在还是黄金时间。她必须把这黄金时间给一寸寸地花掉，花掉，彻彻底底地花掉。

他要死了吗？

儿子的床是硬床垫。儿子喜欢硬床垫，她也喜欢。大卧室的床是软床垫，每次睡，她都睡得很累。后来开始睡儿子的硬床垫后，每次醒来，她都会觉得浑身通泰。她真喜欢睡儿子的房间。这大男孩的房间，连灰尘都是那么茂盛可喜。她常打开儿子的衣柜看看他的衣服，觉得每个衣襟儿里都有一股子蓬勃的朝气。这才是生命呢，生机勃勃的命……儿子也是他的儿子，可她更觉得儿子是她的。就精神的基因来说，她觉得儿子就是她的。——当时儿子说要留在加拿大，他居然想装病让儿子回来，然后把儿子焊在身边。"能出国镀镀金就行了。咱就这一个儿子，他跑那么远，见都见不着，有什么用？"他说。"你养儿子是来用的？那你不如养猪呢。每年养一头，每头都能杀了吃肉。"她说。为了儿子的事，他们差点儿动手，他抢起手头的保温杯想要砸过去，抢了两下，到底没出手。可他眼睛里的恨意她历历在目。他不是心疼她，只是怕把她砸伤了还得去医院花钱，被邻居碰到了也丢人。可她知道他已经砸了，在心里砸的。她的心上已经被砸出了一块淤血。好在淤血已经不少了，多这一块也没什么。每当看着心上的淤血她就想：会有一天的。会有的。

现在，他就躺在隔壁。她和他，隔着一堵墙。墙壁的此面，涂着厚厚的立邦漆。墙壁的彼面，贴着闪亮的瓷砖。

他要死了吗？

也许，他早就该死了。他活得这么没有质量，活在这世界上就是浪费资源。可是他就是不死，也没人来杀他。她也不能。她很方便杀他，可是她不能。她不能为了杀他，把自己再搭进去。为了他这种人，不值。最好的方式就是他自己去杀自己，她只能期望他自己去杀自己。好在他的全面平庸除了让他苟活之外，在某种时刻居然也算得上是一种自杀的利器：三高，不吃药，不运动，无节制地腹型肥胖，好吃好喝好烟酒……她常在网上查脑出血和心肌梗死的这些资料，每对症一样就知道他在自杀,一直。他还好强——前几天居然跟着她进了儿子的卧室,说要过夫妻生活。"其实我也没这念想了,不过医生说偶尔过一次对身体好,对男的好,对女的也好。"他说。她沉默。把医生的话搬出来,还说对她也好,不过是因为他自己想做又不想承认,这就是他的方式。她很快脱掉衣服,想着早做早了,反正他也用不了多少时间。可他没做成。他不服气,隔一会儿就试一试,到底没做成。最后下床离开,他说:"年纪不饶人啊,这个年纪的男人都不中用了。"她看着他的背影无声地冷笑。自己不行了就要拉一大帮人殉葬,你以为你是谁啊,能代表所有同龄人?她又看着自己裸着的身体,忽然想,一定也是她的问题,她让男人不行。她这个刀枪不入的样子,有几个男人见了能行呢?

她再也不可能重新开始了,即使他死去。他从根子里败坏了她对男人的胃口。她松了口气,心里既笃定又踏实,同时也恍然大悟:他是早已经死了,在她心里。而她虽然还没有像他那样死透,其实也已经离死不远。他在自杀的时候,也在一点一点地杀她。这让她更可以没有愧疚之心,真好。

他要死了吗?以后,他再也不会来她这里自讨没趣,她也再用不着对他怀揣恶毒。他和她到了这个地步,尽管没有坐看云起时,好歹也算是行至水穷处。

他要死了吗?也许,他真到了死的时候。最近两天连着两个晚上都有人请他吃饭,吃的都是川菜,今天早上,他一定是便秘重犯。

8

　还有一点儿时间呢。她拿起床头柜上的杂志。《读者》《哲思》《格言》，都是些讲道理的杂志，各种各样的道理。道理总是有道理的，可是在很多时候，道理是死的，是僵尸，是全须全尾就是不会呼吸的木乃伊。她翻起一本，找到一页，读了起来："那只蜜蜂在窗棂上飞舞了许久，它似乎是来寻觅什么的。窗棂上没有花蜜，它是来寻觅什么的呢……"她扔下，再翻一本，迎头碰上的题目就是《婚姻物语》。她又扔下。什么狗屁物语，她用脚指头想也能想出这书里都在物语些什么，无非是彼此忠诚、感恩之心、距离产生美、给对方合适的空间……可是，还是看看吧，反正也没有什么更好做的事。她把书打开，这篇写的是爱情，啧啧，瞧瞧这句："爱情，就是天上的一朵云……"她笑起来。爱情，是一朵云吗？或许吧。她第一次坐飞机的时候才知道：在云下看云，在云上看云，云都是那么柔和，那么白嫩，那么真实，有着不可思议的神性的美，可是当飞机飞进云里的时候，云就不见了。云成了一团一团的雾气，缥缈的、灰色的雾气。

　分房之后，他找过别的女人，不止一次。她知道。45 岁那年，她去省城进修，半年时间。她每月回家一次，是为了见儿子，也是为了拿几件衣服换着穿。难得这样成年之后还有单独进修的机会，脸庞都已经开始皱巴的男人女人都格外注意捯饬，尽量让衣服显得光鲜。她也不例外。例外总是很难的，她习惯了不例外。况且还有男人半真半假地和她调情，说喜欢她。第二个月回来，她在他床上发现了几根红色的头发。白色的床单，想不发现都难。她回想了一遍，他们的亲戚朋友里，没有女人染这样的头发。她拿起那几根头发迎着阳光看了看，发根儿的地方是白的。这个女人已经不年轻了，起码三四十岁是有的。或者跟他的年纪一样，他那时已经 51 岁了。她把那几根头发扔回床上，心如止水。无论他婚外嫖还是婚外恋，或者是和年轻时认识的某个女人旧情复燃，她都不会生气。她甚至欣慰：他还有这兴致和女人做这件事，或者说还有女人愿意和他做这件事，这真的挺好。哪怕那女人是为了钱——像他这样的男人，也舍不得掏多少钱。当然，如果不是为了钱，那更好，那简直都能够使她对他刮目相看了。

第四个月回去的时候，她又在床上看到了几根金黄色的头发，也是染的。那几根头发长长的，还打着微微的卷儿，显出几分妖媚的波浪。她终于确定，他就是嫖。她似乎嗅到了那女人身上放荡的味道，想到那些情色的词句：前门迎新，后门送旧。——那些女人，那些睡过无数男人也被无数男人睡过的女人，他对着那些女人，恐怕要比对着她这张冷脸舒服无数倍吧……

那次，她回到省城之后不久，就和一个男人上了一次床。她没那么喜欢他，也没那么讨厌他。和他上床很大的动因是好奇，想看看他在床上是什么样。结果很不怎么样。那个男人很慌张——他比她大两岁，已经是 47 岁的老男人了。真可怜。她也可怜。她只是觉得他们都真可怜。

和那男人就那么一次。他又找过她几次，她都温和地拒绝了。说来了例假，说身体不舒服，说没时间，反正就是胡扯。她有的是时间，就是不给他时间。那一次对她来说就够了。和他单独在一起时，她很坚决地和他保持着距离。但当着同学们，他们很正常。他们混在同学中一起去 K 歌的时候，会四目相视地唱很多对唱的情歌。在餐厅里碰到，她会指着清炒芹菜苗对他说："吃这个，这个粗纤维，降血压。"

那是她五年前的事。五年前，她就已经活得那么透彻那么冷硬，或者说，那么无趣。和他一起熬了这么多年，把她的黄金时间几乎都熬干了，他终于成功地把她也熬成了一个无趣的人——当然也可能她原本就不怎么有趣。在这彼此的无趣中，他们眼看着彼此一点点变老。他们不使拳脚地对彼此施虐，也让彼此受虐，没有丝毫快感，不，不能说没有丝毫快感，在儿子如常的笑容里，也会有一点儿快感。可那是什么狗屁快感啊，简直可以忽略不计。尤其是在此刻，她要不计。

——不，其实他没有那么成功。她忽然想。她笑了起来，还笑出了声。咯咯咯的笑声把自己都惊了一跳。不过，这真是

很值得笑，不是吗？他早该躺在医院里的，可他现在还躺在卫
生间，很可能再过几个小时就会躺进太平间。一个无趣的人怎
么能做出如此有趣的事呢？

嗯，自己居然还如此有趣，这真是可喜可贺。以后若是没有
了他，在纯属于她的有限的黄金时间里，她确信自己会更有趣。

9

电视屏幕左下角的时针欢快地跳跃着，一下，一下。还有
12分钟。她慢慢地走向客用卫生间，推开门。他还躺在那里。
当然，他也只能躺在那里，像一条壮硕的大虫，或者像一个肥
胖的巨婴。他的手指已经不动了，全身都一动不动。纸篓已经
完全倒地，他的头还埋在纸篓里。这样子真是难堪啊。

她跨过他的身体，走到他的脑袋旁边，慢慢地把纸篓抽了
出来，然后蹲下身，看着他。他睁着眼睛。他居然还睁着眼
睛。她看着他的眼睛。他看着她，她也看着他。他的眼睛里似
乎什么都没有，又似乎什么都有。她知道自己的眼睛里也是这
样。两个人就这么默默地看着，看着。突然，他的眼睛亮了一
下，很快又暗了下去。再亮一下，再暗下去。终于，他沉沉
地、很累似的闭上了眼睛，再也没有睁开。

她站起身，走出去，在客厅里又静静地站了好一会儿，才
拿起了手机，轻轻地摸到了开关键。

*
无
疾
而
终
*

1

虽然是最后一次，但看起来也要和以往一样。所谓如常，就是如此吧。而之所以称为如常，恰是因为非常。而恰也因为非常，再回想起来的时候，更觉苍茫。

毕竟是最后一次。她给自己格外攒了些力气，决意哪怕做不到非常好，起码也要看起来挺好。这个她还是有数的。无论多么糟糕，都能看起来挺好，当里子都没有的时候，起码得撑着面子，不能让面子里子一起塌掉。总不能白长这一把岁数，总得有这些必备的能力。

　他约的是喝茶，卡的时间还是一如既往那段：八点半左右。这个档期已经吃过了晚饭，合适的名头似乎也只有喝茶。茶罢呢？毋庸置疑，他会安排后续的。至于是什么后续，也能大致推测出来。到底快五年了。他们之间，多多少少有些知己知彼。

　论起来，这一次，其实是他工作调动到象城后的第一次。这同城后约见的第一次就是最后一次，嗯，她就是这么决定的。

　　2

　穿什么好呢？他对着镜子试了两件夹克，定了带着暗花的那件咖色。暗花，黑暗之花，暗地里花，他，她，他们之间，可不就是这样？

　竟然还挑了一下衣服，他撇了撇嘴。这么隆重，好像是什么新开始似的，其实也不过是个旧人，俗称老情人，或者老相好。相比而言，他更喜欢老相好这种称呼，和关系不错的哥儿们聊起私密话题时，也会互相称对方的红颜知己为老相好。这个词，既粗俗又生动，还有故事性和年代感，轻佻轻浮中又悠长地证明着自己的魅力。

　今天打算带她去的这茶馆他也是头一回去，一个哥儿们说是他的老相好开的。哥儿们的老相好开的茶馆，他带着老相好去，这事儿一想起来就有一股子放荡风情，让他心里痒痒地难受。

刹那间，她的模样儿蹦到了眼前，就更心痒。经手的几个女人里，就数这个，最是中意。怎么说呢？简直有点儿近乎理想型了。容貌、身材虽只是中上，在床上却堪称尤物，太合心思。美中不足的唯一一点，就是她常让他有些拿不准，常让他觉得有些陌生，觉得和她有距离。比如说，肌肤之亲都这么多次了，每次她都有些勉强似的，有些生涩，有些害羞，有些懵懂，仿佛是刚刚认识不久，甚至像是被他刚从大街上拉进屋里。倒也有另一样好处：每次都能有效地唤醒最初的新鲜感，让他觉得够刺激。次数多了，他也就把这半推半就看成了一种心照不宣的游戏。他倒是从不介意推，因为知道她会就。只要他一进到她身体里，用不了多久，她都会绵绵不绝地分泌出汹涌的湿润，和他沉浸到狂欢中去，既单纯又下贱。他真是爱极了这样的身体。只要想到要和她做，就会令他兽欲满满。这种状态，之前没有任何一个女人能够给他。结束后，独处时，他总是既得意又有些不可思议。也因此，她的这点儿拿不准，也是让他喜欢的。这种事，要是拿得太准了，其实也是没意思的，是吧？

对于他，她应当也是有些拿不准的吧。这几年来的约会，他从没有给她专门的时间，都是来象城开会之余、办事之余，突然联系她。能见个面吗？他每次都这么问。这个见面当然是双关，是上面和下面都要见的。如果上不了床，那就索性不见。有一次，到了酒店房间里，她才吞吞吐吐地告诉他，来了例假。他悻悻然脱口而出：怎么不早说呢？她的脸色顿时变了。他也知失言，迅疾补救，说早知道她来例假就给她准备点儿什么好吃的，勉强搪塞了过去。之后不久，她就提出了分手。

你每一次都是来去匆匆的，一点儿也不稳定。我们之间，还是算了吧。她没提例假的事，口气很平和，与其说是威胁，不如说更像是哀怨的撒娇。

他连忙认错。承诺说，以后一定改。下次他依然故我。总是有这样那样的借口和理由。确实是忙。可他也确实不想给她什么稳定。都有家，彼此的家里都已经有一堆稳定的了，和她之间，要的就是不稳定。如果一定要谈稳定，他想要的唯一稳定就是，什么时候需要她上床，她就召之即来。除此之外的稳定性，都毫无必要。连约会的时间地点也不必提前说，看他的情况因势而动因欲而行，这才是她存在的精髓。——他固然拿不准她，她却也拿不准他，他们甚至连自己都拿不准自己，也算公道。

后来她又发过几次小脾气，他也哄了几次。他很会哄，温柔宠溺哄着她的时候，自己也会入戏，暗暗感叹自己很像个情种。她说"一点儿也不稳定"时的口气，可怜巴巴的，柔柔弱弱的，分明对他是有感情的，这个调调也让他受用。可惜的是没说过几次，让他受用得不大够。不过，话说回来，说多了也是烦。他可没工夫无休止地哄下去，尽管她还是很好哄的——用她那圆圆的眼睛瞪着他，简单又明澈，他就知道她信了。

她这样子，真是可爱啊。

当然，言语上尽可以哄着，行动上却从来不惯着。承诺嘛，就是用来违背的。女人，尤其是这种女人，不能惯着，打一开始就不能，省得有一天蹬鼻子上脸。于是，哄了又犯，犯了再哄，好像反复了没几个回合，就把她捋顺了。偶尔，她还是会不高兴，言来语去小针小刺地刻薄他，可只要不分手，那就任她刻薄。他谅她也不会真和他分手。她再有韵味，毕竟也是徐娘半老了，像他这么床上本事大且床下脾气好的男人是好找的吗？

不知是什么时候起，她不再闹小脾气后，就多了些让他拿不准的意思。比如有一次他把自己的裸体照发给她，意图增加情趣，遭到了她的严正警告。还有一次，他为表诚意要求她带他去见她的闺蜜们，也被她断然拒绝。由此他也推论出来，想要带她参加哥儿们的聚会只能先斩后奏，且也只能一次。那就放在这一次吧，他调来象城后的第一次，有点儿纪念意义。

3

发个位置吧，我去接你。他的微信来了。

不用了。各自去。她回复。

好的乖。

他又叫她乖。乖。对她来说，这个字曾经像一颗子弹，每次约会前，他都会用它来打靶。他一打，她就中。现在，他打来再多她也无感，好像是谁给她穿上了防弹服，也好像是这子弹变成了塑料的，也许本来就是塑料的？

他第一次这么叫她的时候，她很是吃惊。长到三十来岁，除了老公，没人这么叫过她。他那么自然地就叫了。那天，她陪着领导去他的所在地予城公干，他参与了接待，一起吃了一顿晚饭。那时还没有"八项规定"，酒是饭局的灵魂。她没有什么酒量，常常是被忽略不计的那种，可蚂蚱再小也有肉，况且她的体积比蚂蚱要大些，因此从没有被饶过，多少总得喝几杯。饭后就在酒店的歌房K歌，她继续陪着，因为唱得好，她对唱歌也确实有兴致，就唱了很多。他也喜欢唱，点了好多男女对唱。就是在点歌的时候，他指着那首《我悄悄地蒙上你的眼睛》说，咱们点这个吧乖？他离她那么近，几乎是用唇对着她的耳。一阵酥麻袭来，她便乖乖道：好。

K歌也免不了继续喝酒，于是，酒连着酒，歌连着歌，酒催歌，歌催酒。从没有喝过这么多的酒，不知不觉，她就有些醉了。唱到后来，她眼里只有他。终于曲终人散，他们俩走在最后。他说送她进房间，既合理又意外地，就发生了。

在他进入她身体的一刹那，她其实是清醒的，没有真正地醉酒。她什么都知道。可那个时刻，她没有想去阻止他。脑子里不知道是几倍快进地回放了过去许多事，让她莫名地觉得委屈，莫名地觉得这个世界对不起自己，也莫名地觉得和这个刚刚认识的男人胡来一次仿佛就可以弥补一点儿不知是什么的亏欠。于是，就那么纵了他。说到底，也是以纵他来纵自己。

第二天醒来时，只有她一个人在床上。身上留着他的痕迹，他即使不在，也是在。不过，他实体的不在还是让她觉得松快。茫然了好一会儿，她还是起身洗漱，去吃早餐。饭总是要吃的。必须吃。

在餐厅里，她一眼就看见他也在取菜，彼此的脸色都有些不自然。不过很快也就自然了，或者说是假装自然。他们没有坐到一张桌上。早餐过后，她和领导告别，他和他的领导在大堂外面相送，在车启动的时刻，他和她隔着车窗，像所有人一样道了再见。

回象城的路上，他的微信来了，接二连三，对她表达着喜欢，她没有回复。回到象城好几天了，他依然每天发着微信，她坚持沉默。直到他再次来到象城开会，联系她，约她到酒店，说要谈谈。她去了。不知道他会谈些什么，可这也正是让她好奇的地方，她想知道他怎么解释那天的事。

但是，没有解释。两人在大堂坐了一会儿。他说，在这里不方便，还是去房间吧。她跟着他进到房间里，他一下子就抱住她，开始剥她的衣服。她挣扎着，问，你这是做什么？他答：做你。想死我了啊乖。

结束后，他们闲话。她说，都怪酒。他说，幸亏有酒。斗着嘴，两人都笑。回想起来，这才是他们第一次正式说话。对，不是有方有圆的交际语言，也不是规规矩矩的公事辞令，而是正儿八经地说话。由家常话到情话。她听他喃喃地说喜欢她、爱她，都是最俗气的甜言蜜语，他讲得信誓旦旦、言之凿凿。

她看着他的脸，不信。不过，也许也不那么假？况且，和他做起来，感觉也还真不错。在他身下被他揉搓着，她似乎又活了一次似的。和自家名正言顺的那般，大有不同。正应了他的感叹：与其求医拜神，不如床上换人。

可是，总是有哪里不对似的。也明知道这不是年轻时候按部就班的谈情说爱，可她就是觉得哪里不对。

是哪里呢？

有一次，他来象城办事，事情办好后还有空余，就约她。微信电话里聊了几句，得知她老公出差，家里就她一个，他就说来她家里看她，她说不用，说要下楼。他说已经到了小区门口。她连忙换了衣服赶到小区门口，他却还没到。等了十来分钟，才看到他从出租车上下来，拎着一箱牛奶。

两人有些尴尬地在小区门口站了一会儿，她只好把他领到家里。他进门时又问了一遍，就你一个人在家？她说是。于是，他又是一下子就抱住了她，开始脱她的衣服，不容她挣扎。

事后，她哭了。

我不想在我家的。

在家里好，安全。在酒店得登记，听说暗处还有摄像头。他说。

可是，我不想在我家。

好的，以后不了。

没有以后了。她没有再给他机会。每当他问她是不是一个人在家，她就会回答，不是。

一年前，她换了房子。这个家，他从没有来过。

4

他在茶馆外的路边等她，望穿秋水状，绝不看手机。这种小事，他总是乐意做得很完美。

远远地，他看见那辆出租车犹犹豫豫地在减速，就知道，应该是这辆了。果然就看见她慢悠悠地下了车。也不看他，似乎只是专注于这眼前的路，一步一步认真地走着。

慢点儿乖。他说。乖，他知道这么叫她喜欢听，所以也不吝于说。不过，到底也是一把年纪了，太鲜明地说就显得太肉麻。像这样，放在尾音部分，若有似无且戛然而止，分寸正好。

走到跟前，她方才抬头看他。相视一笑，他在前，她在后，进了茶馆。

茶馆格局不大，只有两开间，楼上楼下两层。熟人和女老板都在一楼门厅那里候着，迎着他们站起来，女老板热情过度地叫着妹妹，上去挽住她的胳膊。他看见她的神情似乎有些沉郁，当然也可能是灯光太暗的缘故。

简单介绍后，女老板引着他们进了一个包间，包间里摆着一个小茶台，茶台后的墙上是几个架子，陈设着几样茶饼和茶具。他们坐定，点了茶，上了几样点心。那两位和他交换着眼神，暧昧地笑，他便也笑，只是没有笑得太开。只男人们在一起时尽可以发疯，这时候却是得端庄些。更何况她一直静着脸，他也得尽量收着。

茶是滇红，一道道地上来，她却一杯也没有喝完，他心生不悦，便体贴地暗示，这茶怎样？

此情此景，她也温顺地捧了场，说，再好的茶我也不宜喝了。

怎么了？

今儿下午喝得有些太多，晚上再喝会影响睡眠。

那妹妹总得喝点儿什么吧？女老板说。

她莞尔一笑：白水吧。

于是，他们喝着茶，她喝着水。也不知是喝了几杯，她突然朝着女老板道：是不是在拍照？怎么也不预告一下。——原来女老板想要偷拍他们，被她发现了。

是啊，要尊重一下肖像权。他开着玩笑，示意女老板停止。他带她来，固然是想要展示的意思，可也轮不到她拍照啊。有些过了。

拍了几张？让我看看。她直直地朝女老板伸出手。那女人道，没拍上，真没拍上。她却不依不饶地伸着手，说，我看看。

他转脸看她，觉得她也有些过了。可又不知道该怎么阻止她。毕竟女老板理亏在前。他眼看着那女人把手机递过来，她接过去，找到偷拍的那些，三张，都拍糊了。她利落地删掉，又在垃圾箱里彻底删除，方才把手机还给那女人。

此时的情状已经相当尴尬，该走了。他暗骂着女老板，这蠢女人。可也得缓和一下气氛，于是他把玩着手中的茶盏，问她，这茶具漂亮吧？她看了一眼，不掩饰敷衍，道，不懂，应该还行吧。熟人接话道，自家的东西，喜欢的话尽管拿去，别客气。她道，谢谢，我茶具很多，家里都放不下了。

她闭着薄薄的唇，脸上已经满是淡漠甚至生分，这可真是不给他面子。不过她这样子也总是能很容易勾得他兴奋起来：

人前装加人后浪，才会格外有反差萌，不是吗？

又坐了一小会儿，她一句话也没有，也不再喝水。眼见得意兴阑珊，无趣到底，他们便告辞出来。他启动了车，道，我家里没别人，到我家坐坐？

不了。我回我家。她说。

他诧异地看着她。

她坚决道，我回我家。

他问她具体地址，说要导航，她说不用，按我说的走就好。

于是她指着路，朝着她家的方向。到她家附近的河滨公园时，她让车停下。说，走一走吧。

5

一走进公园的树荫里，他就拉住了她的手。她也任他拉着。这让他微微放了心。今天晚上，她让他格外不放心。尽管事实上她总是让他不太放心，好像从没有真正让他放心过。——放心，好像他对她真操过什么心似的，呵呵。她的心，自然就是随她去，关他什么事呢。对于她，他本来就是懒得劳神而勤于劳身的。能在床上驾驭她、调教她、享用她，这个最重要。虽然这个最重要总不能太过直接地抵达，总是得来点儿小小的曲线，可谓小憾。

前面树影深浓，树下是一把长木椅，有点儿像是窄窄的床。他拉着她，在木椅上坐下来。树影婆娑，明明暗暗，她脸色凝重，轻轻长长地叹了一口气。

有什么不开心吗？他一边摩挲着她的手，想着适时进攻。

没有不开心。

那怎么看着……比上一回更成熟了？

是又老了吧？她停顿片刻，我上周三过的生日，可不是又老了？

哦——他拍拍脑袋，似乎是感叹，又似乎是懊恼，一边飞速地在记忆里寻找着她的生日信息，有些慌。他的生日她倒是一向都记得的，起码也会发个短信打个电话。他却又忘了，不止一次地忘。确实是理亏。可她怎么不早早提醒一下呢？看着是要较劲儿了。会较劲儿吗？

也不是大事。很快组织好了语言，他便不疾不徐地沉着道：上周三是吧？我一直记着呢。本想着好好给你发个祝福，你要是有空的话能聚聚最好，可再一想，你肯定得和家人在一起，不能打扰。就想着见面再说的。

是吗？刚才见面你也没说。

这会儿说，晚了吗？他让眼神显出含情脉脉。

是啊，晚了。你就承认你是忘了，也没什么的。

她这善解人意的腔调是坑，他可不跳。

真没忘。牢记着呢。要不刚才怎么会想让你去我家，还不是想给你一个惊喜？

她没说话。树影里，他看不清她的表情。

不信的话，那咱们现在就去，去了你就知道了。——家里有几样零碎玩意儿，挑个像样的给她。路上再打主意。补上生日礼，再睡一睡，今晚也算没白约。或者，干脆进屋就把她放倒，好好睡一睡，连生日礼都省了。他这个人难道不是最好的生日礼吗？就这么应付她。

不去了。忘了就忘了吧，真的无所谓的。她说。

怎么会无所谓，这事很重要。容我好好补一下，行不行？

她沉默。他又去拉她的手，她犟了一下，也就被他拉了过去。握着她的手，他又放心了些。

走吧，去我那儿。他着重强调了一下，没别人。

不了。

怎么了？

到了那儿，我就是别人。不想被捉奸在床。她在黑暗里似乎是促狭地笑了一下，到时候，她舍不得打你，只能打我。

胡说什么呢。她一直在予城上班，不到周末不回来的。

万一呢？

没有万一。我现在就打电话确认一下。

她沉默着。他开始打电话。打完了，他喜滋滋地说，她都睡下了。又蓦然意识到这喜滋滋有些不合适，便往下按了按，说，没事儿的，我保证。

她看着他，眼神里莫名的寒意让他觉得有点儿冷。

这里离你家不远吧？那，去你家？你还没请我去过呢。我可不怕被捉奸在床。他调笑。上次她说她老公去外地业务培训，要两个月，应该还没回来。她女儿在外地读大学。他有数。

她仍然冷冷地看着他。

在你家你也怕？

是啊，我怕。她说，在我家我也怕被捉奸在床。

那在哪儿不怕？

喏——她对着不远处的五星级酒店遥遥一指，说，去那儿吧。

他沉默了一会儿，摸了摸口袋。

我没带身份证。他说。

也没带钱，是吧？她说。

6

他从来都没有给过她钱，也尽量不给她花钱。很长一段时间里，她都没有意识到这一点。

钱对她，一直不是个问题。家里的钱全在她这里，老公的钱雷打不动地都给她，家里需要置办什么就置办什么，她想买什么就买什么，全是她做主。虽然总共也没有多少钱。手里的钱相对于她的需求而言，基本是平衡的，有一千就按一千来花，有一万就按一万来花，不多也不少。因此，她对钱从来没有什么强烈的欲望，尤其是对别人的钱。

对他，是从什么时候起的这个念呢？

那天，她去逛商场，逛累了，也渴，看到前面是家"烧仙草"，就买了一大杯，正慢慢啜饮，听见旁边两个年轻的女孩子在聊天，甲对乙吐槽刚刚分手的男友，道：抠死了！跟他在一起，从来都没有给我买过"烧仙草"！我一说买，他就说对身体不好没有什么营养不如喝纯水吧啦吧啦的一大堆，后来我才知道，他就是怕花钱。我一说逛商场就跟要他命似的，还不是怕我相中了什么要他买单，每次约会都是这个公园那个公园，说空气又好又锻炼身体，老娘的鞋子磨破了他又不肯买。有一回，走到没人的地方还想跟我来个生命大和谐，这是连开房的钱都要省吗？我呸！

她突然一激灵。想起了和他之间，也是没有开过房的。准确地说，是没有用他的钱开过房。他在予城的时候，从没有专程过来和她约会过，只有来象城开会时，才会开会约会两不误地约她——不用付房钱。除了会议用房，他没有额外开过一次房。他们没在会议酒店做的唯一一次，就是在她原来的那个住处，他拎着一箱牛奶，号称要来看她。比起开房，一箱牛奶钱可以忽略不计的，是吧？

我跟你说，男人的爱分三级。乙女孩轻蔑地笑了几声，跟甲分析起来：高级的只刷卡不动她，中级的是既刷卡也动她，低级的就是不刷卡还动她。咱们怎么着也得是中等吧？赶快跟这个低级男人断了吧，别留着过年！

——他是怕花钱吗？就这么怕为她花钱？或者说，自己在他眼里，就这么不值得花钱？她简直怕这么问自己，可到底还是问了出来。这一问，仿佛就打开了潘多拉魔盒，牵出了许多事。比如有一次，他们微信聊天，得知她过两天去内蒙古出差，他就说也要跟她去。

飞机票我自己买，不要你花钱，到时候你收留我在你房间住就行了。等你忙完正事回屋，我就为你好好服务。

他笑着说着俏皮话，她也笑。笑完了，又觉得哪里不舒服。现在，她全明白了。就在钱上。飞机票我自己买，不要你花钱，啧，细细分析这话，好像原本该她买似的，是他大度才不让她买，好像她应该为此欠了他人情似的。不，还不仅如此，明明是他要去睡她，却说在为她服务。——总之，他传达出来的主要信息用三个字提炼就是：拎得清。用两个字提炼就是：炮友。

炮友这个词蹦出来，着实吓了她一跳。相关故事听过很多次，她从没有想到自己也有份。可是，现在，他们之间，种种迹象都瞄向这个词。不，她不想。她要躲开。他们之间，哪怕比情人少一些，也应该比炮友多一些啊。

上一次上床——也是最后一次上床时，他的调动手续刚办完，是最后一次以予城的身份来象城开会，会后约她去酒店。犹豫了很久，她还是决定去。进了房间，事毕，两人躺在床上聊他来象城之后的事，她问他调来这里能拿多少薪水，他说了个数目，感叹比在予城多多了。

我这也算傍上大款了吧？她突然想恶作剧一下。

你真是没见过什么大款。我这算什么大款。他笑。

对我来说就是大款。你就说让不让傍吧？

作为刚到象城创业的小白，不，是老白，我傍你还差不多。

可你工资比我高啊。怎么？不想让傍？那就算了。

好吧好吧来傍来傍。

那可得给我点儿零花钱啊。她两掌心朝上，向他伸了过去。

他顿了顿，轻抚她的掌心：想要多少？

多少都行。

没带现金，下次吧。

会发红包吧？红包就行，最多两百，不宰你。她笑着。在他眼里，这是不是笑里藏刀？

不行啊乖。我老婆经常检查我的红包，这可不大好解释。到时候，不但我麻烦，也会连累你麻烦，是不是？

伸出的那只手并不大，此时却是一片荒野。她收了回去。

他把她的手又牵回到自己的手里：生气啦？

没有。说明白就好。她平着脸说。

我就知道乖是能理解的。咱们之间，钱是最不重要的，是不是啊乖？

切。她在皮肤下冷笑。重要。当然重要。所谓的钱是最不重要的这种话，只有花过钱的人才有资格说。没有花过钱的人还这么说，那就是不要脸。我们这种关系，有病有灾都不能到跟前，平常也只是各顾各的，除了在床上那一会儿，其他时候没关联也不能有关联。踏踏实实开个房以保证不被捉奸，买个礼物留个念想让我觉得不只是上床那么简陋，这都是要花钱的。你放心，我的胃口很有限，不会让你花很多，你花了，我也会花的。你不用怕成这样……她真想这么说。这么说会让他心里落个底儿吧？可她紧紧地抿住了嘴。说什么呢？没必要。某种意义上，他这就是在欺负她。她若是真傻，他这么欺负她，那就是不厚道。她若是装傻呢，他这么欺负她，那就是更不厚道。

还有，我是没给你花过钱，不过我也没要求你给我花钱啊。不是总说男女平等吗？这也是平等啊，是不是啊乖？他还在喋喋不休。

……是。

那一刻，她就决定了：这次上床就是他们最后一次上床。下次约见就是最后一次约见。

今天，这个夜晚，滨河公园，长木椅，他们坐在一起，仍是手牵着手，这情形，简直有些像谈恋爱了。他们之间，从没有如今天晚上一样像两个恋人。回想起他们相处以来，几乎所有的记忆都是在床上。不同的床上。一样的黑暗，一样的两具不洁的、疯狂的、可怜的身体。

7

钱，她又提到了这个。她不缺钱。既然不缺钱，自然也不会向他要钱，以她的脾气，也不好意思要钱。这个自一开始他就很清楚。那他当然也就不会主动提，来装什么大尾巴狼。他们之间的状态就是：床上尽兴，床下清爽。后一条尤为重要，正因为不用考虑下床后的麻烦，上床时才能格外尽兴，这是她的核心魅力。

她大概不这么想，他隐约知道。这是个问题，他当然也隐约知道。尤其是自上一次约会以来。现在看来，这问题大概率会成为以后约会的障碍，那不妨今天就迎难而上，排除一下？有时候，主动出击更能把控局势。

也——没——带——钱——他捏细了嗓子，有点儿夸张地模仿着她的口气，无奈道：你刚才这句话，好像在讽刺我。

她沉默。

我不习惯带钱，你知道的。咱们俩在一起，基本也花不着什么钱，是吧？

她仍然沉默。

我觉得，咱们之间，钱是最不重要的。——这话，上次约会时他曾说过，这会儿有必要再强调一下。在她的沉默中，他依着自己的思路滔滔不绝下去：我们之间最重要的是什么？就是在一起的时刻，比如现在，就是最简单最纯净也是最美好的，这份感情。和你在一起，我从来不想钱的事，钱那么庸俗的东西，混在我们之间，就是侮辱……

老实说，我倒觉得，钱是好东西。她打断了他，终于开口。

当然，钱很重要，但在咱们之间……他嗅到了危险的气息，急欲阻拦，却轮到她开始滔滔不绝：你给老婆花钱吧？给女儿花钱吧？给爸妈花钱吧？花钱的时候肯定不会觉得是侮辱他们，是吧？她顿了顿：哪怕是嫖客和妓女做生意，钱也意味着起码的尊重，不给钱那才是侮辱呢。

——嫖客和妓女，她怎么能这么说？直直地戳到他的最虚弱处。

可钱确实是他的软肋，最软的软肋。奇怪的是，似乎也是他的原则，最铁的原则。厚着脸皮挖到底的话，她让他迷恋的地方，除了她的身体，再就是不需要花钱。而且因为不需要花钱，她的身体就显得更好。是的，似乎是这样的。要是花钱呢？他也问过自己，答案是，那他还有必要找她吗？花了钱，比她好用的女人多的是啊。

所以，不给她花钱。她不值得。她愿意那就干，不愿意就算了，她如果拒绝他，他肯定会有点儿失落，却也有成就感。会有一种幻觉，好像是自己抵抗住了诱惑似的，高尚了一些似的。明知自己没有做到，可这幻觉也是一种享受。她不拒绝？那更好。总而言之，言而总之，这是个底线：绝不花钱。绝不。反正他已经睡过了她，反正他不爱她，她也不爱他。如果说爱情是一种病，那他们都没有得病。

还有别人吗？还叫谁上过？——除却第一次，好像后来每次做，他都会这么问她。有一次他甚至说：不管还有谁上你，反正你让我上，这就行啦。这些话貌似癫狂，仿佛只是助兴的淫言浪语，其实他当然清楚，像她这么轻易就和他上床的出轨女人，忠贞根本就是个笑话。她应该也不信他的忠贞。他们对彼此都不信任，只是因为贪恋情欲，才会假装信任。连信任都谈不上，还怎么跟爱沾边儿？

是的，她也不爱他。这让他在上床之后格外愤怒，格外放肆。也让他在下床之后格外轻松，格外释然。更让他在随后没有负担地一次次去找她。反正也没花钱，多一回就赚一回。免费的东西还是想吃，不吃白不吃。这么大的便宜还是想占，不占白不占。那就好好接住她这个刁钻的话茬吧，不然保不齐什么时候这个便宜就没了。

你……怎么说这么难听的话。什么嫖客妓女的。我可不是嫖客，难道你把自己当妓女？

黑暗中，她轻轻地笑了两声：这比喻是不恰当。我肯定要比妓女强一些的。虽然有些老，可没病，没风险，既便宜，还好用。不，不是便宜，是根本不花钱。

早就松开了她的手，他的手心里汗涔涔的。他捋了一把头发。必须得赶快从这个坑里跳出来。

也确实该怪我。其实，也是因为你不缺钱，所以我才没想过给你花钱……

我不缺是我的事，你给我花是你的事。一码是一码，对吧？

对。他应答。然后沉默。

其实，也该怪我。也不知怎么了，就想让你用钱来证明点儿什么，比如爱之类的。很幼稚，是吧？

这会儿才给他台阶下。这女人，确实是太坏了。

你真是幼稚得很，傻得很。他伸出手，轻轻地摸她的头，据说这叫"摸头杀"：乖，我的爱还需要用钱来证明吗？你想想，每次联系都是我先给你打电话，每次约会都是我主动，是不是？

确实是。电话费也蛮贵的。

还是不离钱。不过，这话里的幽默感标志着温度回升，还不错。

哪里是这个意思。

不然呢？

我的意思是，你说想用钱来证明我的爱，这让我觉得委屈。我要是不爱你，怎么会心心念念地找你？干吗不去找别人？性就是爱的证明，这你还不明白？

她突然笑起来，笑声尖厉。

他惊诧地看着她的笑告一段落。

要以你的逻辑，连嫖客对妓女的爱都胜过你对我的爱呢，因为既有性还有钱，是吧？

他瞠目结舌。她又开始笑，笑一会儿，停一会儿。他也只好继续跟着笑，一直等到她终于收起了笑。

其实，就像你觉得钱很庸俗一样，我现在觉得，性也很庸俗。唉，还是到此为止吧。

性和钱……不是一回事。他有些嗫嚅起来。

怎么不是一回事。我觉得就是一回事。她有些蛮横地一边说一边站了起来，脸上却还挂着点儿笑：太冷了，走吧。

8

这种场合，这种话题，她总是在笑，忍不住。笑着笑着，自己也觉得诧异。有什么好笑的呢？这么恶心的事。

是的，恶心。简直马上要反胃。钱，性，他，还有自己，都让她恶心。是的，她也没饶了自己，谁都没饶过。她居然又邪恶地笑了出来。

再聊一会儿吧乖？他牵着她的衣襟。

再聊一会儿就有被他再度攻克的可能。她知道自己的软弱。她沉吟着。老实说，若只是个炮友，那他还是不错的。可她就是不想彼此只是炮友。不过，他们之间实在也很难再往前进化了。算了吧，算了吧，这笔烂账真该烧账本了。要烧就烧得彻底一些，不留余烬。

还是，算了吧。她把衣襟揪出来。

蒜不辣，姜辣。他耍赖地说。果然又成功把她逗笑。

你不走我走。

唉，你可真是小孩子心性。他跟着站起来，揽住她的肩：我知道自己有很多不足，异地嘛，没办法，以后就好了。一定会好的。

他望了一下天空。要是有月亮的话，是不是可以对月发誓？

我不信。她又笑。似乎听见了他心里在骂：呵，这女人，她真坏。她还真是难得这么坏一下，好在他也坏，以坏对坏，他们在这点儿上倒是很搭。

唉，我的乖啊——他拉住她的手，长叹一声：都不容易，不能想要得太多。

是啊，你说得对。那就都别要了吧，最是干净。

——他对她想要的就少吗？若不是贪图得多，他会跟她在这里费事？

她假装去拢头发，甩开了他的手。

准备过马路时，他又紧紧挨着她，又揽住她的肩，一副呵护状。她也任他。

还是有些暖的。尽管只是表层的暖。

我们，好像根本没有谈过恋爱呢。她说。

他瞥了她一眼。这混账女人，总是这么混账。当初上床那么容易，后来每次上床都那么容易，明明是一张无欲无求的脸，在床上又是火辣妖娆的身体，却突然给他来了这么一出。荒唐，滑稽，不可理喻。但是，他怎么这么没出息，就是喜欢。尤其是在今天这种如此无望的时刻，尤其喜欢。难道真的就只是因为免费？还是因为上瘾？这样的感觉连对自己也羞于承认：和她之间的私情像大肠，他好这一口恶趣味。也知再畅快也下流。可是，毕竟，再下流也畅快。一时间恐怕断不了。

他忽然心疼起来。从没有这样心疼过。突然涌出一股莫名的不甘。他又抓住她的手。

其实，我一直……很爱你。你，爱过我吗？

红灯在斑马线那头凝固着，呆呆的。爱这个字，此时如此不合时宜，竟然显得有些悲怆。对他，她也还是有点儿爱的吧？她这么较真儿反复求证，无非是这个。想在沙里淘出点儿金来。他呢，虽然不"很"，也还是有点儿爱的吧？可他们的这点儿也确实太少，少得像是纯净物里的杂质。呵，那纯净物又是什么呢？

不能再想了。

必须得承认，钱，真的是好东西。她突然转脸，怔怔地看着他：我愿意给我喜欢的、想要的、爱的一切花钱，无论是人还是物。只要有钱，只要这钱够。

他决定不接茬。怎么还在说钱，这个钻进钱眼儿的女人。

所以啊，你说的没错，我没给你花过什么钱。所以啊，我不爱你。

红灯变成了绿灯，她又甩开他的手，斩钉截铁地，直直地走过斑马线。他犹豫了一下，跟了上去。她招了招手，一辆出租车随即停下。

也谢谢你，幸亏你没给我花钱，我们才可以这么快就掰扯利落。

你……他有些木然。

谁也不爱谁，其实也很不错。

我……是真的爱你。

不爱我也没关系的。她拍拍他的肩：说实话有那么可怕吗？不会死的。

我真的……是爱你的。这句话说得已经很有些机械了，似乎是在失魂落魄。路灯下，他的样子突然年轻起来，简直像个倔强的青春期男孩。是爱吗？还是只是舍不得一件趁手的玩具？她的心，瞬间软了一下，只一下，便很快硬了起来。

谢谢你，谢谢。她下颌微收，彬彬有礼地点头，像是在谢幕。顿了顿，又说：总觉得我们的缘分尽了。就各自平静生活吧。

——缘分，这个进退有度的完美说法，这时候祭出来正合适。既然已是诀别，没有必要闹得鸡飞狗跳。

他用双手捂住脸，从上到下地把面颊抹了一遍，然后看着她，笑了一下。

以后还保持联系吧，好吗？

好。她应答，上车，关上车门，摇下车窗，朝他挥了挥手。

车驶离后，她在手机里找着他的痕迹，手机号、短信、微信，一样一样，要不要删除干净？再一想，还是留着吧。留个平安无事的全尸，又能怎么样呢？况且，这不是很符合中国式的"留余"哲学吗？留这个余，是余给自己，余给他，也余给以后再见时仅有的体面。

嗯，既是同城，保不齐会再碰面的。她能想象那个场景，大庭广众之下，他们还会彼此点头，微笑，甚至适度寒暄，如那种最一般的熟人。对于一段感情来说——如果他们之间也叫感情的话，那这也算是无疾而终。无疾而终，是上好的死法。

* 合影为什么是留念 *

1

晚饭依然有饺子。自从宝从老家回来，她就开始每天做饺子。宝在厨房探了一下脑袋，说，又是饺子。口气顺畅得很，是任性吐槽的纯天然状态。她应道：吃絮烦了？宝急转弯道：怎么会。饺子好啊，好吃不过饺子嘛。妈妈，下半句是啥来着？我绞尽脑汁都想不起来呢。

舒服不如倒着。

对对对。还是老妈聪明。都说儿子的智商随妈，我这比您可差远了呀。

这一波马屁拍得明显敷衍，毫无质

量，但她还是很受用。对于宝，能有什么抵抗力呢？没有。

妈宝男，她知道流行这么一个称谓，带着贬义的调侃。可她还是愿意这么叫儿子：宝。小时是小宝，大了就是大宝。此外还有乖宝、臭宝、香宝、胖宝……各种宝。她最常用的是大宝。这唯一的孩子可不就是最大的宝贝？只是这宝一年到头也没几天能在她跟前闪闪发光地晃悠啊。

必须要有饺子的，今晚。作为最后一顿晚餐。——当然当然，这最后一顿仅限于现阶段。他以后的晚餐还多着呢，无穷无尽，福如东海，寿比南山……自从宝去国外留学后，她就格外在意用词的准确性，绝对不允许有任何不吉利的言语甚至念头。哪怕是不说出口的碎碎念，她也要在心里做出严格的界定和修正。

在老家也是天天饺子。为什么一定要吃饺子呢？宝问。

还不是因为你又要滚了，老祖宗留的规矩，送行的饺子接风的面。

这规矩，到底有什么内涵？

不知道。总归是有道理的吧。

迷——信。

我就迷信了，怎么的？

不怎么的。

和好了面，她还是抽空上网查了查。一个专家说："此乃北方民俗。民俗不是凭空而来，自有其意。饺子外形饱硕馅料丰富，寓意收获多多圆圆满满。面条外形修长犹如道路，寓意行程顺畅平安，还双关着'见面'的面。简而言之，就是'长接满送'。"

果然还是有道理的。

宝的这个暑假其实挺长的，从五月末到九月末，算起来足足有一百二十多天。只是因为新冠肺炎疫情，回国的机票不好买。总是买了不久，航班就被取消，反反复复好几回，她终于发了狠，让宝一下子买了三个航班，总算如赌博一般押中了六月中旬的一趟。飞机在成都落地，宝在成都隔离了两周，回到郑州已经是七月初了。在家里待了一周，就跑到了北京某电商巨头企业，说是早就约好的实习，机会难得，不能浪费。这实习回来才多久，就又该走了，去英国读研。

想想也是辛苦。大学四年的课程，宝硬是三年里以优等成绩拿下。每到暑假，也一定会给自己安排实习。第一年去了上海的一个国际公司；第二年去了斯坦福大学，跟着教授做项目；第三年也就是今年了。她看过他做的简历，里面有一摞她看不懂的证书，还有他大学期间的成绩排名，她既惊讶，更疼惜，完全可以推测出这每一行字里浸泡的日夜，是另一种意义的秉烛挑灯和悬梁刺股。想到那些说留学生们都是花天酒地混日子的言论，她就忍不住切齿暗骂：你们懂个屁。

2

六点过后，大小姐和二小姐陆续回了家。大小姐是哥家的孩子，是侄女。二小姐是姐家的孩子，是外甥女。大小姐在公司是行政高管，御姐范儿。二小姐在公司是首席 UI（用户界面）设计师，文艺腔。她叫她们大小姐二小姐，宝叫她们大姐二姐。她们则叫他学霸。对于独生子女来说，这也就是最近的血缘关系了吧。她们大学毕业先后到了郑州工作，房租贵，她的房子大，就都容了进来，一住就是五六年，一直到现在。都是纯良可爱的好孩子，在一起很愉快。宝留学后，更凸显出了这两个女孩子的重要性。三个女人整天柴米油盐、钗环脂粉，过着过着，也就越来越亲，有时候她觉得自己像个老姐姐，有时候又会觉得自己有一男二女，家底儿厚实得很。

女孩子们换了家居服，便来到厨房，听着她的指令，把饺子馅、面盆、案板、擀面杖、盖帘等一堆家伙什都搬到了客厅的大茶几上，一边看电视一边包饺子。宝和大小姐负责擀皮儿，她和二小姐负责包。宝只擀了一个皮儿就被大小姐解除了劳动权，瘫在沙发上看球赛。三个女人按照熟悉的节奏边干活儿边聊天。大小姐一个月前做了双眼皮儿，说，自从做了这个双眼皮儿，公司的人说我发飙的时候眼睛特别大，特别圆，显得更厉害了。还有，骑电动车的时候，感觉那小虫子噼里啪啦往眼睛里飞呀，飞呀。你们可别说我。我只整了眼睛，是最接近于母胎原装的了。公司的女孩子们，谁都比我过分。她们整天左整右整的，都整出了一张标准的网红脸，在刷脸机那里老是撞脸，比如第一个刷是张三，后面几个来刷，刷出来就还是张三。总之她们刷一次肯定不行，就得各种找角度，找好几次才能刷到她们自己的名儿。刷脸机笨哪，分不清啊。

哈哈哈哈。

喂，学霸，现在男生们也都可注重颜值了，你也做一个吧。

不做。身体发肤，受之父母。

妈妈在这里呢，同意你做。她连忙说。

您可算了吧。

在"身体发肤，受之父母"和"母亲逼你做双眼皮"这二者之间，你觉得遵照哪个才是孝顺呢？她问。

艰难人生，请勿挖坑。儿子远远地白了她一眼。

学霸今天忙什么去了？二小姐问。

吃饭呗。和同学。

吃的啥？

粗粮坊，不过一颗粗粮也没见着。

那很正常啊。商家嘛，主打的就是一个概念。真做粗粮你能吃得下？都是假装粗粮的细粮，和假装荤菜的素菜一样，谄媚你们的胃，安慰你们的心。

你们吃饭都怎么买单哪？AA吗？她比较关心这个。

可以说是项目AA，一个同学请奶茶，一个同学请唱歌，我请吃饭。

那请奶茶的同学可省钱了呀。

大小姐也嘎嘣脆地笑了：我也想说这个。

唉，不要计较这个。再说了，奶茶也不一定便宜。

照相了没？二小姐问。

没。你们女生就是爱照相，也不知道有什么可照的，有什么意义。

就是玩嘛，谈什么意义。

所以手机的美颜功能才开发得那么花哨，就是为了哄你们女生玩。真想不通你们为什么那么爱照相，那么爱合影。

有个古早的固定词组叫"合影留念"，没听说过吗？就是为了留念哪。尤其是合影，更代表着留念。二小姐幽幽道。

为什么一定要合影才是留念呢？留念方式可多得很。

那不一样。

有什么不一样的。还有，留念这个词也很奇怪，留什么念，又不是不见了。

这一次见和下一次见，肯定是不一样的。每年回来，每年照相，你把一年年的照片放在一起看，一定会发现点儿什么。

还能发现什么，还不是大家都老了。

哈哈哈哈。

……

他们在说老。老，如今对这个字，她已经很敏感了。老朋友、老物件、老房子、老家具……老自己。年轻人说起老来毫无障碍，那是因为隔靴搔痒，老人们说起老来自然而然，那是因为水到渠成。而她呢，人到中年，朝着两头张望。一边是回不去，一边是未到来。一边是越来越远，一边是越来越近。远的并不想远，近的并不想近。能怎么办呢？

没办法。只能手里忙活着，默默地听着他们说话。能插上几句就插上几句，插不上就专心致志地听，还努力地想去记。其实能记住的寥寥无几，她也知道。可她就是觉得这个过程很迷人。他们的这些闲话意味着什么？什么都意味不了，但是，似乎也意味着一切呢。

3

突然想起八岁那年，去照全家福的事。那是她童年记忆里第一次照相，也是唯一一次照相。在一个清晨，全家很隆重地出发了。家里原本只有两辆自行车，为了去照相，还借了两辆。那种加重的，带着横梁的二八式自行车。春天，麦苗正在返青，绿得生机勃勃，散发出淡淡的清鲜气息。父亲载着奶奶，大哥载着母亲，二哥载着弟弟，姐姐载着她。父亲的车在最前面，像是率领着一支小小的队伍。路上碰到熟人打招呼，问：这一大家子人去干啥呀？父亲回答：去照相。哎哟，照全家福哇。嗯。

印象里，几乎所有人听到父亲"去照相"的回答时，都会"哎哟"一声。那时照相刚刚在乡间兴起，算是一件时髦的事，因此也多半是年轻人的事。全家都去照相，在村里之前应该没有过，所以才会引出那么多"哎哟"。其中蕴含的讶异，恰到好处地印证着专程去照全家福是多么稀罕，让她小小的虚荣心得到了波澜起伏的满足。父亲甚至没有选择镇子上的照相馆，对镇子上的照相馆都有些看不上了。他们去的是市里。

至于为什么会去照相，在整个过程中，很奇妙地，没有人问起，也没有人谈起。仿佛去照这个全家福，是一件极不正常又极正常的事。因为极不正常，所以没人说起；也因为极正常，所以无须说起。她逐渐长大之后，问号才慢慢画出来：为什么呢？为什么要去照那张全家福呢？在那个时候？

没有答案。

多年之后，她一次次地想起那个场景：四辆自行车，父亲载着奶奶，大哥载着母亲，二哥载着弟弟，姐姐载着她。没有比这更合适的搭配了。照相时的格局是两排，前排坐着三个长辈，奶奶居中，父亲在左，母亲在右。五个孩子站在后排，中间是大哥，左右依次是姐姐和二哥，她和弟弟把着两边儿。也没有比这更合适的格局了。

一切都是那么好。没有多一个人，也没有少一个人。——

没有爷爷，但他们并不觉得缺少他。他很早就不在了，不在至少已经三十年了吧，连大哥都没有见过他，连父亲都记不得他的样子。爷爷已经不在这个家里太久，很难想象他和奶奶坐在一起的样子，于他们而言，他只是概念上的亲人。

她穿着一件黑红格子外套，羊角辫子上扎着大红的蝴蝶结，脸上也搽了胭脂。

那张唯一的全家福里，没有一个人笑。

第二年，父亲去世了。

过了五年，母亲也去世了。又过了四年，奶奶也去世了。十年间，老人们都去世了。在老人们陆续去世的过程中，他们又照过几次全家照。照着照着，老人少了，孩子多了。照着照着，老人又少了，孩子又多了。就是这样，人少，人多，人多，人少。让她惊叹的是全家这个词的弹性：可以那么大，也可以那么小。可以人多，也可以人少——好像就是人少人多加剧着照全家福的必要性。在世的活色生香，于镜头里皆得见；去世的沉默寂静，于镜头的空白处也皆得见。

4

饺子包好，坐锅烧水。大闸蟹也上屉开蒸。她早早就在熟悉的店里预订了八只大闸蟹。刚刚入秋，大闸蟹还不是很肥。要搁往年，她会再往后延一延，等一等最好的时令。眼下还等什么呢？能让宝吃着，这就是最好的时令。

她一边在厨房里摆弄锅碗瓢盆，一边耳听着客厅那里聊得火热。

大姐，对象谈得怎么样了？

正谈着呢。

你这年龄，可得抓紧哪。

住嘴。再过几年你就会知道有姐姐在前面为你顶着有多幸福了。

二姐，你有没有三十五岁危机？

你可真能把天聊死。什么三十五岁危机，我三十岁还没到呢，没看今年最火的电视剧嘛，三十也不过是《三十而已》，何况是三十五？

不是说性别意义上的，是说职业意义上的。IT（信息技术）行业，三十五岁就是一个坎儿。

那倒是。要是到了三十五岁，还没做过什么特别有名的大项目，就得偃旗息鼓，考虑往管理岗转型了。技术更新得太快，三十五岁的老人家一般都跟不上趟。就是勉强能跟上趟，别的也会扯后腿。比如我的领导，那么能干，这一两年肯定也得离职，因为想要生孩子嘛，她那个年龄，不能再耽搁了，总是在念叨着得回家备孕。我就等着她走的那一天吧。

你要这么想的话，二姐，别人也会等着你那一天的。

所以我不结婚，不让后面的人等到那一天！

哈哈哈哈。

大姐，你天天早出晚归的，好像比过去更忙了。忙啥呢？

请人喝茶。

喝什么茶？

查人呢，傻瓜。我管纪检这一块。

能查到吗？

只要查，肯定能查得到。

人人都能查得到？

对。

真可怕。会开除吗？

要看情况。国企开人，很多时候是因为违纪。

对了，我们是忙上班，你这是忙什么？饭局这么多，社交达人哪。也太社交了吧？这才在家里吃几顿饭呢？

每次回来不都是这样吗？两顿正餐，一顿家里吃，一顿和朋友们吃。

这话头让她忍不住了，从厨房里跑出来接茬说，之前你每次回来都能待一个月，这次只待几天，情况不一样，就不能像以前那样分配额度。如果你只回来一天，难道也要分出半天给你的朋友们？家里和朋友们的份额，难道能均等吗？

哦，原来你是这么想的。我想着之前从来都是这样嘛，就没想那么多。

以前这样，就对吗？

哎呀妈妈，看把您气的，都说出鲁迅先生的话了——从来如此，便对么？

哈哈哈哈。

妈妈，别生气。姐姐们都在，可以做证。这样，您说个比例，在家吃几顿，在外面吃几顿，您规定好，我照办。

她没来得及反应，大小姐和二小姐像说相声一样开始了。

我来规定吧。以后呢，只能和你的朋友约早餐，去喝胡辣汤吧。

早餐？大姐你可真想得出来。

哈哈哈哈。

要么这样，你不是说请你吃饭的人太多吗，总有主次轻重之分吧。你可以申报项目，把所有的邀请都报上来，我们几个一一评审，过审的项目就可以安排。

哈哈哈哈。

对了，你还可以这样，把你各路的朋友：海归的、高中的、初中的、足球球友、网球球友、乒乓球球友等等等等，约到一桌上，请一大顿，批发式搞定。

哈哈哈哈。

对了，你还可以这样，把朋友们约到同一家饭店，定好不同的包间，你像我们领导一样，挨个儿去包间敬酒。我们领导管这叫"串摊儿"，是批发的升级版。

对了对了，你还可以这样，每个正餐吃两顿，先在家里吃一下，再到外面吃一下。这样你一天能吃五顿饭。如果还排不开，就再加个烧烤夜宵什么的吧，一天六顿。这样下去，你简直可以搞吃播了。

哈哈哈哈。

别逗了，你们。

对了，你实习的感觉怎么样？

好呀。同事们都对我挺好的。我年纪最轻，资历最浅，学历最低，技术最差……

还排比句呢。

实际情况嘛。年纪最轻的不一定资历最浅，资历最浅的不一定学历最低，学历最低的不一定技术最差……我是所有短板俱全。人家都是硕士博士的，也都不嫌弃我，还都主动教我。氛围真的很好。前两天我要走，正赶上团建，就一并欢送了我一下。我都被温暖得快哭了。

可别瞎感动。等你正式入职就是另一码事了。团建的本质嘛，就是表演。表演其乐融融，表演团结一心。

哈哈哈哈。

那到时候再说吧。反正我这个阶段就是享受。

对了，照相了没？

又是照相。没照。为什么要照相啊？

照相非要为什么吗？不为什么也可以照相呀。

如果你非要问为什么，我也能给你一个响亮的答案：想看看有没有帅哥！

5

漫长的青春期，她都不爱照相，因为觉得自己丑。她变得热衷于照相，是从谈恋爱时开始的。谈恋爱后，他说喜欢摄影，约她去旅游，穿着贴满口袋的马甲，拿着个相机，一副煞有介事的样子。他让她站在这儿，站在那儿，摆这个姿势，摆那个姿势，这样逗着她，那样逗着她。照片洗出来，她的笑容很多，他赞她美，她也觉得取景框里的自己不一样了，眉目之间，像是换了一个人。

新婚时，跟着他单位的人去旅行，之前跟他说，要他借个相机，想要多拍点儿照。此时他对摄影已经兴味索然，没有借，说一个关系不错的同事带有相机，可以趁着人家的相机照。两人为此吵了一架。但免费旅游的机会不多，去还是要去的。她远远地和他同事的相机拉开着距离，敬而远之。相照得很少。照出来的也没有一张好的，倒也没什么遗憾。

等到手里宽松了一些，她就补偿似的，前前后后买了好几个相机。带胶卷的老式相机就换过三个，淘汰掉后，就是卡片机，单反，微单，都有。逮住个什么由头就会拎着相机去，照哇照哇。到底也不知道照了多少，还喜欢挑出好的洗印、装册。多年过后，搬家，整理房间，她赫然看到一摞体积惊人的大相册，全是合影，培训班结业的，同学聚会的，同事聚餐的，单位会议的。她毫不犹豫地都扔掉了。小相册里也有很多小合影，她仔细翻拣了一遍。曾经不错的朋友，现在居然叫不上名字的，她也毫不犹豫地扔掉了。还有越来越厌恶的那种人，想起来就觉得厌恶的，她也扔掉了，只是扔之前把自己留了下来。可看着自己这半张又觉得怪异，明明是张合影，此时只剩下了一个人，那个被剪掉的人就真的剪掉了吗？末了，她还是把自己也扔掉了，仿佛是殉葬。

和丈夫离婚时，宝正在读高三，已经拿到了七个大学的Offer（录取通知），都是国际名校。这些 Offer 仿佛也是他们离婚的 Offer，两个人终于离掉了彼此都想离的婚。但还是一起参加了宝的高中毕业典礼，典礼完了，其他孩子都是和父母一起照相，前夫看了看她，她没看他，想要走，又有些踟蹰。终于，前夫说，照个相吧？她没说话。宝这时刚帮别人照了相，那个同学也过来说，我来给你们照。宝便一边揽住父亲，一边揽住她，不由分说地，拍了那张合影。她不想笑的，可是宝在揽着她呀，她便笑了。后来看照片，几乎看不见她的笑意。可是她知道，是有的。

照相的时候，又甜蜜，又委屈，又感慨。五味杂陈。

宝后来劝她说，不是什么大事，不重要，不要太在意。

他一连串的"不"让她突然有些懊怨。

既然是这么不重要的小事，那干吗还要做呢？她说。

宝不说话了。不说话的宝有些可怜，她的心迅速地软了下去，跟宝道了歉。宝拍了拍她的肩膀。

出国后，照相成了他们母子之间的一个高频词。为了照相，他们还时常有些龃龉。比如，她让他发照片给自己，他总是顾不上，总是应付她，有一次还发了小火，说，妈妈，我不是在玩，学习任务很重的，你就别烦我了。好像让他发照片，是陪她玩的一种方式似的。她沉默了一会儿以示情绪，其实也不过是两三分钟吧，便回复道：对不起呀大宝，你忙吧。

宝也沉默了两天后，发来了两张照片，说：妈妈，对不起。

她一边掉泪一边回了个大大的笑脸，说：没关系呀我的大宝。

有一次，他支差给她发来一堆街景，她一张一张地看着，看着看着就气得笑了起来。这个熊孩子，她是为了看街景吗？又不是没有出过国，她稀罕看街景吗？

还有一次，两人半开玩笑地聊起照片的事，宝说，要不要签个合同啊，比如，每周发一次照片，每次不少于五张，背景要不同，面部要清晰，还要有表情，露出八颗牙最好……母子两个商量着，就乐了起来。

她建了好多个文件夹，收藏着宝发来的所有照片。他的录取通知书，他租住的房间，他去谷歌参观时的临时通行证，他和朋友们去看 NBA 总决赛，偌大的球场。他去中餐馆吃饭，点了凉皮和肉夹馍，有一次还点了"左宗棠鸡"。他去哈佛比赛，嫌酒店既远且贵，就在草坪上过夜，买了个小帐篷，照片里的他从帐篷拉链里探出了黑黝黝的脑袋……她统统分门别类地收藏起来。有空就看，有空就看。

大二回国的时候，宝从老家回来，去洗澡，她偷偷翻了翻他的手机，想看看里面有没有新照片。果然有。其中有两张里，多了一个中年女人和一个女孩子，前夫的嘴角微微上挑，表明他在笑。女人则笑得很努力，看着很温柔，温柔得几乎没有形状。女孩子没有笑，十五六岁的样子，脸上绷得很紧，是一副想要拒绝又不知道该怎么拒绝的倔强又尴尬的神情。齐刘海并不很齐，凌乱的那几根头发挑动出不逊和不驯，也隔着虚拟的空间，针一样地刺着她、痛着她。

唯一让她舒服的是，宝没有笑。但她还是朝着宝发作了。问宝，为什么要配合拍这张合影，宝用浴巾擦着头发，道：不就是张照片嘛。爸爸也不容易嘛。她道：我容易？宝说：都不容易。所以，差不多得了，妈妈。

她没话说了。她不希望孩子有后妈，可自己又不能回去。回不去了。还能怎样呢？她的前夫永远是孩子的爸爸，这是决定性的结果。所谓的前夫前妻只是他和她之间的。对于孩子而言，只有亲生父母，没有前爸前妈。

后来，那女人还是带着孩子走了，据说是跟她前婆婆水火难容。她听到消息后长长地松了一大口气，再看宝和奶奶的合影，觉得这位前婆婆慈眉善目了许多。

6

饺子煮好，大闸蟹也蒸好了。还有一道清蒸鲈鱼和一个烩菜，是早就备好的料，出菜快得很。烩菜里有竹笋、白玉菇、牛肉、火腿、豆角、木耳、粉条等种种，整个儿就是乱炖。看着品相一般，味道却很不错。

一切齐备，开始吃饭。先吃蟹。如以往一样，每个人都笨手笨脚地剥着螃蟹。到底是北方人，不习惯吃螃蟹，每次吃螃蟹都像是第一次。一边吃一边吐槽螃蟹肉少，没啥吃头。

你们都没有喝过茅台吧？

没有。

要不要喝点儿哪？她提议。

不！三个孩子异口同声。

我希望你们人生第一次喝茅台，是和我一起。

三人全乐了。说喝茅台是什么重要节点吗？重要节点必须喝茅台吗？不喝不喝不喝。

好吧，那就不喝。

家里有两瓶茅台，算起来也存有快十年了。她也从不嗜酒的，可是不知怎么的，看到茅台，她就会想到孩子们，和孩子们吃饭，就会想，要是喝酒一定喝茅台。嗯，将来一定要和孩子们把这两瓶茅台喝掉。

边吃边聊天。聊什么呢？聊杨紫，聊易烊千玺，聊刘昊然，聊韩剧，聊海底捞，聊抑郁症，聊健身，聊平板支撑，聊动感单车，聊漫威，聊桃总为什么叫桃总，聊死侍为什么叫死侍，由正播着的《中国好声音》聊到了《乐队的夏天》，聊整天加班头发都要掉光了，聊买假发片。

终于吃完。宝去了房间，好一会儿都没出来，她便跟了过去。还是在收拾行李。行李总是这样，不到临行时就不可能收拾妥当。巨大的行李箱摊开在地，真当得起一个"乱"字。不过在她眼里，这是气势磅礴的乱，也是欣欣向荣的乱。她目不转睛地看着宝拎拎放放、取取拿拿。他在家的时时刻刻，她都想跟在屁股后面看着。看不够。

妈妈，你去歇着呗。我整理行李很有经验的，不要担心。他说。

他大多时候叫她"妈"，撒娇的时候才会叫她"妈妈"。她耳中最动听的称呼，就是他口中的"妈妈"。把女儿比作父亲的小情人，把儿子比作母亲的小情人，她曾经很反感，但是现在，慢慢理解了。情人之间爱到最美好的时候、最纯粹的时候，就接近于父母对于儿女的这种爱。情人之爱是血缘之外的极致，父母之爱是血缘之内的极致，有意思的是，情人成家方为父母——血缘之外的极致诞生了血缘之内的极致。也许是两种极致之爱无从映照，就只好互相映照。哪怕映照得有些荒唐，却也在不可理喻中获得了某种理喻。所谓的天地造化，大概就是如此吧。

宝卧室的书架上，摆着几张装框的照片，都是他格外心爱的。小学时的乒乓球队合影，初中时的网球队合影，高中时的足球队合影……从小到大他都热爱运动，球队是他业余生活重要的组成部分。她从书架上抽出一本影集，翻起来。宝的照片，她按时间做了排序。满月照，百天照，夏天露着小鸡鸡的洗澡照，幼儿园毕业的全班照，和同学去春游的，在学校操场上跑步的，代表学校去台湾省进行交流的，阖家游时在清明上河园穿着武士盔甲的，在家里打扫卫生的，每年过生日的，戴红领巾的，第一次坐飞机的……各种，各种。这本影集旁边，是一本大红色的小影集，装的全是他们三口之家的合影。她摸了一下，到底没有打开。手指微涩，已有淡淡的灰了。

哎哟，又在那儿欣赏呢。有那么好看？宝说。

是呀，好看。

我觉得吧，小时候的照片还挺逗的，长大以后就没啥意思了。

嗯，再放几年，就有意思了。照片如酒，是需要时间来发酵的。

您又抒情来了。

所以，你首先得现在多照，将来才能拥有很多意思。

您可得了吧。

这次回老家，照相了没？

那还用说。

给我看看呗。

在手机里，自己看。

他回老家，照例要照相，和爸爸，和奶奶。这次依然是非常正式的那种照相：老太太坐在前面的太师椅上，他和爸爸立在后面。她看到过几张。十分端庄，甚至悲怆。她不能看太久，看太久会落泪——每一张都可能会是祖孙的最后一张。

可笑吧，这么照相。宝也凑了过来。

可笑什么？不可笑。

妈妈，为什么一定要这么合影呢？

她看着这张脸，思忖着该怎么回答。这张脸，乍一看已经是成熟的男人脸了，在外面也一定会被人们看作成熟的男人——完全民事行为能力人，法律是这么界定的吧？可是，在她眼里，他还是个孩子。突然想起在哪里听到的笑话，一个三十多岁的男人，闯了祸被警察抓捕了，他母亲哭喊着求情说：饶了他吧，他还是个孩子呀。讲的人都乐得不行，听着的人也没有不乐的。可是，此刻，和那位母亲之间，她居然也有了一种荒诞的共感。在母亲眼里，孩子永远是孩子。有错吗？没错。这世界上绝大多数的母亲都会有这样的心理吧，愚蠢得可爱，可爱得愚蠢。

请回答，妈妈。

你二姐不是说了吗，为了留念哪。她笑。

为什么一定要合影才是留念呢？视频也是留念嘛，语音也是留念嘛。

她又陷入了沉默。这个问题貌似刁钻，其实稍微梳理一下就能给出点儿说法，找到像样的答案。比如，因为视频和语音都是需要播放的，都是流动的。流逝流逝，流动就会逝去，当然不宜留念。可是照片，只要你按下了快门，就能将近在眼前的这一刻，凝固且保鲜为绵长光阴。这薄薄的存在呀，就是被截取下来的瞬间真实，就是在无尽岁月里可以被反复验证的瞬间真实，就是有能力打败强大时间的瞬间真实，就是将所有稍纵即逝的珍贵的一切储存下来以便反哺和抚慰屡弱人心的，瞬间真实。

它还那么安静。安静的事物总是有种不可思议的力量，能够让人依托和信任。

——这些个话，作为回答，是不是很像样？

可她没有说。她不想对他讲太多。她不想在这个时候搞一个小型学术研讨会。

这个问题太难了吧？宝很得意。

是呀，挺难的。她说：我们还是在实践中去寻找答案吧。

妈妈——

快点儿，去照相！

7

　　但也不是立马就能照的。照之前当然得做准备，换衣服，化妆。哪怕是在家里，是和家人一起照相，也得收拾收拾。宝屹然不动，穿着他的 T 恤和牛仔裤，等着女生们各种打扮后，光鲜亮丽地走出卧室，预备开拍。宝努力经营出一副没脾气的样子，但下一句就露了原形：计划照几张啊？

　　她们全笑了。

　　照到满意为止！大小姐说。这是标准答案。

　　每个人都要站一遍 C（中心）位，每个人都要和宝合影，然后，是各种角度的大合影，谁在前头显得谁脸大，脸大就是吃亏，自然了，排到最末就是脸小，脸小就是沾光。于是就挨次排到最前头，挨次吃亏和沾光。

　　够了吧，我要倒数五个数了。行李还没收拾好呢。宝说。他忍无可忍了。

　　于是就按他说的，又拍了五张，他终于解脱了，逃也似的跑回了卧室。剩下她们继续拍。她和大小姐合影，和二小姐合影，大小姐和二小姐合影，三个人一起合影，一起嘟着嘴的，一起做鬼脸的，一起瞪眼睛的，好玩哪，真好玩。对于女人来说，照相似乎就是一种特别好玩的游戏。拍照状态中的女人，或多或少都有戏精的潜质。

终于拍完，回看照片，再把满意的精修，把不满意的删去。人人都只顾着看自己。相对于自己，她更爱看宝。可是这个宝哇，只有有限的几张能看出他在笑，其他照片里，他的样子就是个路人。衬着女人们戏精的表情，居然也别有一种戏剧化的喜感。

她又逛到宝的房间，继续看宝收拾行李，二小姐是收纳高手，也过来帮忙参考。一大一小两个箱子，要装多少东西呢？春夏秋冬的衣裤鞋袜，帽子围巾手套拖鞋，牙膏牙刷剃须刀沐浴露，感冒的消炎的跌打损伤的各种药……庞杂得像一个小型超市。还不时有计划外的建议冒出来想要挤进去。箱子早已经鼓胀得此起彼伏，多一点儿都要崩溃的样子，但其实还是能再塞一点，再塞一点。

她看着她的宝。宝手指上的小肿块，是疣。他在国外已经发现了好几个月，却不告诉她，怕她胡思乱想。自己也不舍得去看医生，怕花钱太多。一回到家，他们就去了医院，确定了是最寻常的疣，她才松快舒展了下来。不过当晚也没睡着，在某度上查了又查。他们一起呵斥她：查什么查，某度查病，起步癌症，没听说过呀。

她看着宝的白牙，衬着他小麦色的皮肤，显得分外白。他一回国就去洗了牙。他洗牙的时候，她也跟了去，一边看着他洗牙，一边和医生聊天。医生问他在哪里读的大学，准备去哪里读研，听到学校的名字，照例赞叹了两声，夸奖了几句。又说几乎所有的留学生回国都必然会去看牙医，因为国外看牙特别贵，特别特别贵。也有在国外的华侨利用假期全家回国内看牙的，因为飞机票和看牙的钱相比简直可以忽略不计，划算极了。

一边看着，她一边用手机悄悄拍着。拍了几张宝的单照，又调到自拍模式，远远地把宝框进镜头里，和宝合影。她调了静音，没有快门声，宝应该没察觉到——抬起眼，才发现宝在斜睨着她。她的脸唰地红了，仿佛是一个被抓了现行的小偷。

你这执念也太深了吧妈妈，为什么呢？宝的语气是嗔怪。有些严厉了。

她突然也有些恼羞成怒。

因为——她一字一句地说着，自己也知道自己在此刻显得很幼稚，幼稚就幼稚吧——在生活中，我们不会永远在一起，但是在合影里，我们可以永远在一起。

切，永远。您这话听着，牙都要倒了。宝轻轻哂笑。

是呀，永远。她也笑。只能笑着，只适合笑。不这么说，又该怎么说？能说这些吗——因为我会死去哇。因为我会比你早些离开这个世界。在我离开这个世界后，你会想念我的，想念我的时候，看照片就是最简便最有效的方式。照片不占什么地方，还真是特别适合留存和思念，嗯，就是留念。

当然不能说。不能。

宝看着她的脸，愣了一下，似乎明白了什么，嘴唇动了一下，却也什么都没说。那一刻，她知道，他仿佛意识到了这是一件什么事。他的小脸很严肃。

8

第二天，她很早就醒了。确切地说，是根本没怎么睡。宝就在隔壁，他的呼吸离她这么近，她舍不得睡。还有些事情由不得要操心，尽管宝安排得井井有条，根本用不着她操心。她刷着英国的疫情，计算着郑州飞广州的航班与接下来的国际航班之间的时间，又去查这趟国内航班的准点率，准点率还行，不至于因为这趟拖累了下趟。又寻思着再给他带点儿什么药，能不能再塞进去几只口罩……

六点多，她轻手轻脚地起了床，煮好了鸡蛋熬好了粥，又去外面买了胡辣汤肉包子素包子水煎包牛肉合子各若干，琳琅满目地摆好了一桌子早餐，宝也醒了。两个姑娘也起了床，她们三下两下吃完，和宝拥抱告别，各自上班去。

她又让宝把行李检查了一遍，护照什么的证件也一一又验视过。突然，她想起了昨晚剩下的几个饺子。

再吃两个饺子吧？她问。有些小心翼翼。

好的妈妈。

宝很痛快地把她煎好的饺子全吃了。

他们早早到了机场。他同学还没来，他们便先办着手续。

终于，他同学来了，送行的有五六个人，七嘴八舌的，越发显得他们这边冷冷清清。那孩子却是一派心不在焉，有一搭没一搭地草草应对着他们，一边和宝聊得欢天喜地。忽然，她清晰地听见他父母亲在商量要不要再拍张合影，说刚才吃饭的时候拍的照片糊了，得重新拍。商定之后，他们察言观色地跟儿子提了出来，那孩子却断然道，怎么没完没了哇。又是照相，照什么照。别照啦，不照！

一群人都尴尬在那里。她也跟着尴尬起来。突然，宝就走上了前去，拍了拍同学的肩膀，说：时间还来得及，照吧，赶快照。我来给你们照。

那孩子看着宝，有些蒙蒙的样子。宝又拍了他一下，呵斥道：赶快照！

给母亲洗澡

1

浴室的门错着巴掌宽的缝儿，母亲让我关严实，我说没事儿。她说了两遍，我也这么应了两遍，她就不再说了，只是不时警惕地朝门那里看看。和在老家相比，在郑州的她，气势上缩小了好几个尺码，显得怯弱了许多。此时脱了衣服，她明显更怯弱了一些。

在自个儿家里，怕啥呢。我说。

不怕啥。

怕人看你呢。

那可不怕。就这一把枯树老皮，怕啥。不怕啥也不兴开着门哪，谁开着门洗澡呢。

可我得听着泥蛋儿的动静呢。

哦。那把门儿再开大些吧。

泥蛋儿是我年方四岁的小侄子，我弟弟的宝贝二胎。泥蛋儿是母亲给他起的小名儿。他整日里嗒嗒嗒地跑来跑去，没个安生时候。弟媳妇小娜跳广场舞去了，侄女去上英语强化班，弟弟方才说下楼去买点儿东西，我不得操着小家伙的心？

果然，他就嗒嗒嗒地跑了进来，奶声奶气地喊：奶奶脱光光啦。

瞎叫个啥！母亲满是宠溺地呵斥，眼睛就黏在了泥蛋儿身上。对这个小孙子，她是怎么看都看不够。

吆！吆！奶奶脱光光啦。泥蛋儿叫得更起劲儿。在幼儿园学会起哄了。

谁说我光了？还穿着裤衩呢。母亲低声说。她确实还穿着裤衩，宽大的平角裤，白底儿起着小蓝花。

那叫底裤！不叫裤衩！泥蛋儿纠正。

叫啥都中，叫啥都中。

你也脱光光呗。我怂恿泥蛋儿。

才不哩。我不洗澡！他一阵风儿地跑了出去。

低处的龙头汩汩地放着水，水位慢慢地往上涨着，眼看着泡住了母亲的腿。母亲坐在浴缸里，水汽缭绕中，像一尊像。自然不是佛像菩萨像观音像，可不知怎么的，就是像一尊像。

她用左手往身上一下一下地撩着水。也只能用左手了。自从中过两次风之后，她的右半个身体就越来越像是摆设了。

我把高处的花洒取下来，拿在手里，也往她身上冲着水，说，先洗头吧，不然头皮黏糊糊的。先洗了就清爽些。母亲说，也中。叫身子先恶服恶服。

我说，对，恶服恶服。

恶服，特指浸泡脏污。除了豫北乡下的老家，我再没听说过别的地方有这个说法。洗脏衣服脏床单，洗油腻锅碗，又或者洗人，总之，但凡是洗，但凡是洗之前的浸泡过程，都可以叫作恶服。恶，脏污；服，顺服。只有把脏污泡软，让它们顺服，接下来才能好好清理。这么理解是不是很合适？不曾见过老家有谁把这个口头语转化到字面上，反正我就是这么理解的。

母亲闭上眼睛。我把花洒举在母亲头顶，水流倾泻下来，母亲本来就花白的头发更花白了，本来就稀少的头发更稀少了。头皮大片地露了出来。花洒冲左边，左边头皮露得多；花洒冲右边，右边头皮露得多。

突然想起小时候母亲给我洗头的情形。大约是每周一回，彼时我的发量称得上是茂盛，这个频次就有点儿过低。没办法，母亲忙，我也贪玩，把时间凑到一起不太容易。洗头又不是什么要紧事，能拖就拖着呗。我每日里胡天胡地地疯跑出汗，头发里最是容易藏污纳垢，挨到必须要洗的时候，往往是因为母亲隔着饭桌都能闻到我头上的酸臭味儿。于是就洗。此时我脑袋上已经攒了许多"锈疙瘩"，要把"锈疙瘩"梳通，总是要费些劲儿，也总是有些疼的。于是母亲骂骂咧咧，我鬼哭狼嚎。一个像在上刑，一个像在受刑。每次洗也都要用好几盆水，可真是一项大工程啊。

等到渐渐长大，自己知道了干净，我就再也不让她洗头了，自己洗得勤快得很。再后来，就是给她洗头了。用过硫黄膏，用过"蜂花"，用过"飘柔"。到现在，我用的已经是防脱洗发水了。弟弟家里用的是"润源"，大概是个新牌子，没怎么听说过。

水小点儿。多费。母亲说。

我调整着花洒，让水流变小。

这城里水贵得，能赶上早些年的油价钱。

瞧您说的。啥时候油都比水贵。

那是。油不比水贵，那还能叫油？昨儿小娜才买的那油，叫啥瓜子油，恁小一瓶，都花了一百多哩。

是葵花子油。

就你洋气。葵花子不是瓜子？

是，是。

自从母亲中风后，我就不怎么顶撞她了，她的脾气也被我惯得没了边儿，动不动就指责我训斥我，在我跟前耍尽威风。

油跟水，不是一物，就不能比。人整天得喝水，谁整天喝油哩。油得炼，水用炼？天上下雨下雪那都是下水哩，啥时候见过天上下油？叫我说，水就不该叫人掏钱买。水跟土一样，都是老天爷赏人的。

中风一点儿都没有影响母亲的嘴皮子。利落得很，甚至更利落了。直到花洒冲洗发水的泡沫时，她才闭上了嘴。

2

已经有五六年了吧，每年入冬之后，母亲都要来郑州住两个月。暖气开通后来，在腊八之前一定回去。

她原是不大愿意来的，每次来都要我和弟弟三求四请、软磨硬劝，她才会勉强答应。泥蛋儿出生之后，她就很情愿过来了。她跟我说，过来住一住，对谁都好。大儿子一家能好好松快一段时日，闺女和小儿子也能好好尽尽孝。谁的心里都得劲儿，谁的面子上都光鲜。

别以为我没看出来，你就是想多看看你这小孙子。

那可是。她慨然道。

大孙子不亲？

你个挑事儿精。大孙子也亲，可那是老大家的。弟兄们再好，一门是一门的根儿。要算细账的话，我平日里亲大的多，还亏了这小的呢。

水流中，母亲脸上的皱纹更明显了，老年斑和黑痣也更明显了。在水光的润泽下，这些倒也不颓丧，是闪亮亮的一种明显。她的左眼角有一个月牙形的小疤。

听她讲过很多遍，那是"大跃进"的时候，我姥姥在村外和社员们大炼钢铁，她和小伙伴们偷偷跑去看，你推我搡的，根本不知道害怕，越看离炉子越近，忽然间，炉子里爆出来那么一团火星子，直朝她飞过来，把她的一大片头发都烧焦了。

还好没破相。每次她都会这么感慨。以往我都会回敬她"那是您有福气"之类的，这次我决定改个说法。

要是破了相，可怎么嫁进我们老李家哩。

你个龟孙，花椒（方言：笑话）你老娘来了。她骂。笑盈盈骂人的母亲，总是特别有光彩，那个神采奕奕的模样，好像根本不曾中过什么风。

母亲第一次中风是在十年前。那一年春天，我们家最靠北的那块地被"规划"了，说是要修一条高速公路。规划者补偿了一笔钱，说是收了当季麦子就不许再种庄稼，不定啥时候就会动工，到时候会毁庄稼，谁种谁心疼。有的人家就让地荒着，也有人家不舍得让地荒着。在母亲的唠叨下，大哥大嫂就在那块地上种了玉米。进了农历八月，玉米穗眼看着一天天结实了起来，突然有一天就被工程队全部铲倒了。第二天，母亲就催着大哥大嫂和她去地里捡玉米。正值秋老虎，那天也是热极了，一大片地里有好几个人中了暑，母亲则是中了风。

第一次中风后，母亲的后遗症并不怎么严重。我闻讯赶回家时，她都下了床在厨房门口择菜了。我埋怨她，你看看你，多不值当！地都是人家的了，你还非得要那点儿庄稼！

母亲说，地是地，庄稼是庄稼。

人家不是把庄稼钱都给咱了吗？

钱是钱，庄稼是庄稼！母亲的神情都有些严厉了。

我只好沉默。只听她自顾自地唠叨：也不知道那些货们是咋想哩，恁造孽，不可惜庄稼。就不能跟咱们早说个一两天，容咱们收收？

母亲很快就开始了貌似正常的一切举止。其实那时她的右肢已经没有了足劲儿，可她但凡在村里行走，就会格外注意保持平衡。她说不能让人看出来，不能让人笑话，也不能让人可怜。

水汽氤氲中，母亲微闭着眼睛。这可以让我从容地看她。她在郑州期间，我的主要任务，一是给她做一次全面体检，根据体检情况开药调理——只要不是大问题，母亲就绝不住院。她抗拒医院。她的口头禅是：那是啥好地方？不管身上有病没病，到了那个地方，心里就先病上了！二呢就是常来看她，除了周末两天必陪，周二或者周三下班后也会抽空来一趟，送点儿吃喝穿戴，再给她洗洗头发，简单擦擦身子。痛快洗澡的日子都是在这样的周六晚上。周五我还要上一天班，太过紧张。周六上午能舒舒服服睡个大懒觉，午饭后到超市大肆采买一番，再来到弟弟家，给母亲洗晒一下床单衣物，然后早早吃过晚饭，细细致致地给她洗这个澡，顺便好好说说话。

这两个月间，在我的反复恳请下，她也会光临一次我家，但绝不过夜，晚上必定要回到弟弟家。

没听说过"七十不留住，八十不留饭，九十不留坐"？万一出了啥岔子，我可不能在别人家丢了最后那口气。她说。

我这里又不是别人家。

还就是别人家。她叹口气：闺女再好，也是门亲戚。

最初听到这话，免不了要跟她辩几句。后来就不辩了，随她。

唉，这日子多不经过，你老娘我可是都七十五啦。母亲突然说。她总是这样，会突然强调一下自己的年龄，语气里有骄傲，也有感伤，似乎还有一种释然。

不算大。加把劲儿，再活个七十五！我说。

油嘴滑舌。母亲翘着嘴角，微微笑了。

这是我的母亲。她总是自称老娘。有时我也这么叫她：老娘。娘老了，就是老娘。老了的娘，就是老娘。虽然没有了老爹，但我是个有老娘的人，这就不错。即使她中过两次风，也不错。

3

水流中，母亲耳朵上的金耳环亮闪闪的，手上的金戒指也是亮闪闪的。

这是第二副，她戴了也有十年了吧？给她买第一副的时候，是我刚结婚不久。结婚时我没有让丈夫买"三金"，母亲一直暗戳戳地引导着我要，说咱们又没要啥彩礼，也没叫他买啥好衣裳，好歹有个"三金"戴着，办事儿那天也不会显得太素净。说得我没了耐性，明明白白地跟她说我不喜欢，她挺纳闷，说那是多好的头面哪。我说，那我叫他买一副给您戴吧。她狠狠地啐了我一口。

不知什么时候起，我一回村看她，就听她左一句右一句地提，村里哪个老婆子戴了金戒指，哪个老婆子戴了金耳环，有闺女的都是闺女买，没闺女的都是儿子买。她口气里很不屑，嘲笑人家烧包。我问她，你是不是也想烧包？她就骂我。我说我也给你买。她说你可别狂花钱，我可不是那轻浮人。我就买了一副"三金"给她。她先是叫着说，一样儿就中了，你还买三样儿！人家新媳妇儿也才三样儿！拿在手里看了看，就放在了一边，说，你就是买了我也不戴，我可不是那轻浮人。我说，闺女我是个轻浮人，就想叫你戴上，叫人家夸我孝顺。戴呗戴呗。她说，那我就戴个耳环吧。就戴上了。又说，顶多再戴个戒指。就又戴上了。项链死活不戴，说村里的老婆子没人戴。照着镜子看了看，又讪笑着说，怪没脸的。又说，恁贵。又说，你就是杆实心秤，就不会买个假哩？买个假哩也中，看着黄喇喇的就中，外人谁知道是真是假哩。我说，我又不是买给外人的，我是买给亲娘你的。你要是后娘，我就给你买个假哩。谁叫咱是真娘真闺女呢，可不能戴假哩。

起初她还是不大舍得戴戒指，说干活儿不利落，又说怕把金子磨少了。只有走亲戚之类的重要场合她才会戴上。有一次，她在村里吃酒席回来，和面的时候取了下来，等蒸完馍却怎么也找不到了，也想不起放在哪儿了。急得哭，骂自己老没成色老没材料，拨拉着大哥一家子都给她找，还把刚蒸好的馍一个个掰开找。后来终于在案板和灶台墙的夹缝里找着了。再后来，她就常常戴着了。说是怕丢，又说是金货避邪。

那些时，老有新闻说，有骗子专门到信息闭塞的乡下去骗老年人的金首饰，我就有些担心。她好强，若是直接提醒她她肯定不接受，我就曲线救国，每次回去就弦外有音地跟她扯闲篇儿，讲哪儿哪儿又发生了一起什么故事。听到后来她还是恼了，说响鼓不用重槌，在这十里八乡，你老娘还算是个响鼓，省省你的槌吧。

可她还是上了当。那次她是去镇上赶集，看见一个地摊前围着很多人，她就也凑了上去。摆地摊的是一个白胡子老头儿，穿着白衫，有点儿仙风道骨的样子，是个"野先儿"——我们老家都这么称呼到处流逛的游医。人挺和气的，说起话来慢条斯理，稳妥妥的。他面前铺着一块干干净净的白布，白布上摆着一堆草药，说这些药能消炎，能解毒，能去火，能顺气，最关键的是，还会免费送出几服药，只不过得挑有缘人。

他一眼就挑中了母亲，说母亲一看就儿女双全，是上辈子积德积得厚，这辈子就该有福报。他就给福人再添点儿福吧。只是在给药前，需得先做个测试。金戒指和金耳环会影响测试的准头儿，需得摘下来。母亲就取了下来，"野先儿"叫她交给他保管，母亲有些犹豫，"野先儿"笑着说，老姐姐，这么多人看着哩，你怕啥。我这里有平安符，把这两样贴身物件给你包一包，还能再送给你个全家无论远近老少儿女子孙都平安的大平安哩。

母亲就交了出去，眼珠不错一下地看着他把戒指耳环放进了红彤彤的平安符中。"野先儿"还对着平安符吹了一口气，才放在了一边儿。他给母亲的手腕上涂了点儿药水，看看颜色，说测试合格。接着就给母亲包了草药。包好药后，他把药和平安符一起给了母亲，让母亲第二天才能打开平安符，若是时辰不到就打开的话，"法力"就散了。

事实上，从镇上回家的半路上，母亲就开始心神不宁。快到村口的时候，她还是没有按捺住，忐忐忑忑地打开了平安符，发现金戒指和金耳环都变成了假的。虽然也是"黄喇喇的"，却是铜的。她转头就往镇上走，到了集上，集还热闹着，那"野先儿"的地摊却如她最担心的那样，消失得无影无踪。她站在不远处，看见原来摆摊的地方站着两个老太太，一个在骂，一个在哭。

母亲没有上前。她说她看清楚了情况就走了。她怕人家也看出来她是丢了金货，她这个响鼓已经叫骗子的槌擂过了，喧嚷出来只会让别人的槌一擂再擂。她丢不起这个人。这事儿憋在了她心口，那两天她都没有吃下饭，然后就病了，发烧不止。任谁怎么问都闷着不理。大哥打电话给我，我赶紧返回，我一进门，她的眼泪就淌了出来。我问了好半天，她才吞吞吐吐地说了缘故。她一边哭，一边痛骂自己老没成色老没材料。我说，没事儿，就当丢了。丢东西又不是丢人。她说，丢东西就是丢人！我说，我再买不就得了。她说，可不要了。你那钱也不是大风刮来的。

话堵到这里，我就不劝了。她懊恼了半天，终于还是回转了过来，犹犹豫豫地说，都知道闺女给她买了金首饰，以后走到街上，人家问她：你闺女给你买的黄喇喇呢？我可咋说呢。我连忙接住话茬说，咱再买呗。你又不是丢了闺女，闺女又不是没有钱，咱又不是没地方买。她扑哧笑了。想了想，说那项链一次都没戴过，还崭崭新哩，你拿去换成戒指耳环吧。我说不行，"三金"一样都不能少。她说，那这回真的买假的吧，我看我也不称戴真哩。我说，咱买两副，一副真的一副假的，你想戴哪副就戴哪副。过了一会儿，她又心事重重地说，人家要问原来那副哩。我说，你身上的物件儿人家谁操闲心哪。她说，这你可不知道，满村就那几个人，谁在街上咳嗽一声，不看脸儿就能听出是谁的喉咙。这是寻常物件？这可是金首饰哩，黄喇喇地晃着，那就是会说话哩。谁不看在眼里！

我说，这也简单。你就说，郑州的店里有活动，能以旧换新，闺女非要换个新鲜样式给你戴嘛。谁叫你养的闺女太孝顺嘛。她这才畅快起来，骂道：还孝顺死你个龟孙哩。停了好大一会儿，才像发布世界上最重要的真理一样说：唉，还是有个闺女好哇。

4

洗完了头发，洗发水的泡沫也落了一浴缸。一朵一朵地漂在水面上，像一朵一朵虚幻的花。母亲坐在花里，有点儿不像是母亲了。

泥蛋儿又嗒嗒嗒地跑了进来。

奶奶坐在奶油里啦。他喊着，就凑过来用小手去掬泡沫。

这可不能吃。母亲慌忙说。

我知道！我又不傻！他想把泡沫往母亲脸上抹，又够不到，差点儿跌进浴缸里。我只好用湿淋淋的手一把抱住他。

你也脱光光吧，和奶奶一起洗。

我不！我不和女生一起洗澡！

我和母亲一起大笑起来。

俺泥蛋儿多乖，都能分清男女呢。

原本就得意扬扬的泥蛋儿更得意扬扬，他指着母亲的乳房说：奶奶，你也有咪咪！

218

母亲笑得合不拢嘴。招呼他：吃奶不吃？

我才不吃！我从来不吃！

咦，你可不知道你那时候吃得多欢！

你胡说！你胡说！

泥蛋儿朝母亲撩着水，母亲也朝他撩着水，祖孙两个闹得不亦乐乎。不一会儿，泥蛋儿也湿淋淋的了。我干脆擒拿着他，把他剥了个一干二净，飞快地给他冲了个澡。刚给他洗好，弟弟也回来了，我们俩在卫生间门口，一里一外，把泥蛋儿给交接了过去。

给泥蛋儿冲澡的时候，母亲就那么盯着泥蛋儿，简直都舍不得眨眼睛。

母亲的第二次中风，就是因为泥蛋儿。这事儿说起来，其实也跟人家泥蛋儿没啥关系。在我大嫂怀我大侄子——也就是母亲的大孙子时，母亲去邻村的观音庙里上了香。她说那个庙里的观音就是灵，当然也是因为她诚心诚意地跪够了一个时辰的缘故，所以才得了大孙子。因此呢，她认为小娜怀泥蛋儿的时候，她也有必要再去上上香。在我们的坚决反对下，她做了暂时的表面的妥协，到底还是趁大哥不注意，自己偷偷跑了去，跪够了一个时辰，起来的时候就又犯了病。那时已是深秋，霜降刚过。

那一次，我们谁都没有埋怨她。有什么可埋怨的呢？埋怨又有什么用呢？

我能生个儿子，也是因为您跪了吧？过了很久之后，我和她开玩笑。当然我也得到了意料之中的回答：这可不能居功。我可没跪。要跪也是你婆婆去跪，人家是当奶奶的嘛。我去跪个啥？

因为把最小的泥蛋儿放在了心尖尖儿上，母亲有时候说话就会失了分寸。我们几个都常给她一些零花钱，这些年她大概存下了有三四万，对这钱的归属她早就宣扬过，说，那都是泥蛋儿的，你们可谁都甭想。这话惹得大嫂和小娜都不大高兴。大嫂不高兴她偏心，说，偏就偏呗，面儿上咋也得平嘛，赤裸裸地偏了小孙子，把大孙子往哪儿搁？小娜不高兴的是，又没多少钱，显得咱沾多少光似的，我可不想承老太太这人情，实在是犯不着。妯娌俩都有理。我们也只能承认，老太太是有些老糊涂了。

母亲的皮肤上已经有了一层薄薄的灰白膜，看样子是"恶服"好了。我便开始给母亲搓澡。先从脖子搓起。她脖子下深深的颈纹一道叠着一道，像是起了皱的棉布。我尽力把纹撑展，一下接着一下，慢慢儿地搓。

你轻点儿，当我是搓衣板哪。

我便把手劲儿放得更轻些。其实我都没怎么敢使劲儿了。如今的母亲比以前瘦多了，也更容易疼。

搓完脖颈，我开始搓胳膊。很快，灰白色的泥垢便滚成了一小条一小条，有点儿像是……像是什么呢？对，像是炒熟的碾馔。碾馔，如今知道这种东西的人恐怕不多了吧，更别说吃过了。碾馔用的食材就是已经饱满却还没有变坚实的青麦粒，把这种青麦粒放到石磨上去碾，一遍一遍地碾，碾成青绿色的小条条，这就成了碾馔。母亲炒碾馔的时候，会放很多大蒜。有时候再奢侈一点儿，会再破个鸡蛋，那更是清香四溢。

背还是重中之重，需用的时间最长。母亲的背并不是那么宽阔，却也得让我搓上好大一会儿。搓着的时候，像是在锄地，像是在给庄稼松土，像是玉米出苗后给它们间苗。需要搓两遍。先是从上往下搓，然后从下往上搓。以前，我只是从上往下搓，母亲总觉得不够过瘾，嫌太顺当了，就要我从下往上再搓一遍。我便听她的，从下往上再倒搓一遍。这样搓完之后，母亲方才觉得圆满。

搓着搓着，母亲的背就有点儿红了。如果她的皮肤很白的话，跟我的皮肤一样白的话，那此时应该是很红很红的，可是她的背，因为苍老的缘故，因为黑的缘故，只是显得有一点儿红。

背上搓下来的"碾馔"也最多。缤缤纷纷地落下，颇有些规模。母亲身上还能搓下这么多"碾馔"，这真好，真好。在欣悦的同时，我的心里也有一个黑黝黝的地方正在塌陷：真怕母亲身上能搓下的"碾馔"越来越少，越来越少——这简直是一定的。甚至有一天，再也没有了"碾馔"，就像一块土地停止了对麦子的供养。那就意味着，我再也没有老娘了呀。

妈，我都好几年没吃碾馔了。

咋想起这口儿了。母亲道，要吃也得等明年的新麦啦。

5

二十多年前，母亲也曾给我搓过一次背的。迄今为止，那是我记忆里最深刻的一次搓背，因为疼。那时我还没结婚，刚上班没多久，有一次，往老家打电话，母亲在电话那边喜滋滋地告诉我，镇上新开了一家澡堂子。"可卓了"。"卓"，这也是我们老家的方言，很漂亮、很不错的意思。不久，我回去看她，就带她去镇上洗澡。澡堂果然很"卓"，居然还开设有包间。我想要个包间，母亲不肯，说别烧包了。你刚上班，才挣下几个钱？省下那钱，买点儿啥不好？

于是就去洗大间。已是初冬，又是周末，洗澡的人还挺多的。熙熙攘攘的裸体中，母亲一层一层地脱着衣裳，也不大敢看别人，神情很是有些羞赧。我三下两下脱光后，就去帮她脱，她一把把我推开，说：别管我。我只好等她脱完，然后帮她把衣服归置到柜子里，又给她拿来拖鞋，扶着她走进浴室，让她先进池子里"恶服"，母亲一进池子就碰见了邻村的熟人，那个老太太也是闺女带着来洗澡的。母亲和她热络地聊着天，才渐渐自如起来。

等我在淋浴间洗完，母亲也在大池子里"恶服"好了。我

把她从池子里扶出来，给她搓背。那时候的她，还只需要搓
背。那时候的她，背厚实得像案板。那时候的她，总是让我使
劲儿再使劲儿。那时候的母亲，还很年轻，那么那么年轻。

给母亲搓完之后，轮到母亲给我搓了。她可真是下力气
呀。搓了第一下，我忍着。第二下，就忍不住了，我说：疼。
母亲说：恁娇气。第三下的时候，我从她手掌心里逃了出来，
说：别搓了。太疼了。母亲说，不这么着哪能搓干净呢。我
说，反正我不搓了。你快把我的皮给搓掉了。就是那一次，我
的背当时就被母亲搓出了一道道的血印子，之后还结了一层薄
薄的痂。我让母亲看，母亲还是那句话：恁娇气。

母亲其实用不着搓澡巾。她的手掌就像一个搓澡巾。

姑姑，你在干什么？换过衣裳的泥蛋儿又进来了。

给我妈妈搓澡哇。

我也想搓！

不行！

为什么？

因为这是我的妈妈呀。我的妈妈，就只能我来搓。

泥蛋儿乌溜溜的眼睛瞪着我。

你等你妈妈回来，给你妈妈搓就好了呀。

哦——

你姑姑诳你的。母亲朝着泥蛋儿伸出左手，说，俺泥蛋儿
真孝顺，恁大点儿就知道给奶奶搓澡，来，来搓两把。

泥蛋儿就猴上来。我只好抱着他，让他学着我的样子，在母亲背上搓了几把。

搓得恁卓。俺泥蛋儿恁仁义，恁乖。

记得回头给你妈妈搓澡哇。

孩子都得给妈妈搓澡吗？

对呀。

哦。

搓够了，泥蛋儿又跑了出去，只听到他大声喊：爸爸，你为什么偷懒，不给你妈妈搓澡！

和母亲笑了一会儿，我继续给母亲搓。搓她的腋下，搓她的两肋，搓她的乳房。褪掉她的内裤，搓她的肚子，她的小腹……她的身上有很多疤。大大小小的，都有缘故。小腹上那道长长的疤，是生完弟弟，做结扎手术留下的。左大腿上有几个耙齿痕印，是 20 世纪 80 年代初，刚分地没多久，大哥借了"小四轮"耙地，大哥开车，母亲就站在耙上压耙。耙在土地上跌宕起伏，把母亲撂倒了，母亲的左腿被耙齿耙住，她大声喊着，可是"小四轮"的声音更响亮，大哥根本听不见。直到邻地界干活儿的人觉出了异样才把母亲解救了出来。左手腕上的小疤，是那年父亲得了癌症，母亲病急乱投医，在一个"野先儿"那里求了药，还按吩咐放自己的血做药引子，原本只是咬手指放血，嫌放得少，也放得慢，就割了自己的腕，这下倒是放得足了，差点儿没止住。右乳正上方那个小疤呢，则是她自己用铁棍烙的。那里不知什么时候起长了个软软的小肉瘤——后来我确认了一下，那叫皮赘。她听人说用烧红了的铁棍烙掉就行，居然就真的那么做了。而且居然真的也没事，只是留了这么一个小疤。她对此很是得意。

这么想起来，母亲倒是没有因我留过疤——唉，她眉心的那个小圆疤，我怎么给忘了呢？那是母亲怀我的时候营养不良，月份越大越难熬，在家里纳着鞋底都能晕倒，一头磕碰在了桌角上，伤好后就有了这个疤。后来讲起这事，她还挺有些幽默感地说，都说怀闺女的娘更俊，敢情俺闺女就是叫俺这么俊的呀。

最后搓的，自然是母亲的脚。母亲的脚，左大拇指有点儿歪，因为十来年前骨折过。当时她正在做晚饭，猛听见大孙子在门口号哭，就慌忙往外跑，跑得太急，就被门槛绊了一下，把大拇指给绊折了。她当时根本没在意，直到实在不能忍了才去让村里的赤脚医生给看了一下，上了点儿跌打损伤的药。定型之后，大拇指就成了这个样子。

没啥。又不妨碍干活儿。她说。好像这世上最重要的、最要紧的事情，就是能干活儿。

6

给母亲搓好了第一遍，再搓第二遍。第二遍，灰白的"碾馔"就少多了，只是零零星星的几小条了。

第二遍搓完。母亲道：这可搓净了。哪个汗毛眼儿都在出气儿呢。

要把浴缸洗一遍才能再换水。怕母亲在浴缸边沿儿坐不稳，我便把弟弟叫了进来。我把浴巾围拢在母亲腰间，母亲用左手紧紧地捏住浴巾两端的合口。我扶住母亲，叫弟弟去洗浴缸。弟弟埋下头，唰唰唰地清洗着浴缸里的污垢，薄薄的属于母亲的污垢。

搓出这些腌臜，能上几亩地了。母亲说。这个"上"，是给地上粪的意思。

弟弟把污垢刷干净后，用花洒把浴缸冲了又冲，冲了又冲，仿佛想要冲出一个最新的浴缸。

中了二小，这还不干净？还能咋干净？费水。老贵。这些个水，也能浇老大一片地了。

在郑州，母亲的思维永远是要和豫北老家对比着来的。听小娜说菜价，她会说老家这些个菜一块钱能买一大兜。听小娜说电费，她会说这一个月电费够村里谁谁谁一年的了。有一次，说得小娜不耐烦，就说她：老家是农村，这可是省会。母亲竟然接话道：叫我说，为啥叫省会，就是因为啥都恁贵，更得省着。省会省会，省着就会，不省不会。此妙语一出，遂成了我们家里的金句。

水能有多贵！弟弟说。他不抬头，闷闷的，口气有些凶。

你看看你这孩儿。都说不当家不知柴米贵,你这都当家多少年了,还不知道柴米贵?还恁不识说。恶声歹气的,还吃人咬人哩。

弟弟抬起头看着母亲,嘿嘿嘿地憨笑着,那样子比泥蛋儿还呆萌。

妈,你可真会给人安罪名呀。弟弟说。

母亲也笑了,说:我自己的孩儿,那还不是想咋说就咋说!

刷干净后,我和弟弟扶着母亲——弟弟几乎是半抱着母亲——让她重新在浴缸里坐好。在这个过程中,母亲一直用左手紧紧地捏住浴巾两端的合口,生怕浴巾掉了似的,直到弟弟出去方才松开。

母亲坐稳妥之后,我开始放新水。水哗哗地流着,水位一点一点地上升着,像是正在生长的柔软水晶。母亲就坐在生长的柔软水晶里,微微闭着眼睛,似乎是要睡着了。

我一边往母亲身上撩着水,一边有一搭没一搭地逗她说话:

妈,早些年,你跟我爸都咋洗澡哇?

汉们讲究啥,咋着都能洗。夏天河里洗,冬天烧盆热水抹抹搓搓就中了。我就是在家洗,咱那个大红盆,用了多少年。

妈,咱们今年过年去旅游吧?别在家招待亲戚了,老烦人。

那可不中。大大长长的一年，不待亲戚？跟亲戚们说甭来啦俺要去外头耍？那可不中。

妈，要是真让你挑个地方去耍，你想去哪儿？

真要叫我挑哇……她忽然有些不好意思地抿了抿嘴：想去南京和北京。说起来，你在北京上的大学，二小在南京上的大学，村里可有人问呢，南京啥样？北京啥样？还怪想说说嘴呢。

那为啥哪回叫你去你都犟着不去?! 我气得把毛巾摔到了浴缸里。

你个龟孙。说闲话哩，咋还恼了？母亲睁开了眼睛，倒是笑了：如今说想去，算是迟了？

不迟！我恶狠狠地说，等过完了年，天一暖和了就去！

唉，不去了，我也就是说说。看景不如听景……

必须去！

中中中，去去去。

……

水放够了。无须再搓，我便用毛巾轻轻地擦着母亲。擦她的大腿，擦她的大腿根儿，擦她的屁股，擦她的膝盖，擦她有些僵硬萎缩的右腿……擦着我能擦到的她的一切，她的松弛的下垂的一切。

再次擦胸乳时，视线向下，我看见了母亲的小腹。累累垂垂的横纹，如同一条条微型的道路，黄中带褐的肤色恰如土地，道路的颜色则要深一些。道路中间的阴影时宽时窄。小腹之下的阴部毛发，则是如雪如盐的纯白。

似乎是打了个盹儿，母亲突然闪了一下，睁开了眼睛。

妈，咋样？洗好了吧？

可好了。

卓吧？

可卓了。她满足地叹了口气，说：都说有闺女给洗大澡是福气，叫我说，能洗上这小澡才是福气哩。

又胡说了！

——老家规矩，临终前用清水抹洗全身，叫洗大澡。这是女儿们要做的事。

我喊着弟弟，让他过来。弟弟进门的时候，母亲喊了一声：嘿。我扭头，看见她指着浴巾。可是这时弟弟已经进来了。他走到母亲身边，想要去扶母亲，母亲把他划拉开，等我拿着浴巾过来，又给她围拢到腰上，才让弟弟架到她的胳膊下。

母亲说，看看我这一身水，别弄你身上。

没事儿。弟弟说。我能听出来，他肯定是哭了。

* 走到开封去 *

走着走着，石就落在了后面。

"慢点儿。"他说。

我尽力放慢，可不知不觉地，不一会儿就快起来。习惯了快，收不住。也许该怪这双耐克，穿着它走路可真是太舒服了。轻薄，透气，弹力十足。

石走得慢是不是因为他的鞋是杂牌子？

是突然决定的，要从郑州走到开封去。

郑州到开封这条公路，叫郑开大道。很久以前，叫郑汴快速路。据说应该从金水东路和东四环的交叉处算起，全程将近四十公里。去年春天某日，我在一个乱七八糟的场合和一个衣冠楚楚的中年男人聊天，他说他负责的项目都是全民体育，其中有一个叫"郑开国际马拉松"。

"很好玩吧？"我纯礼节性地问。

他喋喋不休地开始宣讲，在他开口的一瞬间，我残存的唯一一点儿好奇心也消失殆尽，假装接听手机，我走开了。这事儿和我没关系，我以前、现在和将来都不会和马拉松有什么关系，我不想为此付出任何一点儿多余的情绪。

当然，我和开封还是有关系的。每年我都会因为这样那样的缘故到开封去一两次——梳理起来，最主要的缘故是吃。我吃过第一楼包子，也吃过黄家包子，相比之下，觉得第一楼有点名不副实。也在鼓楼和西司吃过各种小吃：锅贴、双麻火烧、炒凉粉、杏仁茶……两年前的一个深夜，我和朋友在鼓楼消夜，抱着吉他卖唱的小姑娘，在邻座男人们的划拳声中清凉地唱曲，近处灯光璀璨，远处夜色沉沉。

马拉松是跑不动了。如果走着去呢？莫名其妙地，就蹦出了这个念头。可一个人走，不是那么回事儿——这个念头本来就不是那么回事儿，若真要实施，一个人就更不是那么回事儿。总得找个伴儿。不能多，一群人嘻嘻哈哈走那么长的路，你以为是春游呢？

只要一个就成。这一个伴儿却是不大好找。老公和儿子都不行，都是能躺着就不坐着能坐着就不站着的主儿。那些娇娇垮垮的闺蜜们，也没有一个能成的，邀请她们只能换来她们的大惊小怪。而且，即使有去的，女人们也总有各种各样可想而知的麻烦。

顶好是一个男人。四十公里的路，按快步走的节奏，一个小时五公里，需要八小时。中间吃饭休息两小时，加起来少说也得十个小时。从早上七点到下午五点，都和这个男人在一起——必须承认，一时间还真挑不出这么一个男人来。

这么胡思乱想一番，便搁置了这个念头。直到碰见石。

两天前才认识了石，在一个饭局里。

一桌十来个人，石的话最少，语速也最慢，似乎每一句都值得用句号或者省略号来间隔语气。

"有一天，"他说，"我去上班。"

你明知道后面还有话说，可他就是不着急，在显而易见的上一句和下一句之间，他仿佛都要沉吟或者思考。待到他说出来时，其实也没有什么期待中的更高质量。而以这种风格，他的话头儿很容易就从悬崖跌落，消失在众人推起的新话题里，再也不见了。

对此，我曾怀疑自己过于浅薄，也曾怀疑他故作高深。可是，故作高深那么久，也不容易吧。故作了太久，是不是也会接近于一种真的高深呢？

最后到的客人说是因堵车才晚了，大家便聊起了堵车。堵车烦，堵车苦，堵车的话题人人都有兴趣和资格参与，唯有石，只是沉默。有人问他，他照例沉吟了一会儿，说堵车对他从不是问题。

"为什么？难道你不是人吗？"

"我没有车，"他说，"也不会开车。"

"可你总会坐车，坐车就会遇到堵车。"

"那我就下车走。"他说。

"很远的路呢？"

"也走。"他说有一次在高速上碰到了堵车，他就走哇、走哇，从一个服务区一直走到了另一个服务区。

"不会累吗？"

"会呀。"

"累了怎么办？"

"歇歇。"他说。

大家都笑了。又有人问他是不是用这种方式健身，他说不是。我们便自顾自地以鸡汤文的形式问答起来：为什么喜欢走路？因为长着腿呀。为什么喜欢走路？因为路在那里嘛。

他只是笑。

饭局结束后，我送他回家。一路上倒是没有堵车，也无话。只是他那么沉默，总使得我有点儿想逗一逗他。

我突然捡起那个念头来。

"我们什么时候一起走一次长路吧。"

他看了看我，笑了一下。

"走长路?"

"嗯，走长路。"

他点点头："好。"

"周日?"

"好。"

到了他家小区门口，我刚刚把车停稳，一个穿僧衣的人从车边悠然而过。那个僧人中等身材，青黑头皮，旧灰的僧衣，背着一个褡裢。

石的视线跟着那个和尚的身影，跟了很久。直到那个身影消失在人流中。

"和尚有什么好看?"

"这是一个云水僧。"

"什么是云水僧?"

"就是游方和尚。"

"你倒认得清。"

"八岁那年就认得了。"

我还想问点儿什么，一时间却没想好要问什么。再一看，石已远去，还是没想好要问什么。

早上，在金水东路和东四环交叉口的东北角，我们接上了头。

"走吧。"他说。

方向是东。太阳正在面前一点一点升起。

我对他提议向东的时候，心里已经预备好了，他若问为什么要向东，我便说东为上，是大吉方向；还要说东方红，太阳升。

可他什么都没问。

"好。东。"他说。

我有些失望。

"到开封吧。"

"好。开封。"

我便知道，他是不会再问什么了。

于是就只有走，一步，一步。

一个人走路，是一件最寻常的事。两个人走路，似乎就有些不寻常。说不寻常，其实大街上并肩而行的人比比皆是。或者交头接耳言笑晏晏，或者勾肩搭背狎昵无间，又或者悠游漫步相契安然。

只是此刻，和石走路，我却觉出了不寻常。

因他走得真是慢，一步压着一步，仿佛每一次下脚都会踩死一只蚂蚁或者踩扁一朵鲜花似的。和大道上飞驰的车相比，这种慢深沉得很带样儿，简直有点儿装大师了。

有必要这么慢吗？我实在走不了这么慢，总是忍不住就快起来。待到勉强慢下来，和他并肩时，听着彼此的呼吸声，又觉得不自在。

　　那还是快些走吧，把他落在后面。

　　"要不要喝水？"他问。

　　我不要喝水，但是我停下来，等他靠近，递给我一瓶水。他背着四瓶水。上午两瓶下午两瓶，应该够了。不够也没关系的，难道郑开大道上还没有卖水的吗？

　　车很多，前后望望，一辆紧接着一辆，一辆辆地从我们身边"唰唰"而过。路面几乎没有消停的时候。这些车里的人，匆匆忙忙地，都是去做什么呢？

　　太阳一点点地爬高了，变得越来越炽白。汗水开始流下来，在衣服上浸出形状。沿路的绿化带尽是树，开车的时候觉得这树很密，走路的时候才发现稀疏之处很多。

　　我们从一团树荫走到另一团树荫。

　　"这些树，你认识吗？"

　　我百无聊赖地摸着树干，一棵，一棵。

　　"认识。"

　　"都认识？"

　　"嗯。"

　　"都是什么？"

　　"有银杏、雪松、刺槐、毛白杨。"

　　"这个我认识，柳树！"

"馒头柳。"

碰上这么淡定的人，总是让我有些气急败坏。我加快了脚步，又把他甩到了后面，越甩越远。走了好一会儿，我才回头，发现他不见了。

我告诉自己要镇定，但还是有些慌张。他去哪儿了呢？

"喂！"

"喂！！"

"喂——"

像个傻子一样，我对着身后的空气喊。

忽然觉得，他像一个秤砣。本来闷闷沉沉的，让我很不舒服。可当秤砣消失了，秤的另一边就轻轻飘飘地翘起来，这让我更不舒服。

他从旁边浓密的树丛里闪了出来，慢慢悠悠地走近我。

"在呢。"他说。

"干吗去了?！也不打个招呼。"

"小解。"他说，用坦白无辜的眼神看着我。

那他一定没有洗手吧。我找出湿纸巾，递给他。

"不用。"他没接，"大路太吵了。咱们走旁边的路吧。"

旁边的路？和郑开大道平行的，几乎没有什么路。可想而知，那些路都在更远的地方。路也是会吃路的，在同一个方向上，大路会吃小路。和它交叉的路倒是非常多，垂直交叉的、倾斜交叉的。

我蠹在那里，等他说服我。

"往北走一点，肯定还有路。"他喝了一口水，"也向东，也能到开封。"

"好吧。"

我的语气似乎有些勉为其难，其实对他的建议，我很是有点儿愉快。他的建议，他得负责。我很愿意他来负责。

"这边是小刘庄、马仙李、小冉庄、丁庄。路那边是高庄、白坟。"在一棵树下歇脚的时候，我前后左右地指着，有点儿像个导游似的介绍着。

这是一棵很大的榆树，不知道为什么幸存至今。树下横躺着一块残破的预制板，仿佛是被谁抛掷在这里很久了，在碴口处露着几根歪歪扭扭的锈蚀的细钢筋。面儿上倒是干干净净的。郑东新区设立该有十来年了吧，自从开建郑东新区，再加上郑汴一体化的提法，这些位于郑州东和开封西之间的村子就都成了金灿灿的房地产辐射区，三三两两地被开发商圈了不少地，有的村子已经开始了拆迁。

"嗯。"

"还有个大冉庄呢，也在路那边。"

"你怎么知道的？"

"这里面有地图啊。我做了功课的。"我朝他晃晃手机，"既然定了目标，总得知道自己在哪个位置上嘛。"

"哦。"他接过我的手机，一个一个念："六堡、九堡、六里岗、七里岗、八里岗、六府营、八府赵……"

"听听这些村名儿起的，数学都挺不错。"我忍不住调侃。

"堡一般是军事据点，岗一般是军事指挥中心，府一般是军队编号。"他把手机还给我，"郝营、草场、耿石屯，这些都是刀光剑影。"

我接过来，继续看。很快就看到了官渡、赤兔马，还有一个赤裸裸的逐鹿营。

"那瓦坡、白沙、下板峪、莲花池呢？"

"是根据地理环境起的。瓦坡肯定跟瓦有关，白沙也是一样。"

"桑园、石灰窑、青谷堆呢？还有这个，园棠树，多好听！"

"和庄稼人的东西有关呗。"

"茶庵、半截楼、南北街……"

"都是某一时期的地标。"他说，"打仗能留记号，过日子也能留的。"

"我老家叫乔庄。你呢？"

"庙李。听说曾经有过一座很大的庙，姓李的人也多。"

庙，这让我突然想起了那个游方和尚。

"所以你那么小就能认得游方和尚？"

"嗯？"他有点儿惶惑。

"不是你自己说的吗？八岁那年。"

"哦。"他释然，"我们村的庙，早就只剩个名儿了。那个和尚，他是路过我们村的。化缘。"

化缘，这样的词久未听到，好不优雅。听到这样的词，简直就想去化缘了。

"化到你家了？"

"嗯。"

"然后呢？"

"走了。"

哦，走了。我有些怅然。游方和尚化过了缘，自然也是该走了。

可是，就这么完了？

"在你家的情形呢？"我着急起来，"你细细地讲，不要让我一句一句地榨！"

他灿烂地笑起来，然后开始慢慢地说。他说和尚走进他家院子里，先诵"阿弥陀佛"。他和母亲闻声出来，母亲还了礼，让他去厢房盛小麦给和尚，自己去厨房给和尚拿了两个夹了豆瓣酱的馒头，倒了一碗热水。和尚取下肩挎的布袋，从夹层里取出一只乌黑锃亮的铁钵，把水倒进自己的铁钵里，抬头看了看日头，才开始吃馒头。

"为什么要看看日头？"

"出家人过午不食。"

　　有风吹来，树叶微动，簌簌作响。我和他坐在这棵大榆树下，听他说着这样的话，恍惚间如做梦一般。

　　我也抬头看看日头："找个地方吃饭吧。"

　　前面不远处的村子，叫刘集。

　　小饭店名叫"天天红"，最多有二十平方米的样子，墙上用大红的字写着菜单。我们要了两碗芝麻叶鸡蛋捞面，又点了两个素菜：一个炒豆腐，一个炒上海青。总共才三十块。只有老板娘一个人里里外外地忙活着，她看起来有四十来岁，自我的心理定位应该是二三十岁吧。浓妆艳抹，敏捷矫健。

　　"天天红，这名字起得好哇。"我寒暄。

　　"好吧？我也觉得好。有人说，你咋不起个年年红季季红？我说，咱不贪大，这世道，眼错不见地变，能一天接一天红就中。"

　　"世道再变，人总要吃饭的。"

　　"就是说呀。人只要不死，总得吃饭；只要吃饭，就有咱的活路。"她眉飞色舞，一副精明强干的样子，"话说回来，只要能天天红，还愁不年年红、不季季红？有那缺德的，还说叫月月红，我说，去你娘的脚，月月红可成啥了？"

　　我们一起笑起来。

　　"你们是来串亲戚？"

　　"不是。"

"会朋友?"

"不是。"

说话间,饭菜都已齐备了。我和石低头吃饭。

"没开车?"

"嗯。"

"走路?"

"嗯。"

"从哪儿走过来的?"

我抬头笑盈盈地看着她:"来点儿醋行不?"

吃完饭,出门继续向东,走到路的尽头,也就走到了村子的最东边。跨过一条干枯的水渠,我们沿着玉米地中间的小路继续向东。九月的热如同孔雀开屏,是夏天盛大华丽的尾声,过人高的玉米是两排翠绿的城墙,密不透风。

"烤玉米吃过没?"

"嗯。"

"你最中意的汉字就是'嗯'吧?"

这回连"嗯"也没有了。

和他在一起,我像个话痨。原本还担心找的伴儿犯话痨,这可倒好。

玉米地无穷无尽。十来岁的时候,每到七月末八月初,我和哥哥给半大个儿的玉米追肥,他挖坑,我撒肥料,哪怕穿着长袖衣服戴着帽子,胳膊和脸也会被刁钻的玉米叶划得红肿疼痛。中秋过后是玉米收获的时节，也是一种酷刑：要在枯败燥闷的玉米秆丛林里找到玉米，掰下来，装进塑料编织袋中，拖到田边。直接把玉米秆杀倒也不是不可以，只是在杀倒之后，再弯腰弓背地去掰玉米，则是另一种麻烦。

当时就觉得玉米地无穷无尽。现在空着两手走路，依然觉得如此。

玉米都已经结了穗，有的两穗，有的三穗，有的四穗。

"现在的穗结得真多。"他说，"小时候，都只有一穗。"

"嗯。"

"你吃过黑丹丹吗?"

"没有。是什么东西?"

"一棵玉米上，要是一穗都没结成，就有可能结出黑丹丹。炒着吃，很香的。"

我停下来，打开手机："哦，你说的这种东西，学名应该叫玉米黑粉菌，形状不定，多呈瘤状，往往由寄生组织形成……"

他也停下来，回头看着我："别念了。"

我讪讪地退出网页。

"把手机关了吧。"

"万一……"

"我的早就关了。"他静静地看着我，"没事。"

也许是刚开始的蛮力散尽，也许是被石的节奏感染，不知不觉地，我也越走越慢，有时候甚至落到了石的后面。看我落得远了，他就停下来等我。再落远，再等。如是反复，终于走出了玉米地。

其实前面还是玉米地，只是在这块玉米地和那块玉米地之间，是一块棉花地。在宽展展的叶子托衬下，粉红、玫红和雪白的花朵正在绽放，圆润坚挺的棉桃也已经一个个鼓起。有风吹过，袭来一丝丝淡淡的甜香。而在不远处，也有细微的嗡嗡声传来。向南，可以清晰地看见郑开大道上的车流。

"要走大路吗？"他问。

"不要。"

穿过棉田，再次走进玉米地。连窄小的路都没有了，只能走稍微宽一些的田埂。哗啦，哗啦。哗啦，哗啦。像两艘小船，我们划行在玉米地的海里。蚂蚱在我们前后左右跳跃，像微型的海鸥。

胳膊和脸上很快起了红肿的划痕，疼痛起来。

他也穿着 T 恤，应该也是一样吧。

汗水如浆。抬起胳膊去擦汗，胳膊和脸的疼痛度都生动地加深一层。很奇怪的是，却也有隐隐的快感涌动。

"那和尚是从哪里来的？"

"安徽九华山。"

"到哪里去？"

"山西五台山。"

我暗暗地嘘了一口气。之前还有点儿担心他会说什么从来处来到去处去呢。

不过，从安徽到山西，从九华山到五台山……这真是很远哪。一时间，我有些茫然。我想问问他，和尚为什么要从安徽九华山走到山西五台山去，还没问出口，就觉得这个问题很愚蠢。

可是真的很想问。

他仿佛看出了我的心思。

"那和尚说，年初的时候，他做了一个梦，梦见观世音菩萨让他去给文殊菩萨送信。他一醒来，就上路了。"

"他这么走，该走了多久呢？"

"走到我家时，已经有半年。"

"好远的路哇。"

"我当时也是这么说。"他微微笑着，"可他说，很快呀，将近年关就能到了。"

"那封信，你知道说的是什么吗？"

"什么信？"

"观世音菩萨给文殊菩萨的信哪。"

"哦，知道。"

"你怎么知道的？"

"是那游方和尚说的。"

可不是嘛，想来如此。

"他偷看了？"

"没法子偷看。"他轻笑一声，"是口信。"

走着走着，玉米地似乎成了帷幕，一道，又一道。每次拉开最后一道幕布，不期然就会看到另一种东西。有时候是苗圃，聚集着各种各样的小树苗。更多的时候，那些东西都能吃：花生、红薯、西瓜、葡萄。

"想吃吗？"

"嗯。"

花生和红薯用手刨其实很容易。花生仁的衣有的浅粉，有的大红。花生仁一律都是白生生的。红薯肉呢，有的白，有的黄。白的就只是白，黄的有的黄色深，有的黄色浅。生花生和生红薯看着是那么不一样，吃起来的口感却有一点儿相通：都有一种鲜奶的甜腥。

——土地真有意思。看着干干的，当你往深处刨下去的时候就会发现，下面湿润润的，有水汽。

"用农民的专业说法，这叫墒。"他说。

"知道。左边是个土，右边是个商。"其实这个字我早已经忘了，此刻不知怎么地，也从记忆里刨了出来。

"墒分四级：湿，潮，润，干。"他捻着手里的土，"这不是干，是润。"

我们手上贴了一层薄薄的泥。我掏出湿巾。

"别擦。一会儿就好了。"他说。

果然，一会儿工夫，泥干了，拍一拍，搓一搓，就变成了细尘。再拍一拍，搓一搓，就了无痕迹。

"土是很干净的。"

"嗯。"

立秋后的西瓜味道已经寡淡了许多，葡萄倒是正当时。只是我们从玉米地里刚出来的时候，那一个亮相把葡萄园老板吓了一跳，他大叫了一声："什么人！"

我和石笑得直不起腰来。

太阳偏西，天色如极薄的灰纱，一层，一层，披暗了这个世界。原本壁垒森严的闷热一点一点懈怠下来，所有土地和植物的呼吸都开始变得柔软和清凉。腿脚碰到草叶的簌簌声多了些微的氤氲厚静。土壤里的墒，浓重了。

手机关着，看不了时间，无从知道走了多久。居然也不觉得累。是因为走得太慢吧，也是因为歇的时辰太多。

这么走，几时才能走到开封呢？

"今天是走不到开封了。"我说。

"走不到就走不到吧。"他说。

"嗯。"

我朝他的方向挪了挪，感受着他清寒的暖意。直到现在，这个可爱的人都没有问过我为什么要走到开封去，走到开封去干什么。

"那，晚上怎么办呢？"

"露宿，你的身板可能不行。可以住到中牟。"

远处有一团巨大的光晕，那大概就是中牟县城之所在吧。县城的旅店不会很多，却也必定不会客满。找一家干净舒适且便宜的，和他住下，再找一家小馆子喝两杯，想想还真是不错呢。

等会儿给家里发个微信。

信？突然又想到那个游方和尚的事。

"对了，那信说的是什么？"我赶快问。

"什么信？"

"观世音菩萨给文殊菩萨的口信哪。"

他站在那里，无可奈何地笑起来。

"快说，快说！"我拉扯着他的手臂，生怕把这个问题又给弄丢了。

"说的是三纪后的佛诞日，观世音菩萨邀文殊菩萨在四川峨眉山见面。"

"哦。"一纪就是一轮，这个我倒是知道的。三纪，那就是三十六年呢。

我们继续走。他走前，我走后。夕阳在他的背上镀了一层浅浅的金。我的背上，一定也有吧。

"你今年几岁？"

"四十四。"

"那不就是今年吗？"

"是呀。"他说，"他们一定见过面了。"

斑驳的阳光下，一片修长的玉米叶拂动在他左耳的耳轮上。

"那么，他到了五台山，再回到九华山，又要走一年吧？"

"不止。"

"怎么？"

"他说，他拜见过文殊菩萨后，还要再去一下南海。"

"去干什么？"

"他说，要给观世音菩萨复命。对菩萨说，信已经捎到了。"

我突然难过起来，难过得要命。仿佛有谁的手在攥着我的心脏，一下松，一下紧。

这个和尚啊，他可真有意思。

可是，他也真傻呀。

这么傻的人，可真让人揪心哪。

"你有没有想过，那个和尚，如果他死在了半路上，那该怎么办？"

说着，我坐在地上，便哭了起来。

石没有拦我，也没有劝我，只是任我哭着。一直等我哭够。

　　"即使那样，也不要紧。"终于，他缓缓地说。

　　透过朦胧的泪光，我看着他笃定的神情。

　　"菩萨都会知道的。"

　　许久之后，他又说。

＊旦角＊
——献给我的河南

1

　　陈双一拐进巷口，就看见紧挨着自家院子的那个二道街十字口上，有一座描龙画凤的灵棚正在富丽堂皇地搭起来。几身白衣服在灵棚周边儿走来走去。明知道不是自己家的事，她的心还是往里揪了揪。她加快了脚步，到了灵棚边，看清楚有一个穿全孝的是西边隔几户的街坊张家的大儿子。两人打了个照面，这个领衔的孝子庄重地点点头："回了？"

　　"回了。"陈双也点点头。

　　"咋回的？"

"坐车。"

每次回家，见人都免不了这两个回合旧话。然而今天这番话因了孝衣而说得格外肃穆。陈双脚步顿了顿，瞥了一眼灵棚里，灵桌还没供起。想道句节哀，再想想还是罢了。虽然说说是不会错的，可这么不知所以地说出来，终是太潦草了些。

一进大门，母亲已经在院子里巴巴地站定，说："我约莫着你快到了，妞妞在屋里，饭没做。我得去张家招呼。人家昨儿一大早就来磕头了。"陈双看了一眼母亲。母亲穿着一件月白棉袄，棉袄是收身的，紧紧地箍在她已经很有些规模的腰上。袄领和袄袖上都镶着俏俏的红缎子边儿。右袄襟上还开出一斜溜鲜艳的花来。这衣服陈双没见过，应该是新做的。说六将七的人了，还这么有心劲儿打扮。陈双没说话。

母亲有些不自在起来，转身进了卫生间。

"谁没了？"陈双说。

"老张媳妇。"

"哦。"陈双答应。这是老规矩。远亲不如近邻。哪家没了长辈，第一件事是在大门口挂起两条麻钱穿麻钱的白纸招魂幡儿，第二件事就是遣出孩子们去给东邻西舍磕头，借桌椅，借板凳，连带借人。男街坊里找几个老到的坐礼桌，记账簿，吩咐厨师买菜做饭，安排杂役洗碗打墓。女街坊里找几个老到的待宾客，送茶水，收礼品，扯孝布。一个头磕下去，受跪的人就是手头有再紧凑的事，只要不是人命关天，就得撂搁下来，奔到这家。

"要不你也别做饭了，一会儿带妞妞也跟着吃去。反正咱付了礼的，大烩菜，肉可多。"母亲在卫生间说。陈双看见她斜睨着眼一边照着镜子一边往头上喷着润发水，左一下，嗤。右一下，嗤。

"我不去。"陈双说，"怎么没了？"

"脑出血。"

"多大了？"

"七十八。"母亲说，"也够了。"

两人沉默了一会儿。一只灰色的长尾巴鸟飞过院子上空，陈双追着它看，但它很快就没了踪迹。

"明儿办事。"母亲走到大门口又折回来，"今儿响器班要耍大戏，大梁庄的响器班呢。剧团里的几个老姊妹要来，你听着点儿门。"

陈双答应着进了屋，见过女儿，换上围裙，开始做饭。她一边做饭一边回想着张老太太的样子。她矮个子，扁平的脸，常年一件蓝褂子，春秋天罩毛衣，冬天罩棉袄。蓝褂子是立领的，严严地护着脖子。然而到了夏天，一穿低领的汗衫，就会看到她脖子上有一道暗红的伤疤，大蚯蚓一般。听母亲说，那是早些年，老张和她闹离婚，她自己在脖子上划的。她经常蹬着一辆暗红的小三轮上街，回来时车斗里就装着各种各样的菜。她一边向前骑一边回头不住往车斗里看，一百个不放心的神情。那天正碰上陈双站在门口，问她看什么呢？她道："怕菜丢了。真的丢过呀。那么大一只鸡，五斤八两，生生就给偷了。"还有那么一次，陈双在卖报纸，她也过来卖纸箱，为了二两秤她和收废品的老头儿计较了半天，末了老头儿说她："你当过裁缝吧。"陈双问这话什么意思，她抢着解释："说我会认针呗。这认针就是那认真。"然而她终是有些不好意思，结完账又恋恋不舍地搭给那老头儿一个易拉罐。"是健力宝的，值一毛二呢。"她看着老头儿把易拉罐一脚踩瘪，忍痛割爱地说。

也就是个最一般的老太太，和许多小县城的女人一样。陈双见过太多这样的女人，疼孙子、嫌媳妇、唠叨儿子、倚靠丈夫。不怎么巧，心眼也不多，一斤米只做一斤米的饭，捏不出别的褶子。当然也不是一味老实，秋粮快熟的时候，趁黑到城边的地里掐几穗嫩玉米也是常有的事儿。若是她家里的煤球炉灭了，想要去哪家借个火，是一定会抄个生煤球过来的。当然别人去她家借火也得守这个规矩，不然那块煤球就会窝在她心里，窝成一个煤球炉子。心里头不怎么严实，也不怎么宽展，手头上不怎么松弛，也不怎么窘迫。夏天的衣服上了五十，春秋的衣服上了一百，冬天的衣服上了二百，都是一项大的经济工程，是需要好好思量一番的。平素里买一葱一蒜都会翻拣半天，可是切出来的时候却是如椽赛梁，做到锅里更是五大三粗，不怎么着意去调弄味道。于是做出的饭菜尽管不短什么，却没有外面饭店里那种扑鼻的香气，让人吃了几天就会索然。然而一直在外面吃的时候，也会令人想起她的饭菜，觉得她的手艺也还是有耐人寻味的地方。

这么一个家常的女人死了。她今年七十八。喜丧的标准是八十。她不到八十，然而四舍五入，也算蹭着了边儿。母亲说得不错：也够了。她可以想象到张家的情形：哀痛总是有的，当然也无须太长久。但因为她死得毫不拖延，这突兀就把人的哀痛给搁到了悬崖上，总是要凛冽一下。"子欲养而亲不待"的感觉就愈加强烈。不过看到家里人哭得太难收拾，肯定就会有人来劝：想开些，走得这么利落的人其实不受罪，是有福气的死法。不然活下来又能怎么样？无非还是过一天少三晌。若得了不好治的病，上开刀下锯腿中间再插上一堆管子，还不如这么干干脆脆地走呢。——不过，真要到了活下来的情形，还会有话好说："好死不如赖活着。""好歹有这么个人在，就什么都有了。世上万般财，人是主心骨儿。"总之是囫囵话儿圆着旋，怎么旋都有它的道理。

不知道自己会不会有七十八，如果到了七十八又该是什么样子。这么漫想着，陈双切菜的手不由得也钝起来。正恍惚着，口袋里的手机发出了丁零零的短信提醒，打开，是秦。短信问她："到家了吗？过马路，左右看，红灯停，绿灯行哦。"陈双失笑，回他："谢谢领导关心，托您的福，已经安全到家啦。"都是成年男女，发短信的时候，却一个"哦"，一个

"啦",宛若孩子,带着些轻浮,也带着些亲切。这轻浮和亲切自然都是有意味的。——现在,秦的身份对她来说很繁杂,按从近到远的时间排:一、对她有想法的已婚男人。二、她的顶头上司的顶头上司,市教委的副主任。三、师专时的初恋情人。

陈双继续翻着短信。上面一条是她在公共汽车上收到的,关于母亲。"听说阿姨在市里谈了对象,恭喜。周末回来吗?回来的话就见个面吧。"发信人是她法律意义上的姐姐,同父异母。她从未叫过她姐姐。而"阿姨"则是这个姐姐对母亲最客气的称呼了。陈双看着这条短信,陷入另一场恍惚。直到姐姐开始叫嚣着"饿死了,饿死了",她才从恍惚中拔出脑子。

出门倒垃圾的时候,一个穿着大红羽绒服的女人抱着一个孩子,突然截住了她。

"哎,打听一下,今天的响器班是不是大梁庄的?"红羽绒问。

"是。"陈双说,"要来看哪?"

"嗯。"女人答应着。孩子朝陈双呃呃着伸出手。这个孩子很白净,眉眼疏淡,在猩红色的斗篷里雀跃呢喃,对陈双倾吐着莫名的热情。陈双本想摸一把孩子的脸,想想自己刚倒过垃圾,只好朝孩子做了个鬼脸。

"多大了?"

"一岁零十天。"女人顿了顿,"儿子。二胎。"

陈双笑笑。女人打扮得很浓重，头发挼得光光的。眉和眼线都是文绣过的，泛着淡淡的乌青色。脸很白，然而是涂抹出的那种白，白得粗糙，是只能远看的。口红的轮廓也已经有些缺边儿少沿儿了。她这装束看起来应该是很精神的，不知怎的却显不出精神来。陈双觉得她脸上罩着一种很沉的东西，把眉眼上的乌青衬得更深了些似的。

"台子还没起。"陈双说，"还早呢。"

"哦。"女人答应着，走开了。

饭刚刚做好，陈双就听见一阵机动三轮车的突突声，接着是一群男人说着话卸东西的动静。她走上房顶去摘了一把芹菜，顺便往街上溜了一眼。她猜得没错，是响器班的大队人马到了，正在搭台子。一个胖子叼着烟正吆五喝六，东西一件件地从车斗上传下来，长的、短的、方的、圆的。陈双知道那是锣、鼓、笙、镲、胡琴、电子琴、架子鼓……另一辆车上是厚厚的雨布，被一叠一叠地卸下来。还有一支支细长的钢管，管面上生着斑斑的黄锈。都是男人们在忙活。几个女人袖着手站在一边儿闲话，都穿着羽绒服，花红柳绿地站成一团。

"老板，后退呀。"穿黑羽绒的女人突然道，"钢管都快戳上身儿了，也不长眼。"

"就是，你咋恁不觉意啊。你要是被戳住了，俺这些人都不在话下，老板娘可就心疼带肚疼，肚疼带肠疼，肠子疼过还有个地方疼……"穿紫羽绒的女人一边耍着贫嘴，一边被黑羽绒追着跑起来。

人们笑起来。陈双站在房顶，不由得也笑了。今晚这场戏，就是这几个女人了。"一窝旦，吃饱饭。花脸多，要砸锅。"河南梆子里，旦角戏一向最得宠。看戏看的就是旦角。

2

这种简易的响器班出现的场合有两种：红事和白事。在红事上就叫跑好儿的。现在是说不得了，往前数上二十年，这里娶媳妇还都是要吹打的，吹打得好不好是很重要的一层面子。陈双小时候常到姥姥家住，每当娶媳妇嫁姑娘的队伍到了庄子里，就会有人为了听曲子，将一个长条凳往迎亲的队伍前一横，再搁一杯清水和一包香烟，响器班就得舞将起来。完了，长条凳撤掉，放行。更有甚者，在路上也可以截响器班一把，没凳子不要紧，一辆自行车一柄锄头，都算。响器班呢，只要有时间就得吹，名头上的光都是在这时候挣下的呢。有的人家请的班子好，爱听的人密，长条凳一码接一码，看样子到天黑也难娶媳妇到家，新郎就只好边作揖边挪凳顺带撒糖递烟，响器班边走边吹着，一路轰轰烈烈骄骄傲傲地过去。响器班的人也多爱跑红事，热闹，好玩，酒喝得畅快，主家的礼钱也给得足，眼睛还不落多看两眼新媳妇。

后来有了录音机，响器班慢慢就没人用了。录音机一放，两个高音大喇叭一架，里面什么都有。老鸦总拣那旺处飞，红事人家的人气儿总是足的，不需要响器班来衬托。再说响器班也显得老旧、土气、黏缠，还得搭上好烟好酒外加一笔不小的开销，所以不要也就不要了。大不了多买几盘磁带，多费几度电。

但白事决不能不要。白事上的响器班就叫搭伴儿的。此时的伴儿，最原始的意义是接近于伴奏。说到底家里死了人是晦气的，人来得到底不多，吊唁的宾朋也是来了就走不肯长留，存不住人的热气。连灵棚外纸糊的金童玉女大狮子摇钱树聚宝盆，色彩再浓，有孝衣衬着，也都是寂寞。这时候，有响器班在一边吹打着，瓶瓶罐罐的耳朵就都有了地方可放，就不显得那么凄寒。丧礼的一道道程序：烧纸马，成殓，定棺，起灵，上祭，直到最后下葬，都离不开响器班吹打出来的这些呜里哇啦的声音。尤其是有客人来吊唁时那支迎客的曲子，简直就是丧礼的标志。干哭总是没有气氛的，逢着这种场合，又没有什么闲话好说，有唢呐声嘀嘀嗒嗒地吹着，大镲啪啪地响着，仿佛就替人说了许多话似的，双方就都节约了一些力气和心思，多了些缠绵体贴的悲凉情绪，在这种情绪里，人见人是分外的平和与亲切。那曲子很短，半分钟的样子，有点儿像部队里的起床号，听起来是明朗的、直白的、喧哗的，而这种明朗喧哗和直白又绝不带丝毫喜兴，只仿佛是要响亮地上前招呼人，又因场合的特殊性无法去热情，就只好端起脸用大声响迎上，而于这大声响中却又无端地炸出些苍凉和空茫。——白事上的短曲子多半都是这样。这些声音是后来通用的西洋哀乐所不能表达的，又没有音像社来做成磁带和光盘，所以再吝啬的人家办白事也得请响器班。如若不请，那就得抬冷棺，是极没面子的事，会被人指戳一世的。而一场场事经下来，证明了这些曲子也确实是此时此刻唯一的恰如其分的声音。

当然这种零零散散的短曲子对响器班来说是显不出本事的。真正的本事就是出殡的前一晚在灵棚前上的这出戏。这叫"白戏"，又因为不抹脸装扮，内行的人也叫它"素戏"。第二天亡人就要入土，辛苦了一辈子，再大的对错恩仇都说不得了，他能参与的最后的尘世的热闹也就是这一台戏了。儿女的孝心、亲戚们的情谊、街坊们的送别也都在这台戏的人场里。这才是响器班最大的用处。天一黄昏，从八点开始到十二点多，嘴不能停锣鼓不能歇，一分一秒都是功夫。主家的心气和脸面全看这个晚上台上的活儿了。在这片地上，专有不少人喜欢看这台不收钱的戏。夏天摇把蒲扇看，冬天把手袖在棉袄里看，不凉不热的春秋季，嗑着瓜子聊着天看。再早些时，电视剧不像现在这么遍地疯草的时候，看的人那才叫稠呢。唱到酣畅处，叫好声如雷似的从人群中翻滚开来，连灵棚桌上的遗像都会多绽开出几分惬意的微笑。

大梁庄的响器班自然是好的。大梁庄多半都姓梁，撑响器班的班主就有十六七个。也不知道是哪家的梁。然而不管是哪家的梁，只要是大梁庄的，总归错不了。大梁庄的响器班从没有丢过脸，算得上金刷的招牌。响器班说是班，看门的家伙就是唢呐。没有唢呐音在前面领着，什么胡琴大镲都领不起气势。大梁庄多的就是唢呐手。有时候，哪户钱多的人家突然发了二百五的心思，想要大热闹一下，就会一下子请来两家响器班，对吹。对吹礼钱重，平日五百的，对吹会给一千；平日一千的，对吹会给两千。可有一样：得赢。要是对败了，一分没有，往后名声也垮了，这是桩危险的活计。梁家庄的班子出来对吹，没有不赢的。最壮烈的一次，是给冯屯一家出班，主家找的那班人硬是从百十里外的远县请来的，据说是当地有名的钢喉咙铁腮帮。对台开始，两个班子从下午吹到黄昏，晚饭的时候也没停，在猪肉粉条大烩菜的香气里水米未进。你一曲《十八板》，他一曲《三声佛》；你一曲《百鸟朝凤》，他一曲《万流归海》；你一曲《天女散花》，他一曲《嫦娥舞袖》。眼看就成了平手，大段大段流水似的下来，吹出了满天星星。本乡本土，天时地利人和都占着，要是被人家打成平手就等于输了。那远县的班子也真是厉害，一寸一寸地逼着，他们用鼻子吹起来。这个大梁庄不怕，他们点上了蜡烛，口噙着火吹。远县的人傻了傻，全都站了起来，单腿悬起，摆了个金鸡独立的姿势，开始吹。大梁庄沉默了片刻，使出了他们的绝活儿。这可真是绝活儿呀。只见他们全站了起来，开始边走边吹。这走可不是一般的走，全是花步。那可是难得一见的花步，后来听他们说，多少年了，这活儿他们都快忘净了，到这最后关头被记忆逼醒。唢呐手领着，一步一步走开来，走着走着他们才自信起来：他们是行家呀，谁看得出来错？只要走得齐整，不露破绽就是成功。小朵小朵蜡梅步，窈窕细长金菊步，丰满圆润莲花步，雍容华贵牡丹步……直走得人应接不暇，失魂落魄，而在这步履间，他们用气息扩出的声音更是一团团一簇簇一坡坡一田田不能形容的花，铿锵嘹亮地绽放到泥土里，挥发到天空中。——末了，那远县的班子容颜惨绿，双眼桃红，仓皇而去。走出村口两里地，大梁庄这边却派人追上来，塞了一沓票子，道了一声："都不容易。"

从此再没有别的班子敢打大梁庄的擂台。除了庄稼，响器班就成了大梁庄人吃饭的另一片地。逢到春冬红白事都多的时候，主家得早半个月下定钱也不一准儿能请上。这边饱，那边饿。别的村的响器班就冷清得可怜。有道是大路难过过小路，很快有脑筋活络的人开始使别的法子抢生意：给响器班配戏曲演员，连吹带唱，这就看头大了。响器班响器班，要按理唢呐胡琴锣鼓笙镲连带梆子这些家什才是响器，可一配上演员，人就成了最大的最俊的最灵动的最招眼的响器。

说起演员，其实在这里是不怎么稀罕的。这片地上，除了长好庄稼，就是长好戏迷。广播一响，电视一开，到处都是梆子响，到处都是豫剧腔，哪户人家都有能唱两嗓子的，选几把俊苗子，不是难事。听不知道哪辈子的老人传，这里最早成名的旦角叫小福。"宁跑百里路，也要看小福。""不吃馍，不喝饭，也得听小福唱一段。"后来在课堂上学辩证唯物主义的时候，陈双突然想起了小福。馍饭是物质，小福是精神。那时小福比吃馍喝饭还重要。当年戏红的时候，哪个村里没有十来个姑娘小伙儿去县里学戏？学成回到村里乡里就成了顶梁柱，年年节节的自不用说，兴致来了就是哪家小子办满月也能哄喝着把脸抹起来，把戏装穿起来，把锣鼓家伙敲起来，在土台上扭唱一场。如果有哪个学戏的孩子造化大，能留在县剧团跑个龙套，那简直就是不得了的荣光，成了一村人说嘴的金话豆儿。那些时呀，哪个村子都有整套的行头。哪个村子一年不唱个三五回戏，那个村儿里的人简直就没有心劲儿下地去除草浇菜摘棉花。

好马配好鞍。有了好吹家，找好唱的对大梁庄的响器班子来说更不是难事，大梁庄的响器班很快就配上了不少唱的。可到了后来，那些班子又开始找唱流行歌的，从《路边的野花不要采》到《两只蝴蝶》，什么歌都有。全都是一指甲能掐出水的小姑娘，打扮得妖精似的，上身一团丝，下身一团绸，时髦，热辣，到哪里都能招惹出一身一身火烫的目光，大梁庄的这些老功夫眼看就跟不上趟了，也只好顺着风去请唱歌的配班子，配来配去，班子就杂了、乱了，也越来越下道儿了，被公安局抓查了几次，刹了刹风，才又回到老实的路子上。但这一回来，却和原来不一样了，是上吐下泻伤了元气的。行情渐渐凉下来。然而再凉的行情也还是有行情的。只要有的赚，生意总还是要做的。

吃完饭，妞妞开始写作业，陈双开了院灯，一把一把往房顶上搬椅子。搬了五把。台子已经搭好了，几乎就在她的眼皮底下。和灵棚对着，中间隔出一块空地，是留给晚上看戏人的。搭得甚为科学简洁：两辆"奔马"都放了车挡板，并排站着，成了长方形的一条边，一根钢管横上去，其他三个边儿逐个被钢管搭起。四周罩上红蓝白条条相间的雨布，本色的木板一块块拼架出舞台的地面，再在地板上铺一块看出点儿红意的旧地毯，就成了。台子和灵棚一搭，当仁不让地挡住了一横一竖两条街口，交通就死了，所有的车辆都无二话，纷纷掉头绕道，没有什么道理可讲。交警来了也不管用，交通厅厅长来了也没话说。死人了嘛。人死大于天嘛。

一瞬间，戏台上的灯突然亮了起来，两只大灯泡，如两个小小的太阳。陈双不禁眯了眯眼，下意识地往后退了退，怕人看见。随即发现自己的担心纯属多余：梧桐树已经把照到自己身上的灯光滤得十分昏暗单薄。她站在那里，似乎只是树的影子。台子被灯照着，如同施了魔法一般漂亮起来：礼堂式的三角吊顶是用纯大红色的雨布做的，迎头垂下细密的明黄流苏，在灯光下清艳澄透，绚丽极了。

灯一亮，就有人三三两两地聚拢过来，站一站，走开。再一拨人过来，再站站，再走开。仿佛这台子是个什么熟人，得先过来和他打个招呼。这情形陈双也是熟悉的。这片地儿各家各户门前的小街都是肠子巷，很窄，要办丧葬大事，只能使这二道街。自打住到这儿起，每年都有这么一二十出白戏要演。她没少看，也没少听。这一块儿的人都没少看，也没少听。只要有人死了，人们就知道，会有这样一个夜晚，这个地方会热闹一下。爱看的就看，不爱看的就干自己要干的事情去。然而无论你爱不爱看，只要你住在这个地方，就得听见这些声响。即使你躲在房间里看电视或者上网，也挡不住这声响从门缝里钻进来，和你周边的声音凑成一曲奇怪的合鸣。对这种喧扰人们只有默认。于是，这个夜晚，这种声响以一种当然的姿态氤氲氤氲地弥漫在了每家每户的头顶。是蛮不讲理的，然而也是厚道可亲的。

对这些声响，陈双不能说喜欢，也不能说爱。母亲曾经当过县剧团的主演，陈双从小在剧团里混大，这些形容词都太简单了。

母亲说是因为爹娘都爱戏，她十六岁上完高小就被送到了市里的戏校，毕业后分到了县剧团跑龙套，但人长得漂亮，嗓子又好，龙套跑的时间就比别人短。之后就开始上戏，先是上正戏开场前的垫戏，然后是中轴、大轴，成了台柱子。有道是读书十年能成状元，学戏十年难成主演。母亲由学戏到主演，也不过就是四五年的时间。母亲说是自己唱得好，和父亲没关系。但这辩白总是有些虚弱，大约是连她自己都绞缠不清的。

母亲后来又承认说自己当年在剧团里有相好的人，演《小二黑结婚》的时候，他演小二黑，她演小芹，他们都快成了，被父亲插了一杠。那个"小二黑"，陈双现在还记得他的样子。皮肤还真的有些黑，右嘴角有颗大大的黑痣。一到剧院去玩，他就会喊着陈双的名字迎上来，逗她，抱她。陈双总是下意识地躲着他。然而无论她怎么躲，都会被他轻易地找到。他给她塞千奇百怪的小玩意儿，还有各种各样的小吃食，给她讲朝朝代代的戏文故事：《封神演义》的狐精妲己、《蝴蝶梦》中的庄妻劈棺，还讲《朱买臣休妻》《凤仪亭》《梁山伯与祝英台》《程咬金招亲》《王宝钏》《送京娘》《杨排风》《武松杀嫂》《洛阳桥》《玉堂春》《火焚绣楼》……戏文实在是好听。听了就忘不掉。他还教她念排成溜儿的戏名儿："一捧雪，二度梅，三上轿，四进士，五台山，六月雪，七星庙，八义图，九江口，拾玉镯，十一郎，十二寡妇，十三妹，十四壶，十五贯……"有人看见他们在一起，就会笑："瞧这爷俩。"陈双就抢白："谁跟他是爷俩?!"但下次见了讲的还会讲，听的也还会听。后来渐渐大了，陈双再去剧院，也不躲他。只是不看他。他也不再去和她亲近，只是偶尔远远地看着她。再后来，就再也看不到他了，听说费了很多周折调到了市剧团。说是他儿子在市里工作，而且市剧团退休后工资更有保证。

　　"我是没办法呀。你爸爸是领导。"母亲蹙着眉念白，跟她撒娇。陈双沉默。没办法。人这一辈子有多少没办法的事呢?

总不能推得那么干净吧？没错，父亲当时是文教局局长，管着剧团，母亲或许是有被动的成分，但或许也正因为父亲是领导，母亲也会有些如向日葵吧？糊涂，虚荣，也都免不了有的吧？不然的话，父亲大母亲十来岁，家里也已经有了三个孩子，母亲却怀着她，坐到他家对面的石条凳上不出声地怄着，一天，两天，三天，直到他答应离婚，那份泼辣的心计……她说她不知道该怎么处理，可大姨妈当时已经是县医院的妇产科医生了。陈双微笑。

父亲终于离了婚，那边带走了一个男孩，给这边留了一男一女，男大女小。父亲也终于和母亲结了婚，成了陈双的父亲。母亲说开始她也是试图讨好那两个孩子的，但很快就放弃了这种艰苦的努力。于是自从懂事起陈双就被同父异母的两双眼睛罩着。那两双眼睛冰凉、厌恶、同仇敌忾地罩着她，无论她做什么都会罩她。——是的，是罩着。他们从不正儿八经地看她，但眼神就在陈双身上黏着，那眼神让陈双坐着的时候会不自觉地站起来，站着的时候又会不自觉地坐下去。让陈双恨不得自己缩小，再缩小，小到谁也看不到、摸不着。后来，哥哥，那男孩，先长大了，不再罩她，姐姐却还是那种眼神。那是女人才会有的眼神。长久，阴郁，如冬天的雨。第一次看到"金嗓子喉宝"的时候，陈双就觉得这种药与那种眼神像极了，一看上去就会有一种胶质的寒意。多年之后陈双才明白，一个女孩子何以有那种眼神：她是在替自己的母亲看，看他们的敌人。母亲不在家的时候，陈双听到过她低声叫自己"小妖精"，叫母亲"老妖婆"。

那个姐姐比陈双大五岁。她们都没有过过生日。陈双五岁生日临近的时候，母亲托人从郑州给她买回一双红皮鞋。带襻的，襻上还有两个小小的蝴蝶结。陈双拿到皮鞋的第二天早上，就发现鞋面上被什么东西烫出了两个焦黄的洞。她还一次都没有上过脚呢。母亲对着空气无对象地大骂，在母亲的骂声中，陈双无声地看着那两个洞，如骷髅的两只眼睛。

在这个家里，母亲和陈双是一加一等于二，那边的哥哥和姐姐也是一加一等于二，父亲是拔河绳中间的红绸子，飘到这边，又飘到那边。也许终是觉得欠那边的多，日子久了，就会发现，父亲的力道还是偏那边多一些。不过，谁知道呢？或许那边两个也会觉得偏这边吧。父亲一偏，母亲和陈双就明显弱下来。说到底，母亲似乎也是心虚的。陈双写作业的时候，她常常待在陈双的小卧室里，坐在陈双身边的床上，木木地看着。她的文化程度不能辅导陈双。陈双听见她用手在膝盖上轻轻地打着拍子，一下，两下，三下。嗒，嗒，嗒嗒嗒嗒嗒，嗒。

结了婚的母亲如同从了良，不再登台。母亲说是正赶上"文化大革命"，老戏都废了，剧院里的戏码都是市剧团革命下来的样板戏。自己的功夫也跟着荒了。陈双知道，不仅仅是这样。最主要的恐怕是父亲不让。父亲不让，母亲就不敢。后来老戏恢复了，母亲的嗓子明显痒了，偶尔在家里哼几句，被父亲听到，就会被劈头盖脸地斥责："轻嘴哆舌的，哼什么哼?!"可陈双却迷恋这些调子。多好听的调子呀。从耳朵眼里进去，像给全身的血液都洗了澡似的，酥痒，舒服。文化局家属院离剧团很近，只隔着三个单位。陈双经常偷偷去看剧团排演。她尤其迷恋那些女演员，后来知道她们都叫旦角。那斯斯文文含羞带怯走着一字步的小姐是小旦，那快言快语活泼娇俏走着小碎步的丫鬟是花旦，那能说会道挤眉弄眼的媒婆子是彩旦，有了马金凤唱响《穆桂英挂帅》和《对花枪》之后，那些挥枪弄棒英姿飒爽的女角武旦又叫帅旦……她尤其喜欢丫鬟和小姐们穿的戏衣，还有舞摆如蝴蝶般的水袖和手帕，真是迷人哪。一次，她正在排练场窗户外跟着里面的人悄悄比画着，忽然感觉有人在摸她的头。回头，是母亲。母亲含着泪看着她。那年，她七岁。母亲不唱戏已经八年了。她在剧团办公室当副主任。

3

锣鼓一阵紧似一阵：大八大八仓仓仓仓才台仓才才仓乙八乙台仓来才……是催戏的鼓，真正的紧锣密鼓。用的锣鼓点叫"紧急风"，行话叫作"打闹台"。陈双搭耳一听就知道，这闹台打得讲究。行云流水，又节奏分明，轻重有致，又高低熨帖，是行家里手的闹台。闹台一响，把人心都催慌了，把杂音都催没了，戏就快开场了。

果然，在闹台声里，母亲带了几个老太太回了家。陈双看顾着她们，一个个上了房顶。刚好五个。她们边上房边和陈双寒暄着，然后心满意足地在椅子上坐成一排，颇有些蔚为壮观。陈双斜眼看过去，觉得这情形是有些滑稽的，然而她们的坐态也算是好看的。"男子坐场八字开，女子坐场脚面挨。"她们还守着唱戏时的规矩。

都是看着陈双长大的熟人。那个瘦瘦的叫小改，当年也是个红角，唱得圆，念得正，做得准，打得好，在老百姓里有顶呱呱的人缘。一次她去小文案演出，唱《陈三两》，有个老汉在小摊前边吃丸子边扭着脖子看。丸子吃完了，他把碗往老板跟前一伸，头也不回地说："再来五个小改。"后来，人就把丸子叫小改了，也有的把小改叫丸子。那个头发雪白的叫秋英，擅唱青衣。听说她母亲病故之后，她在灵前哭母，居然用的是滚白，边唱边说。一村的人都赶来听她哭灵。事过之后，有人问她用的是哪出戏的调，她说："《秦香莲》。"那个胖胖的老太太是老旦专家，常恨怨说自己打二十岁登台就没有再年轻过。有一阵子剧团连演《杨门女将》和《对花枪》，她演佘太君和姜桂枝，这场下了上那场，累得肝儿颤，一天上场时就把姜桂枝唱成了佘太君，有观众当场提意见，她住了戏，一愣："咋？今天不是《杨门女将》？"于是全剧院都笑翻了天。那个不瘦不胖的老太太是个好帅旦，陈双至今仍清晰地记得她在台上打手绢的情形，双层夹链的手绢在她掌上时就仿佛是她开花的手，被她抛到半空时又仿佛是飞旋的花。更妙的是她演《盘丝洞》里的蜘蛛精，蜘蛛精把唐僧擒到洞中成婚时，那彩绸舞得，要多漂亮有多漂亮，要多筋道就多筋道。她给唐僧送茶，唐僧不要，她就用食指顶住盘底，转哪，转哪，转得陈双心醉神迷。回到家她也偷偷地练过，自然是摔碎一个盘子了事。

"这房子多好！"帅旦诚心诚意地夸奖着，"看戏老得劲儿。"

也是，这房顶倒真是个看戏的好地方。在台下看总免不了挤来挤去，不方便。个子矮的被人挡着，看不清楚。坐在这房顶，若不是冬天，倒算得上一个露天的包厢了。这几年，只要响器班来唱白戏，老太太们就会聚到这儿。成了规矩。

"好啥好，这破房，我可亏了。我们娘儿俩傻呀，一个比一个亏……"

"妈！"陈双下到楼梯半腰，叫道。母亲不言语了。陈双继续下楼。她知道母亲还会说的。母亲那嘴。果然，她听到母亲不甘心地嘟囔："叫我一声咋不说话？难道还要二百开口钱不成？"老太太们轰地笑了，陈双也无声地笑了。这是《抬花轿》里周凤莲的戏词。那个疯疯张张的大小姐嫁给了武状元，义弟是文状元，她出嫁那天，"文状元把我送哪，武状元把俺娶，俺本是文状元的姐姐，武状元的妻"。得意扬扬。——豫剧本来也就容易得意扬扬。与母亲告辞时也是假惺惺地哭着却没有一滴泪。还和抬轿的轿夫们淘气，惹得轿夫们把轿子都住了。后来她极力促成了义弟和失散弟媳的婚事。陈双觉得老戏里最可爱的新娘子就是她了。她最好玩的戏词还有那么一句："谁说我胆小？在俺娘家时，两个丫鬟搀着我，我都敢看死蛤蟆。"小时候在剧团，每次看到演员们排演到这里她都会纵声大笑。

陈双打开大门，倚着墙角，看着台上。台子上的主持人，也就是那个指挥搭台子的胖子，看样子他就是这响器班的班主，拿着麦克风，嘘嘘地吹着，正准备试音儿说话。他真是胖。站在台下看他，有好几层下巴。本来就不大的眼睛被满脸的肉挤得更小，却也因此看不出年龄，像三四十，又像四五十。肥大的脑袋上顶着一个圆圆的小黑皮帽，显得他俏皮起来。毛衣是灰色的，胸前一排横花，又显出他几分洋气。裤子因为腰长大于裤长，所以虽然裤线笔直，却也似乎是不成体统的，眼看着就垂到了腹下，和大腿根也就一巴掌远的样子。这样的裤子因为常拖着地，裤腿就糟得特别快。三两个月就得贴一次裤边。等裤边短得不能再贴了，作为一条长裤，这条裤子也就穿得寿命尽了，等到夏天截成大裤衩继续穿。

"看，爸爸，爸爸。"陈双听见一个女人悄悄的声音。她回身，看见红羽绒站在自己旁边，竖抱着孩子，兴致勃勃地指着台上。在灯光的映衬下，女人的脸越发地白，眉眼之间又越发地乌青。孩子围着一件猩红的小斗篷，忽闪着嫩嫩的眼睛，漫不经心地看看台上，又转过脸看着红羽绒。红羽绒很耐心地又把脸给他转过去："看爸爸呀，看爸爸。"

男人开始说话："各位乡亲，各位朋友，各位领导，各位来宾，大家好！今天是张老太太脱离苦海即将成仙的好日子，我们特约了几名优秀的豫剧演员为大家献上一台节目，以表达我们对张老太太的哀思、怀念和祝福。谢谢大家捧场。大家都知道，豫剧是我国民间艺术的奇葩，河南电视台的《梨园春》节目深受广大人民群众的欢迎，我们的《梨园春》还唱到了美国纽约，唱到了加拿大的悉尼歌剧院和维也纳的金色大厅，很光荣。世界人民都爱听。是吧？下面，请出第一位演员为大家演唱。大家注意，大家注意，她们不但要唱戏，还要唱歌。戏唱得好，歌也唱得好。都是有真本事的。"

他没有要求鼓掌，也没有报演员姓名和曲目。然而台下没有人表示诧异，也没有人理论他的话多么不成逻辑，多么牛头不对马嘴。似乎都知道这是不重要的。重要的是有响器，还有人跟着响器唱戏，这就够了。这已然是台上和台下达成的共识。好像在这一刻，只要有突兀兀的戏被截出来放在这儿，其他的一切都可以没有什么来龙去脉。

总共也就四个演员，全是女的。都穿着羽绒服，一件紫，一件黑，一件绿，一件黄。上场的是黄羽绒。在这小县城的冬天，羽绒服是最时髦也最实用的冬衣，讲究些的女人哪个都要置办两三件的。乐队里的几个都是男的：唢呐一个；二胡一

个；笙一个；架子鼓一个，手里还有面中锣；电子琴一个，手
里还有小镲。这后两位算是一将两用。架子鼓和电子琴是为了
伴奏流行歌。算上班主兼打大镲，六男四女，已经是不小的阵
容了。黄羽绒唱起来的时候，其他几个羽绒还都在烤火。舞台
上放了一个小小的蜂窝煤炉子，火很旺，蓝紫色的火苗呼呼地
摇曳着，火焰周围还有一圈红薯，靠近舞台一些就能闻到红薯
的香气。听到班主报完幕，黄羽绒接过话筒，对着乐队班子点
点头。班主坐到她空下的座位上，吃了一块红薯，才跟着乐队
打起了大镲。咣，咣。

黄羽绒显然是几个演员里最小的一个，看样子成没成家还
都两说。在班主开场的时候，陈双就注意到，她已经站起来开
始活动。现在脱下羽绒服的她显得更加利落，露出里面的粉色
毛衣，毛衣上面镶满了亮晶晶的水钻，闪闪的银色衬着娇嫩的
粉色，使她的脸反而显得有些灰暗了。但牛仔裤裹出她笔直的
长腿，又为她扳回了几分。到底是年轻啊。她的马尾梳得高高
的，发卡是一只很大的玉色蝴蝶。在台上微微晃着腰的时候，
她的眼光不时地瞥着台下，是有些经验的，然而也是有几分故
作镇定的。

黄羽绒先唱的是《花木兰》，《花木兰羞答答施礼拜上》。
这是花木兰回乡之后又见元帅的一段唱。这边的人是从不唱
《刘大哥讲话理太偏》的。两年前，学校组织优秀老师去山东
旅游，在日照海滩他们碰到了一个广西的旅游团，听说他们是

河南的，开口就说："刘大哥讲话理太偏。"——这段唱几乎是豫剧的名片了。但名片从来就是给外人看的，就像许多北京人从不逛故宫一样，这里的人从不唱这段。当然这段戏也没什么不好，最起码挺有劲儿的。不过再寻思寻思，似乎有点儿像什么人在做工作报告，还是不如这段："花木兰羞答答施礼拜上，尊一声贺元帅细听端详，阵前的花木力就是末将，我原名叫花木兰哪是个女郎……"女儿的娇羞，男儿的大方，建功立业的骄傲，替父从军的欣慰，全在里面，是锅全料的杂碎汤，香。

《花木兰》之后是《拷红》，也是常香玉唱过的戏。这样的台子上没有生段子。生段子没有人缘。黄羽绒唱的是《在绣楼我奉了小姐言命》。陈双听母亲说过，这段戏原本是豫西调。豫西调是下五音，常香玉嫌下五音往下滑，不合红娘又精又能的性格，就改良用了豫东调，豫东调用的是上五音，一下子就把这出戏的调子唱亮了。"大家就是大家，不服不中啊。"母亲感叹。

然后是《小二黑结婚》中"清凌凌的水来蓝盈盈的天，小芹我洗衣到河边"。再然后就是《朝阳沟》了。黄羽绒唱的自然是银环。银环是《朝阳沟》的女主角。《朝阳沟》是二十世纪五十年代的戏，讲的是城市青年王银环高中毕业后跟着男朋友兼同学拴保下乡到朝阳沟接受锻炼，开始时备受熬煎痛苦，经过磨合逐渐适应，终于与贫下中农结下深厚情谊，并决定一辈子扎根朝阳沟的事。这部戏，陈双不知道听了有多少遍。有一次，她还在剧团见了编导这个戏的大导演，姓柳，从省城下来的，全团人都敬神似的听他在排练厅讲着。大冬天里，他敞穿着一件旧巴巴脏兮兮的牛仔棉袄，围着一条鲜红的长围巾，唾沫横飞地在讲被毛主席接见的事："1964 年，俺们在怀仁堂给毛主席唱《朝阳沟》，唱完了，毛主席从右边登上台。他老人家，脚步噔噔噔的，带着股风呢，身体是真好。他上台和我们挨着握手，挨着夸，到了银环那儿，你猜咱们的女主角说了啥？她说，俺都不会演戏呀，瞎演。哎呀，还对毛主席谦虚起来了。有个小演员更可笑，啥也不会说了，傻傻地伸出手去摸毛主席的肚子，自己问自己，说，是真的吧？……"

黄羽绒唱的是《朝阳沟》银环刚刚下乡的那段：走一道岭来翻一架山，山沟里，山沟里空气好实在新鲜，实在新鲜。这架山好像狮子滚绣球，那道岭丹凤朝阳两翅翻，清凌凌一股水春夏不断，往上看，往上看通到跌水岩，好像是珍珠倒卷帘……这戏被唱了五十多年，现在也算是老戏了。也是豫剧里普及最广的现代戏。戏是以"大跃进"为主题的，但陈双觉得自己听起来的时候，从没有想到过"大跃进"，那些演员唱起来的时候，也没人想起"大跃进"。里面最有名的唱段也和"大跃进"毫无关系。

唱着唱着，黄羽绒开始走台步。她用手指左转右转地玩弄着大辫子，走得很小心，很羞怯，很认真，让人不得不专注地看着她，似乎她下一步就会走错。——其实也谈不上什么错不错，只要不摔跤就都不算错。然而看样子她终究没有走错。应该是上过台的角。这些段子也都很适合她。她那么年轻，唱这些明晰脆亮的角色很近本性。一是一，二是二。是让人悦耳的，也是让人省心的。

这边唱着，房顶上的老太太们也跟着低声合唱。声音虽然不大，几个人一起唱，就有些引人注目。于是又都有些不好意思，就收了声，开始闲话。都排过这出戏，演过不同的角色，也都在台上出过岔子，这个说银环怎样真的把锄头锄到了脚上，那个说老支书怎么揣着个袜子当毛巾去擦汗，猛然间她们就笑起来。

"你那拴保呢？"不知道是谁问谁。

"你那拴保呢?!"另一个气恨恨娇嗔嗔地把话又撞回来。然而情绪里却有着一股隐隐的甜蜜。

她们都有过年轻的时候，每个女人都有过年轻的时候，陈双想。然而这些唱过戏的女人和一般的女人还是有点儿不一样。唱戏的嘛，她们年轻时候比别的女人应该更有条件去荒唐。不过，怎么说呢？年轻的时候再荒唐也像是正经，而老了之后，即使是回忆年轻时的荒唐也像是有些无耻。即使这无耻是干净的，甚至是可爱的。

黄羽绒的银环终于唱完了，班主上台演拴保，和绿羽绒来了一段对唱：（男）翻过了一架山走过一道洼。（女）这块地种的是什么庄稼？（男）这块地种的是谷子，那块种的是倭瓜。

（女）这一块我知道是玉米，不用说这一块是蓖麻。（男）它不是蓖麻是棉花……

这段结束，班主又顺便唱了一段《我坚决在农村干它一百年》，是银环思想动摇想要回城，拴保劝解银环的一段。这段应该唱得很雄浑很激烈很慷慨，到最后简直是有些气急败坏的。但班主也许因为胖的缘故，或者是因为麻木与懒，从开始唱得就很悠然，简直是一个慈祥的牧师。到最后，他拖出的肉肉的尾音几乎可以称之为抒情了。

"啧啧，这拴保唱得，恶心人呢。"陈双听见母亲不屑地咂咂舌头。

"就是。哪能二八板一直到头哩？中间是垛板，后头是紧二八板，他倒是长虫吞扁担，直捅到底儿了。"

"没戏根儿。这人，没戏根儿。"

"也不是没戏根儿，是不想用这劲儿。能跟在剧院里比？哪张票都是人家掏钱买的，不用劲儿唱就是谋财害命。"

……

"啐，就恁能！"陈双突然看见身边的红羽绒朝地上吐了一口，悄悄地说。然后她把正儿子的脸："谁说俺唱得不好？她们懂个啥？是不是蛋蛋？"

陈双不由得笑了。

"你要凳子吗？"陈双问。

"不要。"红羽绒说，似乎又有些不好意思地解释，"坐在凳子上啥也看不见。"

陈双点点头，轻轻拍拍孩子的脑袋。

4

绿羽绒上场了。这个女人不年轻了，怎么着也有小四十的样子。她拿着麦克风脱掉身上的羽绒服，露出了里面墨绿色的小袄。裤子是一条带有暗格子的墨绿色筒裤，上下一色，把她有些发福的身材勾勒得很是顺畅完整。最漂亮的是她脖子上戴的彩条围巾，围巾不宽，但颜色丰富，红、绿、白、黄、蓝、紫、橙……什么都有，配在黑色的底子上，每一道都显得艳乍夺目。围巾被她松松地在脖子上绕了一圈，把她的脸衬得一下子生动起来。

绿羽绒接连唱了三段，《小二姐做梦》《抬花轿》和《白蛇传》。《抬花轿》是周凤莲出嫁时的那段，"府门外三声炮花轿起动，周凤莲坐轿内喜气盈盈"。《白蛇传》是那段断桥相遇，"哭啼啼把官人急忙搀起，把为妻的屈情事细听来由"。《小二姐做梦》是陈双最喜欢的，是开封名伶王素君唱过的戏，也是最见功夫的独角戏。讲的是一个二十岁左右的大姑娘在闺中思春的事。陈双只听过录音，就被迷住了。王素君的嗓子真是特别呀。她音域不高，有些哑似的，仔细品却温厚清醇，略带些鼻音，面面儿的，甜甜儿的，简直就是脆沙瓤西瓜，又仿佛是磨砂过的灯，是不耀人的，然而也是媚的，有一种特别发酵出来的微湿的媚。

且听她唱：头门不能出二门不能迈，满怀的心事对谁说。埋怨声二爹娘做事错，把女儿当成了元宝盒，说什么养女不当赔钱货，在二姐的身上要捞几个……

在梦中，小二姐配了一门如意亲事，喜悦过门，新女婿骑着一匹高头大马，陪娶客骑着乌骓骡，到了婆家，喜筵开始：……一霎时前后院里都开了桌，先端上四荤四素八个大碗，有一条大鲤鱼在那中间搁。娶客婆拿起筷子先叨块鱼，咋就怎么巧，鱼刺正扎住她的嘴窝。嫂子倒酒直把她来让，那个娶客婆可忙坏了。她咯掏掏，咯掏掏，光顾得掏刺她顾不得喝……

陈双笑起来。"咯掏掏，咯掏掏"，这都是什么词呀？真土。豫剧本来就土，这些词让土更土。可陈双真是喜欢这些土味儿啊。这土，土得面，土得酥，土得细，土得可心可肺、可肝可胆，土得她每一寸骨头都是软的。每当看到报上说要把豫剧往雅里改革，陈双就想，要这么土下去才如自己的意呢。没有什么比这土味儿更丰满，更宽厚，更生机勃勃，更情趣盎然。对她来说，土就是豫剧的真髓。这要了命的土哇。

绿羽绒唱得不错。她懂。尽管她的年龄早已经过了这几段里的角色。但是她懂。而正值这个年龄段的女人若来演这些戏，比如说黄羽绒，倒多半是不懂的。陈双觉得。因为当过新娘，就能演《抬花轿》的喜悦。在喜悦时把自己连声到人都放回到了那个光景，用这声音把干枯了的记忆泡软，泡成酒，再从嗓子眼里倒出来，去醉别人的耳朵，也醉自己。因为当过少妇，就能演《白蛇传》的悲伤。白蛇的等待，白蛇的痴迷，白蛇的绝望和软弱，都碎在自己的日子里，每一句叹息都那么熟悉，唱出来的时候，这是白蛇，更是自己。而思春的姑娘小二姐，对于她来说更像一个奢侈的游戏。台下的日子在那儿搁着，敦敦实实，没有缝隙做梦。只有在这台上，她才能还原成一个青春少女。而且台下的人也惯着她，忍着她，由着她，宠着她，尽着她的本事。她能把自己装得多无知，就尽可以把自己装得多无知；能把自己装得多哀怨，就尽可以把自己装得多哀怨；能把自己的欲想释放得多充分多可爱，就尽可以释放得多充分多可爱。她珍惜这样的机会。上台唱戏固然是挣钱的，然而也更是过个瘾，挣个心。

这段唱非常长，算起来绿羽绒还得唱些时辰。站了片刻，陈双撤身进家，上了房顶，问老太太们是否要喝水，有的人应了，陈双就下楼去取了一个暖壶和五个杯子。水都斟好，一个个递到老太太们的手里，她在一边又站了一会儿。看戏的人群已经比刚才要稀疏些了。陈双突然发现人群里居然没有红羽绒，她有点儿不大信。巴巴地来跟大梁庄的班子，不会这么早就走了吧？又找了两遭，还是没找着。想想，她还有孩子呢。大约是抱着孩子回家睡去了吧？孩子是不能熬这么冷的长夜的。

于是又想起妞妞。回到屋里，妞妞作业也做完了，娘俩一边洗漱一边聊天，妞妞问外面在唱什么戏，听了陈双的回答又问为什么不谈恋爱光在那里瞎想，又问陈双什么时候谈的恋爱，陈双说二十多岁吧。妞妞说："太晚了。我们班现在都开始谈了。还写情书呢。"陈双问有没有人给她写情书，妞妞骄傲地说："有。他说他爱我。我才不理他呢。"陈双忍着笑问是不是觉得自己还小？妞妞说："爱情是不分年龄的。主要还是不喜欢他。他太幼稚。"陈双大笑，直笑得妞妞生起气来，方才止住。陈双看着妞妞的脸，光洁天真如一个小小的仙女。

妞妞睡熟的时候，陈双听出，外面已经又换角了。她走出门，院灯仍然开着。房顶上的老太太们或许是过了聊天的兴头，或许是被戏吸住了，好久都没人说话。陈双一个人，静静地在院子里站了一会儿。她把手插在棉袄口袋里，轻轻地按着肚子上微堆的脂腩。

当然，她也是年轻过的，她也是有过拴保的。她的拴保，就是秦。在师专的时候，他对她非常好。从一开始就对她好，毫无保留地对她展示着喜欢和殷勤。给她打饭，给她洗碗，看她穿着单薄，立马把身上的军大衣脱给她，她不要："脏死了。"他笑呵呵地哄她穿上。有一次，他们和几个同学去公园玩，她突然来了例假，血很快透了夏天的纱裤，他发觉了，找个借口把她留在后面，红着脸，在身后小心翼翼地护着她，安顿她坐在一条长椅上，去给她买了一条裙子和一包卫生纸。——那时候还不流行卫生巾。那裙子上开着大团大团的不知名的花，很丑。后来被母亲拆开做成了小褥子面。

　　他对她是那样的好，但她一直没有痛痛快快地接受。不知道为什么，她觉得有人喜欢自己是羞耻的。秦的家世不错，据说毕业后可以留市里的。这更让陈双觉得羞耻，仿佛如果自己和他有什么就是图他的家世。秦就这么追了她两年，后来傻劲儿慢慢退了，再后来，一个女孩子追秦，秦问陈双，陈双带着些赌气，格外大方地往外推秦，秦也是有些赌气，就和那女孩子谈起来。尽管他们谈了没多久就散了，但那几个月简直就是陈双的地狱。一分手陈双就知道自己是多么留恋他。但留恋死她也不会说的。他们之间，是彻底地完了，从秦和那个女孩子开始谈的那一刻起。不过也不是没有丝毫破绽。临毕业前夕，他约她吃了最后一顿饭，她拎起筷子就开始掉泪。他惊惶地问她："你怎么了？怎么了？"她只是哭着，还是什么都不说。那时候的她，就是那么刚强，那么倔强，没有理由地、最大限度地难为着自己。

　　毕业后秦果然留在了市里，之后步步高升，陈双只听到他的消息，却从没有见过他。直到去年她调到了市实验小学，他去那里检查工作才碰到她。第二天，他就约她吃了一次饭。她看得出，他很如意，而且也变坏了。他不再是那个少年，而她也不再是那个少女。——这简直是一定的。他们让对方都惊诧的是，他们的外形还都那么好。最起码比同龄人要好得多。他们是得体的、优雅的、漂亮的、温情的、体己的。这让他们都对彼此满意。人真是很奇怪。逐渐老下来的时候，有时见到比自己状态不好的同龄人，会觉得安慰和高兴，好像自己是一个幸运儿。但有时见到状态与自己一样好的同龄人，也会觉得安慰和高兴，好像自己的幸运成了证据庞大的事实。当然，都宁愿与自己一样好的，是异性。

他问了她的家庭状况，她告诉他，已经离了婚。他表示了淡淡的安慰和同情，眼睛却亮了亮。然后不依不饶地问她前夫是做什么的。是赢了仗还要验尸的神情。但陈双还是说了。知道他会更得意，还是说了。说前夫在县教委，是个小小的办事员。秦微微笑了笑，什么都没有说。但陈双知道，他的一笑，也把什么都说了。

5

上房给老太太们续水的时候，陈双看到，现在在台上的演员是紫羽绒。显然是几个演员里最老的一个，少说也过了五十边儿。长得很憨厚，属于那种银盆大脸的喜兴面孔，只是因为年老，喜兴的成分就缩了水、走了样。她的身材是丰腴稍过了头的那种，也还能看。她正唱的是《卖苗郎》，是崔兰田唱过的一出苦戏，说的是大灾之年，举子周文选进京赶考，周妻柳迎春为了婆家人的生计把儿子苗郎卖了十两纹银的事，每次在剧团看到演员排这部戏，陈双的眼泪都唰唰的。

紫羽绒先唱的是开场那段《太康的地啊太康的天》：太康的地啊太康的天，太康的黎民要饿死完。旱三年哪涝三年，一连六年没收田。涝天遍地人稀路断，旱天树头着火冒烟。针穿黑豆大街卖，河里水草上秤盘，苗郎儿肚里饥张口要饭，一无米二无面能活几天，婆母娘只饿得把气断，老公爹只饿得骨瘦皮干。老的老小的小离死不远，我手中不见分文钱……

这段完了又唱那段最有名的《劝公爹再莫要怒声声》，这是她"一碗泪换一碗饭"地卖掉儿子之后被公公责骂时应对的解释：……宁不慈我不能不孝，无奈何我卖了你的小孙孙，只换来了斗米斗面十两银。儿媳厨房去做饭，看见东西想起人。去和面好一似割我儿的肉，去烧柴好一似抽我儿的筋，那苗郎本是我生养，我的公爹呀，难道说你疼你爱我就不亲？……

陈双模糊着眼睛看了看几个老太太，都拎着袖口在眼睛上抹着。台下人的脸上也都亮光闪闪。在自家门口的阴影里，陈双又看见了红羽绒。她也哭了。擦完了自己的泪，她还把脸贴在孩子脸上，亲了亲。

陈双也曾经上过一次台的，十岁那年。一个星期六，晚上剧院有戏，她写完作业，早早就去了。在台边上找了个小位置，坐定。这舞台陈双是熟悉的，无论人多嘈杂，她都能找到自己的位置。在大幕、二幕、三幕、纱幕和天幕的皱隙间，在面灯、脚灯、侧灯、彩灯和景灯的光影中，在音箱、音柱、调光器、稳压器和配电盘的旮旯里，她总能挖出个合适的角，悄悄地坐下去，看戏。她觅的角度总是无可挑剔，能看见观众，也能看清楚演员，还不碍上下场的事儿。她看台上的戏，也看台下的戏。乌压压的台下，石榴籽一般密密麻麻的脑袋里，她看见两个女人咬着耳根子说着话，一个卖瓜子的小贩溜进来兜售瓜子，一个男人在第七排中间的座位上打瞌睡，右路后排坐着一个烫着大波浪的女人一丝不苟地照着镜子……当然她也看戏外的戏：小生掐了花旦的屁股，武旦踩了文丑的皂靴，老生和青衣刚刚亲了一下嘴……那天晚上演《秦香莲》。戏到半场，演秦香莲女儿的那个小女孩突然肚子疼得满地打滚儿，急噌噌地被送到了医院，整个团立马都乱成了一锅粥。大小角色都得有，士卒八个不能七，宫娥四个不能三，秦香莲少了一个孩子那可是天大的笑话。正慌着，主演秦香莲的女角突然就看到了陈双，问她："你中不中？"陈双毫不犹豫地说："中。"女角倒有些犹豫了，问："你会跟着假哭吗？"陈双看着她，眼泪噼里啪啦就落了下来。

　　戏煞了，陈双被男角们挨个儿顶到头上逗着乐，都说是门里出身，自会三分，母亲寻到剧院，也是一脸的光彩。陈双挣了两大口袋瓜子回去，到家就被父亲痛打了一顿，他只用一个字骂她："贱！"

　　只那一次。对戏，陈双以后就只是看和听了。

"唱得不赖。"房顶上又开始评价。

"常香玉的劲儿，崔兰田的味儿。这段戏，只要能把人的眼泪唱出来，就算有味儿。"

"唉，人吃一碗饭老不容易，得遭多少罪呀。"

"可不吃还不中。'南京到北京，工农商学兵，谁不吃谁不喝？天大的本事，地大的能耐，也不能把脖子扎起来。'"

"哟，台词现在还记得恁清。"

"一辈子都忘不了啦，那个龟孙陈啥导演，我二十出头的大闺女，非得让我演银环的婆婆。不过那词都是口边话，好记。'我的儿你不要多操心，咱这里年年都是好收成，棉花白，白生生，萝卜青，青凌凌，麦子个个饱盈盈，白菜长得瓷丁丁……'"

紫羽绒接着唱的是《打金枝》，也是一出老戏。看的戏多了就知道，还是老戏有看头。经过了岁月的浸泡，就像老酒慢慢品咂着才有喝头。这出老戏是讲皇上家的事：唐王的女儿李君蕊，小名儿金枝，金枝这名字，因为过于直白地扑向公主的身份，反而显出浓重的民间气，简直让人怀疑是一个街头的流民给起的。金枝嫁给了劳苦功高的汾阳王郭子仪的儿子郭暖，自认为是下嫁，谱就摆得格外大，挂上宫灯才允许郭暖进门，进门之后先君臣再夫妻。

这一天是郭子仪生日，家里人都去拜寿，独金枝不去：头戴着翡翠冠双凤展翅，身穿八宝龙凤衣，我的老爹爹，他本是当今的皇帝，我本是金枝玉叶驸马之妻，汾阳王今辰寿诞日，众兄嫂拜寿到宴席，我有心拜寿去，可是使不得，君拜臣岂不是把君欺……同样年轻气盛的郭暧不能忍受她的骄傲，回去跟她理论：酒席宴前生了气，要与贱人辩是非。她若不得他的欢心，也不过就是个贱人。两人言语不合，郭暧打了金枝一个耳光，并宣称大唐江山离不开他郭家。金枝添油加醋状告到皇父国母，唐王是何等的老江湖，拨云见日，一下子就洞见了事情的真相，见劝说对女儿的娇蛮无用，便就势下坡，说要杀郭暧为她出气，一下子击到金枝的软肋，金枝又倒过来求他，他才勉强答应。之后，另一个老江湖郭子仪捆着儿子过来负荆请罪，口是心非地请唐王杀子，唐王对这种游戏规则自然是心领神会，不仅赦郭暧无罪，还对他加官晋爵，然后命皇后做小两口的思想工作，一场矛盾闹到最后皆大欢喜。

紫羽绒唱的是皇后劝二人的一段：在宫院我领了万岁旨意，上前去劝一劝我的驸马儿。劝驸马再莫要孩子气，国母娘我疼女爱婿都是一样的。我的女不拜寿是她无礼，你不该在宫院打金枝。你打了金枝儿国母不怪你，为的是你父功高保社稷。你父功高封王位，俺才把金枝儿许你为妻。公主自幼在宫里，从小就不离我双膝，娇惯成性她还不知礼，我若是惹了她她还不依。我养的女儿不成器，我的驸马儿，驸马儿要担待这一回啊。常言说当面教训子，背地里无有人哪再劝妻。夫妻之间平日里，有事相商慢慢提。你欺她来她压你，谁也不肯把头低。你让她来她让你，知冷知热是夫妻……我这劝罢男来再劝女，不孝的丫头听端的！你父王见子仪，龙椅里忙站起，奴才你不知礼，敢把你公爹欺。你父王寿诞到，他不来你依不依？想想人家比比你，都是丫头自找的。你虽是个帝王女，嫁民间是民妻。怎敢把公爹看不起，快回去赔礼莫迟疑！

这段词平淡至极，然而却是最入老百姓的常理，是哪个丈母娘都可以用的现成话。也只有紫羽绒这般年纪的人才可以如此识情达意地唱出来。腔也设计得好，虽然都是二八板，劝女婿时是中二八，骂女儿时就是紧二八，中二八就显出了慈祥，紧二八就显出了严厉。当然慈祥中有真严厉，严厉中有真慈祥，意味丰富。

然而这戏毕竟是太长了，老太太们喝完了水，都站起来，说要告辞。这时班主出来，开始唱唐王的戏。他先是笑眯眯劝郭子仪：自古清官难断家务事，你何必管他们少年夫妻，莫说是你替孤王传下旨意，你动了他的皮我也不依。又对郭暖连拍带责道：有为王我金殿上观看仔细，殿角下吓坏了王的驸马儿，为王我不传旨哪个敢斩，斩驸马本是把孤王来欺……替娇儿擦去了脸上之泪，与我儿加官职提升三级！头上封你双展翅，天子宝剑赐给你，代管满朝文武职，你的父汾阳王他欺压了你，封儿个并肩王，不分高低，这宫里宫外上殿下殿，任你去东又去西，莫说满朝的文和武，你的父也不能把儿怎的。郭子仪走后，唐王才换了口气开始着实教训郭暖：你家中也有那姐和妹，人家打骂呃你可依？

这戏因为通晓俚俗，即使是在大剧院表演，即使是穿上龙衣的皇帝，看着也还像一个活脱脱的农人在表达最平民化的生活哲学。这真是民间想象出来的皇宫的家务事，是粗糙的、简单的，说到底是套上了老百姓模子的贵族戏。不过想来也不会差很多。再贵族的人，也是人，也要油盐酱醋，也要吃喝拉撒，也要恩怨情仇，也要家长里短，也要内忧外患。谁也躲不过。

唱着的时候，班主的眉眼陡然生动起来，他用的是二本嗓，也就是假声。豫剧里的唱腔主要是照顾旦角的，男声就容易犯上不去下不来的毛病。于是常用大本嗓的真腔结合二本嗓的高腔，联合起来唱，初听时是有些怪怪的，听惯了却觉得就该是这样。虽然显得油滑侉气，但这油滑侉气中却有着一股鲜灵灵的痞子劲。这痞子劲也还是可爱的。陈双看见，红羽绒的脸色又喜悦起来，仿佛台上唱的真就是个皇帝。

老太太们笑着看完了胖班主的这段，嘴里说着真该走了。然而听到接下来紫羽绒唱的是《对花枪》，就又住了脚，坐下来。《对花枪》，顾名思义，就是花枪和花枪对打。后来这部戏名被改得有些文化了，叫《花枪缘》。可陈双还是喜欢《对花枪》，这名字干脆、利落、有力道，就是这个戏的味儿。这是马金凤唱过的戏。讲的是隋唐时候的事。紫羽绒唱的是那个有名的大段，也就是六十一岁的姜桂枝寻夫罗艺到瓦岗寨前时的自述《老身家住南阳地》：老身家住南阳地，离城十里姜家集，棋盘大街住在路西。老爹爹一身好武艺，姜家的花枪谁人不知。我无有兄来无有弟，所有我一个娇闺女，起名儿我就叫姜桂枝。大呀大比年，有一个赶考的书生小罗艺……

她已经年过花甲，他和她相当，她居然还叫他小罗艺。之后就是俗套的故事：罗艺病了，姜家救了他，丫鬟上绣楼给她报信，说来了一个俊公子，她来到客厅外"用舌尖儿湿破了窗棂上的纸，木匠吊线看仔细，我站在大门外偷相女婿"。她喜欢上他风流儒雅，嫁了他，并教给他七十二路花枪，后来他求取功名心切，还有三十二路花枪没学会就离开了怀有身孕的她。"那一年，是甲子年，闰三月，八月十五，天明寅时"，她生下了罗松，从此开始守活寡，漫漫四十一年。朝也盼，晚也盼，终于听说他上了瓦岗寨，当了强盗，就带着全家老小前来投奔。她有点儿不好意思地对观众交代着：别小看我这六七十岁的老婆子，带儿孙和儿媳，家郎院公和仆女，我这白发苍苍还来找女婿。

房顶上的老太太们轻轻地笑起来。因为在房顶上，笑声居高临下地就飘了上去，像一股烟。底下的人倒没有笑的。看戏的人也就把目光投上去，看一眼这些端坐着的笑意荡漾的老太太。也许是很久没被这样看过了，老太太们赶紧整了整衣服，都有些兴奋和拘谨。然后，她们轻声地然而也是放肆地又聊起来。

"就是，看人家六十一岁还找女婿，咱也找吧？"是母亲的声音。

"那你找吧。你一个人，还能找。"

"你不是一个人？你也找。"

"俺不找。俺没唱过主角，俺不俊。"

"找吧，你们都找吧。找了再给你付份儿礼。"

……

陈双微笑。谁能说她们老了呢？再老也是女人。然而姜桂枝找到了罗艺又能怎样？他因为怕人嘲笑而不敢认她，说她可能是敌人使来的奸细。他派第二个妻子秦琼的姑妈秦氏所生的儿子罗成出战，去打他的第一个儿子罗松。最终姜桂枝被迫出战。用他没学会的那三十二路花枪赢了他。性命攸关的时候，她还是下不了手。她用枪尖儿指着他的喉咙，拿出一只绣花鞋，要他打自己的脸。这是当初他定下的家法：如果负心，就用绣花鞋把脸打破。他只好接过来，只打了一下，她就舍不得了，把绣鞋抢过来，于是，团圆收场。这故事得有一个小小的前提——秦氏死了。死了就不用再分大分二。听说有的版本秦氏没死，那矛盾恐怕会更复杂，也更有趣。但这里她死得也好，让人对这故事更放心。

看着这戏，陈双忽然觉得，一切平日里看着不可调和的疼痛和煎熬，都在这圆融的唱腔里得到了奇异的简化和消解，简直让人有一种莫名的温暖和喜悦。似乎平日里看重的所有纠缠和纷扰都是无用，都是不必，都是自讨苦吃。

6

老太太们终于走了。母亲说要送她们，跟着一道去了，陈双把她们送到门口，看戏的人还有不少。站着的人里头，年老的多一点儿，年轻些的也有三四十岁的样子，一二十岁的孩子们是断然不会来看这样的戏的。尽管班主说"会唱歌"，也勾不住他们。三四十岁的人有点儿看戏的火候还是说得过去的。大都成家了，懂了点儿世道了，心思和工作大都安定了，才会有这种宽厚恬淡的趣味来看这些戏——这些说残不残、说整不整、说对不对、说错不错、说里不里、说外不外、说深不深、说浅不浅的戏。还有些小孩子牵着狗，在人群里钻来钻去地捉迷藏。大人们疏疏落落地站着，如一棵棵树。人群中也还有些女人，有女人的地方，人会稍微显得稠密一些。这些女人里没有小姑娘，都是些家庭妇女，穿得很随便，披头散发的，抄着手，有的还穿着棉拖鞋和贴着娃娃图案的家居服就出来了，不过这样的场合，看着她们反而有一种家常的温馨和舒适，仿佛看着这样的戏，就该是这样的状态和打扮。

陈双回到家，上房，慢慢地收拾椅子和茶壶，一趟，又一趟。院灯的光顺着楼梯一阶阶地铺下去，昏黄安定。有那么一刻，陈双站在台阶上，默默地看着这个院子。

这是一栋老式的"7"字平房，坐北朝南。两间正房，东边拐过去的一溜儿是厨房、卫生间连带着大门。另半边院子种着花。夏天是指甲草、绣球、月季。秋天是杜鹃和小金菊。常年种着的还有一棵夹竹桃和一棵橡皮树，四季里都精精神神地在那里绿着，像一对夫妻。大门西侧搭着的就是这条水泥楼梯，直通到平房顶，上面用红砖围了些土，造了个巴掌大的小菜园，种着些菠菜、蒜苗之类的浅根菜。

这栋房子是父亲留给母亲的最大财产，然而到现在这财产似乎也是不安稳的。

陈双不止一次地想，父亲对于这桩婚姻，一定也是后悔的。母亲是一块臭豆腐，闻着臭，吃着香。然而那臭味只是在没吃的时候才想闻，等到吃过，就再也不想沾染那种味道。他没想把一场风流韵事养成又一场枝枝杈杈的婚姻。父亲是可怜的。当然，母亲也可怜。

日子过得很不利索，但既然结了婚，就还是得过下去。这日子，陈双早就看够了。一工作她就住在单位宿舍，很少回家。其实哥哥姐姐都已经成家另过，家里只有父母，她要是回去也是可以的。文化局刚盖了家属楼，父亲要了三楼的一个三居室，一百三十平方米，很大。但她不想。偶尔回去，父亲经常不在，只有母亲。陈双早就听说父亲已经同那边恢复了关系，在长孙的满月礼上他和前妻双双出现在亲戚面前。陈双始终没有把这件事跟母亲说过。要说这是母女间该说的私房话，可陈双想，都这把年纪了，说说又有什么用呢？而且，母亲未必不知道。人有时候，是想自己骗自己的。容许她自己骗自己，是另一种慈悲。

后来，渐渐地，那边对陈双的态度似乎也有了微妙的变化，这变化主要还是表现在那位姐姐身上。除了她，那边的其他人似乎也都不那么认得陈双的。而那位姐姐总让陈双觉得，无论隔多久不见，彼此都会有一种骨子里的相识。同在一个小城，免不了要经常碰面，她们是从来不说话的。只是会互相看一眼，只一眼。——或者，有时候会回头再偷偷地加上一眼。有一次，许久不见，在新华书店门口，陈双看见她肚子笨拙地隆起，几乎是蹒跚着走在人行道上，在她身后，有一个小男孩兴奋着脸，正蹬着三轮车朝她冲去，陈双几乎是下意识地叫道："小心！"姐姐移身躲过，回头看了她一眼。陈双也看了她一眼。两双眼睛里，什么都没有。如一堆数字相加之后，得到的答案是零。然而这零里，却又有着一种底色深纯的清明和天真。

陈双结婚前夕，收到了姐姐转送给她的礼物：一双红皮鞋，带襻的。当着来人的面，母亲随即就把鞋扔到了地上："不稀罕！心老毒！啥意思？哪家闺女出门穿红鞋？这不是让俺小双跳火坑吗？"——不知道哪辈人传下的规矩，新娘鞋忌三色：红的是跳火坑，黑的是陷污泥，白的是戴孝。母亲厉声要陈双扔掉，或者送人，陈双却把鞋包了起来，轻声说："过完蜜月穿就没关系了。"母亲惊异地看着她。她知道，母亲已经把那双小皮鞋忘了，但姐姐没有，她也没有。

两边的人里头，母亲大约是最寂寞的。她常常会到学校给陈双送一些吃食：粉条韭菜做的素馅包子，鸡蛋裹面炸出来的小甜点，清蒸槐花菜。她用饭盒盛着拿到学校，陈双打开，饭盒是温热的。包子已经被哈气浸出了白软皮儿，槐花菜里的面已经黏成了一小团一小团的疙瘩，点心外面最好吃的那层酥脆已经都疲沓了。而眼前的母亲，正一寸一寸地老下去。

父亲中风偏瘫之后，房子的事就露出了苗头。几个哥哥姐姐上门来看父亲，进家也只是和父亲说话，和母亲是不搭腔的。但他们的神情是和颜悦色的。母亲端过来的茶，他们也是喝的。仅此两项也让母亲很满足了。"开口不打笑脸人嘛。"她感慨着自己的大度。只要在家碰到他们，陈双就会躲进房间，不出来。

房子的事情是大哥提出的。他对父亲说单元楼没有电梯，上下不方便，可以先住他的小院，等父亲病好之后再换过来。父亲答应得很爽快，让母亲的犹豫没有分量。于是就换了过来。也就是母亲和陈双现在住的房子，这也是父亲的房子。一换陈双就知道不可能再换回来了，就像父亲的病不可能好。其实她还有一层更深的担心：换来的小院也不好保住。好在正当父亲病着的时候，文化局对老房子进行房改，陈双赶紧把钱交了，把房产证领了回来，忐忑的心才算保住了点儿本。

父亲终于死了。房子当然不可能换过来。父亲刚刚过了头七，大哥就把母亲的东西打成了两大卷，装进那种民工们出门用的红白蓝格格相间的行李包里，雇了个出租车送到这里。陈双出来开门时，出租车司机已经掉好了头，看见她，一句话没说就发动车走了。母亲不在家。她正拿着结婚证去房产局、民政局、妇联和法院到处咨询和申诉。她不会想到事情居然就这样了结。仗还没打，对方已经把战场打扫干净。

母亲要争，陈双知道母亲争不过，但她想要争，她也只好由着她。陈双由着母亲还有一层用意：让那边知道她们两个也不是只会吃哑巴亏的，也会闹。这最起码如一道堤坝，让他们纵使想打这个小院的主意，也得缓缓。于是母亲就上得门去，吵也吵了，骂也骂了，那边只是端坐着如闭眼菩萨，不上茶，也不说话。任母亲坐到半夜，再自顾自地回来。"小婆儿！"他们这样叫她。母亲和父亲再是夫妻，再有法律依据，他们也还是这样叫她。陈双可以想象他们怎么叫自己。不好听的叫"小婆儿养的"，好听点儿的，叫"庶出"。

母亲只好住在这里。一年生，两年熟，仗无休无止地打着，高兴的时候，她就在这边过着她的日子：打打麻将，扭扭秧歌，和几个票友偶尔唱几句《桃花庵》《宇宙锋》《珍珠衫》《美人计》；不高兴的时候，她就去那边闹一闹，要房子，要父亲的东西。父亲的遗物被她一件件地带回来：一摞摞的镶着玻璃框子的工作照、平平整整的灰色中山装、深蓝色的呢子帽、咏梅牌的半导体收音机，被母亲一样样地收到床头柜里。母亲和那边的关系也因这一趟趟的交情似乎好了起来，母亲渐渐有了原谅和认命的意思。但陈双知道，没有那么简单。

果然，不久大哥打电话给陈双，说二哥家的孩子前段时间得了重病，花了不少钱，想卖房子。可卖了房子又没地方住。听说她正在盖房子，如果她的新房子盖好的话，能不能让老二住些天。又来了。又来了。陈双忍不住想笑。她说："我要离婚了，新房子不会是我的，所以我也没地方住。你要是真心疼二哥，就把你现在住的大房子卖了，换两个小房。前妻是妻，后妻也是妻，你姓陈，我也姓陈，二哥是你弟，我是你妹。大哥你说是不是也得让我们娘儿俩有个安插的地方？"

那两个包，母亲很久都没有动，末了还是陈双一个个把它们打开来。里面有母亲僵硬的列宁装、皱巴巴的灯芯绒裤、虫蛀出小窟窿的毛线衫、白底儿碎花的的确良翻领衬衣，还有一匹鲜红的要破了的府绸和一匹深蓝色的阴丹士林布。这让陈双不由得想起哪部戏里唱的彩礼词：直贡呢，一钱厚起明发亮。绿斜纹，红花绿叶耀的眼明。两匹绸，樱桃红。三匹青，阴丹士林蓝莹莹……在最底下，陈双居然还翻着了一件粉红色的袍子——小姐穿的那种戏装。长长的白色的水袖已经发乌了，娇黄底色线绣的蝴蝶牡丹图也已经暗淡、衰微。陈双久久地看着那图：它老了。只要经过岁月，都会老。

陈双把戏装披在身上，咿咿呀呀地唱了一句："谯楼上打四梼，霜露寒又凉……"对着玻璃窗上的反光，蓦然，她看见一个斑斑驳驳不古不今的妇人。她被自己吓了一跳。

7

陈双是去年调到市实验小学的。师专毕业后她分到了县实验小学，在那里一干就是十五年。去年市实验小学扩招，她拿出了当年高考的劲头准备了很长时间，以笔试第二面试第三的成绩被录取了。满打满算离开县里已经有一年零两个月。最近她刚刚分到了一所二居室。又小又旧，可已经让她有一种出乎意料的惊喜。今年是不成了，明年趁着暑假，她打算把妞妞带到市里。如果母亲想去，她也把她带走。

工作了两年，陈双就结了婚。县城很小，实验小学的女老师还是很显眼的，说亲的人很多，烦不胜烦。他来实验小学听课，就认识了她。早就有一种说法，说实验小学是教委单身男人的爱情基地。她成了这一说法的又一例证。对她，他其实是有些矜持的，追得不是特别热烈，两人在一起时，情话都说得很有限、很节约。然而这反而让她放心，似乎他说得越少将来就会实践得越多。再说，他在教委，这让她有一种想当然的安全感。仿佛他是一把伞，这伞尽管小，尽管弱，但只要在那里挂着，她就可以不怕雨天。——她得过好些时候才能明白，什么和什么其实都没多大关系。

　　两个人很快就结了婚，有了孩子。日子过得很安稳、勤谨。他当上了教委的教研室主任，她也当上了教研组组长，都比原来强一些。孩子也一天大似一天，他开始虽然有些遗憾是个女孩，但很快就不说什么了，对孩子也很亲。后来，瞅着了个机会，他们在紧挨着县城的西门里村买了一小块地皮，准备盖房子。就把原来的房子卖了，和母亲挤在一起。全部资金都用在新房上。

　　母亲是第一个发现陈双婚姻破绽的。当然她早就知道，可她愿意糊涂。然而周围精明的人是那么多，一个一个都容不得她糊涂。母亲是一个，那个女人也是一个。他们刚住进去不久，母亲说："双双，你们俩咋回事，年轻夫妻。"陈双知道她在说他们很少同房的事，撒娇道："妈！"又道："有哇。"脸随即红了。她希望母亲能从她的脸红里读出害羞的意思来，母亲却一眼看到了撒谎，道："只要有里儿，就有表。这我还看不出？"陈双不语。母亲道："得抓住他。"陈双不语，她想，抓住又怎样？母亲倒是抓住了父亲，可到头来又好到了哪里？

　　一天晚上，她正在家看电视，收到一条短信，四个字："新房有事。"号码很陌生。无头无尾。她打电话过去，对方已经关机了。她打丈夫手机，也关着。她就去了新房。月光很好。新房还没有通电，她拿了手电筒，到了新房却没有打开。大门没有锁，她轻轻推门进去，看见月光下，丈夫和那女人正在院子里的竹椅上做爱。女人看见了她，闭上眼睛。那女人的肚子已经微微隆起。"怀胎五,不好揞。"她已经有五个月了吧?

有些事情,不知道也就罢了,知道了就再也没有机会装作不知道。陈双很快和丈夫离了婚。母亲撺掇她要新房子,陈双冷笑。她才不要那个房子。她要他作价给她一半,十万。她还要女儿的抚养费。从现在一直要到十八岁。一年一万,又十万。丈夫只给了五万。他说他没钱。她也知道他没钱,但她不管。她给他两年时间把钱凑齐。不然,要他好看。

不久,丈夫就和那个女人结婚了。奉子成婚。是个儿子。新婚、满月、乔迁一起办,一切都是新的。而陈双这里,一切都是旧的:母亲、房子、她自己、女儿。她喜欢这旧,这旧让她踏实。她甚至觉得,现在的生活才是她最想要的生活。当然,有一样是新的:新工作。而这唯一的新也让她喜悦。仿佛所有可心的旧都因这新而更加熨帖。市里的空气是不清爽的,但让她呼吸得很尽兴。想到明年她或许就会和母亲、女儿一起来到这个城市,她觉得连这里的每一个垃圾箱都是可爱的。她最爱的东西一样都没有少,这生活真是美妙得不能再美妙了。至于男人……陈双打开手机,调出秦的号码,看了看,又合上。山河岁月,仿佛往昔。这一串号码的前途,是一张床。对此,陈双了如明镜。也许,她会做他的情人。做做也不错,这是个新鲜角色。她没有做过,她有些好奇,也充满期待。她莫名其妙地相信,如果做,她会做得很乖巧、很细腻,会让他和自己都满意。当然，也许不会。那也不错。这要全看自己高兴不高兴。即使不做，她也不会把和秦的关系搞僵。经过这些年的历练，她知道自己会有这样的道行。最起码，在这方面，她会做得比母亲强。

男人。陈双看着台上油嘴滑舌的那个班主，他已经又拎起了大镲，有气无力地拍打起来。男人。陈双又在唇间轻轻地念叨了一下这个词，不由自主地微笑起来。她知道男人这个词没有下文，当然，很可能也会有下文。但再有下文也不过是个下文。

紫羽绒唱的最后一段是《杨八姐游春》，也是个老故事了，讲的是杨八姐游春时碰到了宋王，宋王想纳她为妃，就派人去杨府提亲，惹怒了佘太君，于是佘太君就开始要彩礼，紫羽绒唱的就是要彩礼的这段：……圣上要选杨八姐，那几色彩礼你送府门。我先要东至东海红芍药，南至南海的牡丹根。西至西海灵芝草，北至北海的老人参。我要你八尺高的珊瑚树，金瓶玉碗翡翠盆，水晶帐子玛瑙枕，像那磨盘大的老龙鳞。我再要一两星星二两月，三两清风，四两云，五两火苗，六两气，那七两黑烟，八两琴音，火烧龙须三两六，一搂粗的牛毛我要三根，公鸡下蛋要上八个，那雪花儿晒干要上二斤，我要你那茶盅大的金刚钻，那天鹅羽毛织毛巾，蚂螂翅膀红大袄，蝴蝶翅膀绿罗裙，天大一个梳头镜，像那地大一个洗脸盆……

所有佘太君的戏段里，陈双最喜欢的就是这个。有关佘太君的戏很多，她总是配角。但这个配角又常常是全剧的主角。只要她一出场，即使不说话也是一块磁铁，所有的引力都在向她靠。这个历尽沧桑的老妇人，一辈子都泡在打打杀杀里。她的七个儿子四个死掉一个失踪一个出家一个还镇守在边防，国家需要的时候，她鼓励五十三岁的孙媳穆桂英挂帅出征。她是个刚硬的人。可在这部戏里，她的刚硬却是有些特别。在这些饶舌的唱词里，糅进了她那么多的智慧、幽默、狡猾和嘲讽。这使得她不再像个大义凛然的贵妇，而是一个家常亲切的村姬。她当然也是愤怒的，然而她的愤怒此时也不再是闪着寒光的铮铮刀剑，而是一只有温度的巴掌，是暖和的。

　　这是一个长段子，还是老旦的戏。台下的人又走了不少。突然间，架子鼓和电子琴就分外嘹亮地呱呱响起来，紫羽绒忙不迭地开始唱歌。两曲连唱，第一支是《编花篮》，第二支是《南泥湾》。她唱的时候，班主便在台上走动起来。他吃着红薯，不时给乐队里的其他人递支烟。递到谁那里，谁就放下手中的家什，边抽边聊。然后他再去那边递。演员自顾自地唱着，唱快了唱慢了也不着意。伴奏的人跟快了跟慢了也照样不着意。弹的是底儿，唱的是面儿。有时候见面儿不见底儿，有时候见底儿不见面儿，甚至有那么一两秒钟，底儿和面儿都见不着，整个乐队都像在打盹儿，用行话说都荒腔了，可这也都没关系，都无所谓，只要到最后有底儿也有面儿就成了。是个伴儿就好。

8

一晃眼，突然，陈双真真儿地就看见了红羽绒。红羽绒站的地方很特别：她站在台子左边的底角。隔着雨布，里面就是围着火炉正聊天的三个女人：黄羽绒、绿羽绒和黑羽绒。红羽绒横抱着孩子，斗篷严严地遮着孩子的脸。她把脸贴向雨布，似乎是想偷窥，又像是在窃听。

孩子一定是睡了。那她还站在那里干什么？陈双想起她指着台上的男人，让孩子叫爸爸的情形，那她一定是等男人了。可为什么不上台等呢？台上有炉子，多少会暖和点儿啊。

红羽绒死死地站着。她站了那么久，姿势一点儿都没有变化。又似乎是站着睡着了。陈双提心吊胆地看着她，看着她。终于，她慢慢地，向前走去。绕过"奔马"车，从另一侧的台边拐回来。

不知道为什么，陈双也想去那里站一站。

陈双从房上走下来，漫不经心地，磨磨蹭蹭地，走到了台边，也就是刚刚红羽绒站的地方，屏息静听。里面台子上的女人们在说着话，有一搭，没一搭。

"老板娘，今儿黑主家给多少？"

"去！谁是老板娘！……还是一千吧。我估摸。"

"分到手里还是九十？"

"九十还少？你打听打听，除了小姐，谁挣钱还有这么快？"

女人们笑起来。

"哎，老板娘你也是九十？"

"我比你多个鼻子多只眼儿？"

"咦，你是老板娘呢。"

"去！哪一回也没多给我一个子儿。"

片刻，没人说话。

"这红薯还怪甜哩。"听起来这是黄羽绒的声音。

"俺山上老舅家的红薯比这还甜，还面。"一个女人说。

"反正俺们都没吃过，你就吹吧。"

"骗你们干啥？老板，你吃过，甜不甜，面不面？"

没有听到男人的回答。其他两个女人却笑起来。

"哟，老板吃过？谁让人家是老板呢。"

"老板只怕还吃过比红薯更甜的东西吧？"

然后是拳头捶到羽绒服上的轻柔的嘭嘭声。女人们小小地嬉闹起来了。"胡说什么?!"男人终于低声呵斥了，"在台上乱，像个啥?!"

"像个啥？"

"就是，像个啥？"

……女人模仿着男人的声音，又嘀嘀咕咕地笑起来，然而笑的声音是明显地怯了。

"喂，待会儿你唱啥？"

"想唱啥唱啥，咱啥都会唱。"

"能得你不长。"

"咦，那俺咋还长恁高？"

"我说，你别再唱那几出了，本来日子就够苦的了，还不给自己找点儿愉快。你看看你爱唱的，哪一出是高兴戏？"

"我就好唱这，唱这痛快，唱这愉快。"

"你娘那脚，你唱得痛快了，让这帮人跟着受罪。"

……陈双不禁微笑起来。说"你娘那脚"的时候，绿羽绒是撇着调子唱的。这句骂人的话原本也是被写进唱词里的呢。那出戏的名字叫《花打朝》。

陈双慢慢地转过前台，回到家门口，红羽绒已经又在那里了。看见陈双，她微微地往墙的阴影里靠了靠。

"睡了？"

"哦。"

"还不走？"

"哦。"

"冷呢。把孩子先放我屋里吧，没别人。"

"不用。"

陈双不容她推托，把孩子抱过来，放进了屋，出来时，红羽绒已经在院子里了。她有些手足无措地看着陈双。

"上房吧。"陈双说。

她们一前一后地朝房顶走去。红羽绒走得很慢，和陈双隔着三四个台阶。终于，她停下来。

"这么麻烦你，多不好意思。"她说。

"不为你，为的是孩子。"陈双说，"我也是孩子妈。"

房子顶上还剩下两把椅子。两人一起坐下。红羽绒坐下之后，长长地出了一口气。她坐的声音很沉。陈双看了她一眼：她累坏了吧？

又该换角了。班主上台，先咳嗽了两声，陈双看他那架势，知道他要开始放荤。不过他要放也是小荤。这台戏一开场就决定了这台戏不会大荤。要大荤是得要有两个脑子七八成的疯丫头来脱的。这几个女角显然都不是。小荤就只等着班主来适时调剂。

"刚才俺这小姑娘唱得好不好？"班主挤眉弄眼地问。还有些想要走的人果然就收住了脚。

"好！"人群里响起配合的声音，"再来个有劲儿的呗！"

"啥是有劲儿的？啥是有劲儿的？哦？"

人群里一阵哄笑。

"噢，俺知道了，有劲儿的就是那、那吧？是吧？"

"知道了还问！"

"那可不中。这天寒地冻的，又没有暖气空调，把姑娘弄感冒了那可不中，谁带药了？没药不中。啥？有钱？那中。有多少？赶快给俺姑娘糊个大衣，就用老人头糊哇，别的不中。

不然糊个背心也中，不过糊背心得用美金。啥？有现成的衣
裳？那不中。啥衣裳也没有钱糊的衣裳暖和，不信你自己糊个
穿穿就知道啦。好了，说几句闲话给父老乡亲们提个神，言归
正传，还唱咱的戏。下面这个可真是个好唱家，咋好？你听听
就知道啦——"

这话贫的。红羽绒和陈双一起笑出了声。

黑羽绒出场了。其实不用开口，她一出场，谁都知道她是
这戏台上最好的演员。她的出场是矜持的、庄重的。这种身份
感的培养必定由来已久。唱得不好的人滋生不出这种慢腾腾的
骄傲。她的年龄也不小了，陈双确定她比自己还要大几岁，但
她显然是讲究的。白色的高领休闲毛衣是一般的女人不敢穿
的，可她穿得就很合适，把她的浓妆衬得艳丽又干净。下身是
咖啡色的暗花长裙，黑色短筒暖靴。她的头发也留得大胆，四
十多岁的人了，居然还有齐齐的刘海。这刘海把她衬得文静和
年轻起来。

她上场了，打了盹儿的乐队似乎也都开始从梦里醒来。拉
胡琴的男子几乎是痴迷地看着她，同时也全力地拉着胡琴。班
主没有报节目，女人自顾自地唱起来。她先唱的是《大祭桩》。
《大祭桩》要说也是一出俗戏：李黄两家结亲之时都是高官，
后来男方倒了霉，女方父母势利眼，要悔婚，将前来求助的准
女婿李彦贵逐出家门。小姐黄桂英得知后，与李偷偷见面表衷
心，晚上还派丫鬟给他送银两，不料做事不密，被人发觉，其

父设计杀死丫鬟，公子百口莫辩，被抓至刑场要杀掉，黄桂英毅然离家出走，去刑场祭奠，在一个三岔路口遇到婆婆，被婆婆打骂，她哭诉："婆母娘且莫要怒气不休，容孩儿对慈颜诉说情由。想当初李黄两家结亲后，我与公子心心相印情意投……"黑羽绒只唱出了第一句，陈双就精神一振，听出了彩。这句起腔得打开喉咙，运出丹田气，用胸腔共鸣的混合声唱出甩腔，黑羽绒做得十分到位。接下来她的水准更是毋庸置疑：慢腔不断，快腔不乱，低腔不闷，高腔不怪。后面越来越紧的垛子板里，她居然还能在哭腔中加用了几次喷口。是行家就知道，喷口夺字不是一项简单的技巧，需得字头、字腹、字尾三样齐全，且得以字带声，字声统一，难哪。听着黑羽绒字字入耳，陈双不由得有些心疼：这样的草台子，又没几个人听，下这么大力气干什么呢？

一段唱完，黑羽绒的额头上沁出了密密的汗珠。

"她在省戏校学过。"红羽绒突然说。

"认识？"

"哦。"

"只上了一年，她妈病死了，家里没钱，就回来了。"

陈双沉默。

第二段戏开始了，是《三上轿》。讲的是明朝万历年间，张居正的儿子张秉仁见同窗李通的妻子崔氏貌美，心生歹意，邀李赴宴，将他毒死。李父告官，知府畏张之势，断崔氏为妾。张府花轿前来接人，崔氏身怀利刃，准备为夫报仇。与公婆和幼子生离死别之际，三次上轿又三次下来，叮咛反复。最终诀别，在洞房杀张自刎。

黑羽绒唱的是崔氏怀抱刚生百天的儿子的一段：我的儿你一周两岁不懂人事，三岁四岁要娘要爹，到那时把你的爹娘来找，就在那黄土岗上黄土穴。十一十二把书读，十五十六习文帖，十七十八儿长成，七尺男儿性刚烈……与娇儿讲不尽这离别话，转过身来再嘱咐婆婆与公爹。有儿媳我今日上轿走，我把恁的孙孙家中撇，该打恁且把他来骂啊，该骂恁对他呀还要哄着说，饿了与儿烧茶饭，冷了添衣把寒遮。非是对儿太娇惯，可怜可怜他，一无有亲娘，二无有亲爹。把恁的孙孙抚养大，百年后与您二老拉灵车……

这是不折不扣的遗嘱，是最撕心的话。最常用的二八板不疾不徐地道来，每个字和每个字之间都扯着韧韧的筋，流着悠悠的疼。演这出戏最有名的那个演员，叫关灵凤。那一年她来这里演过这出戏，陈双至今仍清晰地记得，她的眼睛有些木。——唱得自然是很好的。后来才知道，她十九岁那年就双目失明了。她上戏的时候，上台需要几步，周围的人怎么调度，道具在什么地方，都是需要牢牢记住的。但据说，她所有的演出都没有半点洒水漏场。渐渐长大之后，陈双多懂了些戏味，方才明白：关灵凤的木眼神演《三上轿》其实是极合适的。从她自身来说，正因为这种木，她才能把所有的哀恸都集中在声调里，呈现出一种大哀恸。而对观众来说，她的木眼神本身就可以演绎成另一种大哀恸。这两重的大哀恸使她的戏唱时无须落泪，听的人也是必然会落泪的。

不过黑羽绒的泪落得也好。不知道什么时候，黑羽绒就开始落泪了。她尽量克制地落着，落下的泪很快就干了，然而很快就又落下来。再干，再落。黑羽绒的声调里有了越来越重的鼻音，可她始终是从容的、自如的，没有丝毫的慌乱。她的神情是踏实的、有根底的。正如她戏里人物的悲痛：黄桂英要洗冤祭夫，崔氏要报仇雪恨，也都是踏实的、有根底的，都是有目的的，是有方向可去的。这些悲痛有着具体的、可触摸的、一圈一圈的纹理，一旦实践，就都是幸福和安慰。哪怕这幸福和安慰十分短暂，也足以让人欣悦。

"她可苦。"红羽绒突然说。

陈双没有说话。她看了红羽绒一眼。红羽绒的脸上有着淡淡的泪痕。

"她一个人带孩子过。"红羽绒又说。

陈双依然沉默。

这段唱快结束的时候，红羽绒掏出手机看了看时间，说已经十一点半了。

"还有半个钟头。"她说，"再来一大段长的还不知道会咋样。"

陈双不语。她抬头看看夜空，空中闪烁着小米似的星星。

星星的底幕上是无尽的幽蓝。而在台下，人还是越来越少。对这个，台上的黑羽绒显然是不在乎的。台上残留的人似乎也都是不在乎的。夜越来越深。鲜红的雨布顶被灯打得润泽剔透，金黄色的流苏衬得这红更加灿烂夺目。在这简陋的街道里，这小小的舞台几乎因此成为宫殿。梧桐树叶毫不计较地遮盖下来，叶子上已经有斑斑的黄迹了，在雨布和人脸上打出墨花朵的样子。而在灵棚前，彩色的纸扎琳琅满目，是色彩的盛宴。灵棚里面，是齐刷刷的一片白。白烛在灵棚桌脚上摇摇曳曳出一团橙橘色的光焰。陈双默默地看着这景象。她不由得有些诧异：幽蓝的夜空下，这块色彩艳丽的地方呈现出一种奇特的缤纷和明媚。

9

第三段就要开始了。班主朝黑羽绒使了个眼色，黑羽绒点了点头，对胡琴说了什么，胡琴说："太长了。"

"就这吧。"黑羽绒说。

"中不中？"胖班主忽然又有些犹豫，"别倒了嗓子，明儿还有一场呢。"

"中。"黑羽绒坚决地说。

这次她唱的是《秦雪梅》，这出戏的内容本质上与《大祭桩》一样，只是结局更加惨烈——秦父骗丫鬟与准女婿商林成亲来敷衍婚约，商林得知真相后居然活活气死，秦雪梅以未嫁之身赴商家吊孝：秦雪梅见夫灵悲声大放，哭一声商公子我那短命的夫郎。实指望结良缘妇随我唱，有谁知婚未成你就撇我早亡。实指望你中状元名登金榜，窈窕女歌于归出嫁状元郎。实指望凤冠霞帔我穿戴，却不料我今日穿上孝衣裳。至如今这景象完全两样，我盼望的花堂成了灵堂……

这一段之后还有一大段，两段中间夹着一篇祭文，按这种响器班的规格是不念那篇祭文的，那祭文不文不白，念着单调，也很难让人理解，没人爱听，但黑羽绒居然在这里背起来，字正腔圆地：维大明成化十一年四月十二日，未婚妻秦氏雪梅致祭于亡夫商林之灵曰：呜呼商郎！才华出众，志气轩昂，文章不亚韩柳，书法胜过苏黄。倘天假永年，寿不夭亡，何难攀丹桂于蟾宫，宴琼林于朝堂……

台下面的人越来越少，眼看就没有了。胡琴的眼睛亮得简直要跳出眼眶。胖班主只是木木地坐在炉子边，一支接一支地抽烟。烟灰长得很快，他一边抽一边微微弯着身子往下弹，黑色的内衣一层层地掀起来，露出了一缝缝肉。

第二个大段开始了，秦雪梅的愤懑由父亲转向了商林：你应知为君死死得其所，你应知为民死死如泰岳，你应知报国死千载受祚，你应知卫土死万古不磨，像你这狭量男人哪有几个？看性命如淡水他却难收好泼啊……她埋怨他，却也更牵挂他，于是她在恍惚中看见了他的到来，于是连忙对他倾告：小妹妹在这里正把你望，你为何撇下我云游四方，既归来再莫去任意游荡，你可知这道途中有许多虎豹豺狼，来来来快随我去把天上，咱逃出这尘世界免受祸殃……她心疼他，他的死让她开始由衷地、赤裸裸地，厌弃这人世。

黑羽绒一板一眼地唱着，仿佛要把心都抠出来，掰开揉碎。额头的汗已经成了小溪，汩汩流淌。并着她的泪，点点滴滴地洒在台子上。按这戏的流程，在唱完了所有的正规大段戏词之后，秦雪梅是以近乎癫狂的样子念着商林的名字，舞着水袖退到幕后，与他一起上天堂。黑羽绒没有水袖，她没有舞。她只是顽强地站在麦克风前，把那些癫狂的念白一句一句地念下去，念下去。看得出，她醉了，也碎了。在碎中醉，在醉中碎。

陈双满面泪水。不用看她也知道，红羽绒也是满面泪水。

已经没有观众了。黑羽绒煞白着脸，几乎是虚脱到了麦克风下。绿羽绒和黄羽绒在一瞬间赶过来把她拽住，在炉子边坐下。紫羽绒给她端过一杯热水，看她慢慢喝下。

"她男人死了五年了。"红羽绒说。

陈双不语。

"她孩子十一岁，上五年级。"红羽绒继续说。

陈双不说话，始终不说话。在胖班主的歌声里，她只是盯着炉子边的黑羽绒。喝下一杯热水，黑羽绒的脸色渐渐有了些红润。黄羽绒把最后一块烤红薯递给她，这块红薯因为烤得时间最长的缘故，皮很焦黄，看起来就很香。陈双以为黑羽绒会拒绝，但是她接了过来，缓缓地撕着红薯皮，热气顺着皮掉的地方漾漾地荡出来。黑羽绒用手背擦了一把脸，把红薯送到了嘴边。

班主还在歌曲连唱：《草原之夜》《吐鲁番的葡萄熟了》《懂你》……最后，他唱的是《难忘今宵》：难忘今宵，难忘今宵，无论天涯与海角，神州万里同怀抱，共祝愿祖国好，祖国好……陈双和红羽绒在歌声中慢慢站起，在房顶的树影深处，她们静静地听着男人的歌声结束，然后看着舞台的灯光照射出的人影变得驳杂起来。

戏散场了。

"那，我走吧。"红羽绒说。

"中。"陈双说。两人搬起椅子，慢慢走下房去。陈双把孩子抱出来，递给她。孩子的脸睡得红扑扑的，小斗篷被他的小身体睡得很暖。

"把孩子包好。小心着风。"陈双说。

红羽绒点点头。

关好大门，陈双掏出手机。一会儿没看，手机里居然塞满了短信，翻了一条又一条，宛然是一部微型的手机连续剧。先还是姐姐，向她道歉，说这么晚还打扰她，请她原谅。因为不知道她是不是愿意见自己，所以先在短信里和她聊上几句。又以亲昵些的口气说想到是自己家姐妹，估计不会怪她。然后又说夜深人静，自己睡不着，想到她年纪轻轻就离婚了，带着老小过日子，真不容易，很钦佩，又说没想到她会应聘高升到市里，真争气。尽管不知道她是不是承认自己是姐姐，总之她心里是为妹妹高兴和骄傲的。又说既然都是女人，想来应该互相理解。作为女儿，她不打算要娘家的房产，陈双素质高，应该也不会要。她们娘儿俩要是住这个小院子当然也是可以的，但等将来，这所房子最终还是应该给二哥住。还说已经知道陈双在新单位分到了房子，明年把母亲女儿都带过去不就行了，与人方便，与己方便，要这边的破房子何必呢？又说听说"阿姨"在谈恋爱，住着父亲的房子，与别的老头儿谈着恋爱，自己心里也会不太踏实吧？最后说，如果陈双实在不愿意把房子让出来，她也理解。但作为姊妹，她又想给二哥尽点儿心。二哥已经把房子卖了，她可不可以把这个小院租下来给二哥住。陈双需要做的，就是配合她向二哥撒一下谎……陈双一条条地看着，又一条条地删掉。她已经决定了，明年一定把母亲和妞妞都带到市里。这所房子嘛，卖掉。当然，如果那边真的这么通情理，也真的碰到了天塌地陷的苦处，她或许会考虑给那边一笔钱，但决不是房子。至于租是更谈不上了。她宁可把房子租给别人，再用赚来的租金去补贴他，那个二哥。

再然后是秦。他发短信的时间是十一点。好几次了，她都在这个点儿收到了他的短信。后来知道：这是他洗澡的时间。他在浴室里。他说他今天喝了点儿酒，想起了以前的许多事，感慨万端，无法忘怀。他说如果时光能倒流一下该多好哇，哪怕只有一天。然后问陈双怎么想的。陈双回他："我也是。"又用冒号和半括号在后面缀上一个笑脸。她现在只是沉静等待，控制速度。她不想太快。秦是个梦。做梦的机会，对她来说已经不多。哪怕只是旧梦。她珍惜。而且，她的梦不能白做。前夫两年的还钱期很快就到了，肯定会拖她的，她还指着这个旧梦来清这笔旧账呢。

母亲还没有回来，陈双又来到房顶。台架子很快就拆掉了，比装起来的速度还要快。路面陡然宽了。一辆"奔马"先拉着道具开路，演员们拿着物件，三三两两地坐到另一辆"奔马"的车斗里。这时候，陈双看到了红羽绒。她抱着孩子，顺着墙角，慢慢地，一步一步，然而又是坚决无比地蹭到了男人身边。男人没在意，还是黄羽绒先看见的。

"嫂子。"她几乎是嘟囔着说，然后陡然活泼起来，"胖哥，嫂子来了。"

男人这才看见女人。他马上露出不耐烦的样子："谁叫你来的？咋又来了？"

女人沉默。

"冷呵呵跑个啥？还带着孩子？不嫌腿酸？在家多剥两穗玉米不比这强？"

女人只是不作声。

"你看哥说的，嫂子来看个戏，有啥不好的？也搁住这么紧说?"黄羽绒说。

"就是,一会儿你把我们都送回了家,一个人开车回去不孤单?弟妹给你搭个伴儿,连头带尾,多好。"紫羽绒说。

"快上车吧。"绿羽绒抱过孩子,"你上了我再给你。"

女人不撒手。大家都沉默着。

嘭的一声,驾驶室的门开了,黑羽绒跳下来,三下两下就爬进了车斗。胖班主看了一眼黑羽绒,又看了一眼红羽绒,抱过孩子。红羽绒钻进车里,接过孩子。

车开了,开得很慢,离灵棚越来越远。"奔马"对面,有一辆出租车转进巷口,正朝这里开来,在离家还有两道小街的时候,车停了,陈双看见母亲和一个老头从车上走下来,两个人握了握手,母亲笑盈盈地和那老头道了再见,哼着小调向家里走来。老头没有立即上车。他看着母亲的背影,摸出了一支烟。那个老头,似乎是有些眼熟的。

临下房去的时候,陈双又看了一眼灵棚,她看见了张家老太太在灵桌上的小小遗像。那个老太太朦朦胧胧地在玻璃框里微笑着,一派安详。

女性精神世界之窗

扫码打开

· 聆听天使之声 ·
配套音频，听女性群像成长故事。

· 汲取女性智慧 ·
女性力量音频课，智慧成长手册。

· 对话作者乔叶 ·
洞见才华背后女作家的内心风景。

· 鉴赏获奖佳作 ·
女性视角的新乡村故事《宝水》。